키메라의 땅

키메라의 땅

le temps des chimères
bernard werber

2

베르나르 베르베르 장편소설　김희진 옮김

LE TEMPS DES CHIMÈRES
by BERNARD WERBER

Copyright (C) Éditions Albin Michel et Bernard Werber – Paris 2023
Korean Translation Copyright (C) The Open Books Co., 2025
All rights reserved.

제4막	**가지**	7
제5막	**꽃**	93
제6막	**열매**	243

작가의 말	319
감사의 말	323
옮긴이의 말	325

제4막 가지

40

 젊은 에어리얼 여자 하나가 쿼퀴파 숲 위를 활공한다.

 그들이 성스러운 연못 주변에 도착한 뒤로 5년이 지났다.

 알리스 카메러는 이제 56세다. 여전히 아름답고, 볕에 그은 얼굴에다, 눈과 입가에는 주름이 약간 생겼다. 희끗함이 섞인 검은 머리는 빨간 리본으로 높이 올려 묶었다. 튜닉을 입었는데, 튜닉 역시 빨간색이다. 목에는 가느다란 끈에 나무로 된 펜던트 세 개를 걸어 달고 있다. 세 공동체의 상징인 날개, 지느러미, 앞니를 본뜬 것이다.

 알리스는 연못 주위를 걷는다.

 드높고 무성한 나무들이 수많은 소리를 내며 살랑거린다. 그는 기분 좋게 아침 공기를 들이마신다. 디거들이 세운 커다란 검은 피라미드 앞에 앉는다.

 어른들은 통나무와 돌을 나르고, 아이들은 지면과 지하 통로를 넘나들며 숨바꼭질을 한다.

 당신이 이 광경을 보면 얼마나 좋을까, 시몽.

 알리스는 물가의 바위 위에 앉아 튜닉 주머니에서 수첩과

펜을 꺼낸다.

무엇을 쓸까 궁리하다가 적는다.

퀴퀴파 공동체에 대한 첫 번째 서술 평가, 5년 전 정착 이후 내가 지켜본 변화의 과정과 현재 내가 보고 듣고 이해하는 대로의 기록.

1. 디거
학명: 호모 수브테라리스
북쪽

개별 특성
평균 신장: 1.6미터.
색: 고운 검은 털이 온몸을 덮음.
디거들은 호흡 정지 상태를 유지하는 능력이 있어 질식하지 않고 땅속에 오래 머물 수 있다.

건축
그들의 도시는 약 10미터 높이의 짙은 갈색 흙으로 된 피라미드다. 지면에 접한 출입구가 중앙 지하 통로로 이어지며 이는 나무뿌리처럼 파생 터널들로 나뉜다.
이 중앙 통로는 거대한 동굴로 이어진다. 한가운데에 호수가 있다.
특기사항: 이 지하 호수는 퀴퀴파 연못보다 크고 물이

더 맑다.

동굴 천장에 놓인 반딧불이 유충 수천 마리가 동굴을 밝힌다.

디거들은 이 넓은 동굴 안쪽 지하 호수 주변에 이글루처럼 생긴 집들을 지었다.

호수 끝에는 개인 주택보다 훨씬 큰 피라미드 꼴 건축물이 세워졌다. 하데스의 궁전이다.

예술

조각: 디거들은 앞니의 뾰족한 끝으로 깎아서 나무를 조각하고 다듬는다. 이들은 심한 근시지만 가까이 있는 것은 잘 보고, 이들의 조각은 무척 정교하다. 나무로 된 레이스라 할 만하다.

음악: 디거들은 속이 빈 나무를 두드려 타악 연주를 한다. 이들은 저음을 좋아한다.

춤: 큼직한 맨발로 땅을 직접 내리치는 탭 댄스 같은 안무를 창작한다.

식생활

디거들은 땅속에 뿌리채소와 버섯을 재배하고, 단백질 공급원으로 민달팽이, 지렁이, 유충을 기르며 이를 재료로 파스타와 소시지를 만든다. 그들의 요리는 이런 다양한 음식이 주를 이룬다.

술

디거들은 당근과 비트로 술을 제조한다.

철학

그들의 신조는 두 가지 공고한 관념이 바탕을 이룬다.

〈나무의 튼튼함은 뿌리에 달려 있다. 땅속 깊이 뿌리박은 것은 높이 자라고 무엇으로도 파괴할 수 없다.〉

〈표면에서 보이는 것은 일부에 불과하며, 언제나 그 밑에 무엇이 있는지 생각해야 한다.〉

정치

5년 전 정착했을 때 하데스가 스스로를 왕이라 선포하고 〈하데스왕〉이라 칭할 것을 요구했다. 백성들은 즉각 이의 없이 받아들였다. 그는 25세이며 남작들을 측근으로 두는데, 이들은 가장 신체가 강건한 남자 8인으로 주민과 접하는 칙사 역할을 한다.

그에게는 하렘도 있는데, 디거 기준으로 미색에 따라 선발한 스무 명 남짓한 젊은 여자들로 이뤄졌다. 즉 길고 두꺼운 커다란 발톱, 비단처럼 결이 고운 털, 작고 탄탄한 네 개의 가슴, 작은 눈, 큰 발, 들창코인 장밋빛 주둥이. 왕은 그들의 냄새로 생식력을 알 수 있다.

성적 성숙

두더지의 경우 1세, 인간은 13세에 해당하며, 두더지 인간은 6세로, 디거가 성인 신장에 도달하는 연령이다.

번식 의례
번식 행위는 봄에 땅속에서 행해진다. 커플은 아주 깊은 굴속에서 교합하며 완전한 어둠 속에서 냄새로 짝을 선택한다.

임신
두더지의 임신 기간은 한 번에 1개월이고 인간은 9개월이며, 반은 두더지, 반은 인간인 디거의 임신 기간은 두 원종의 중간, 즉 4개월이다.

한배의 자녀 수
두더지는 한배에 여섯 마리 새끼를 낳고, 인간은 한 명 혹은 예외적으로 두 명을 낳는다. 디거의 경우 서너 명이다. 두더지와 인간과 마찬가지로 디거도 1년에 1회 아이를 낳는다.

신생아
갓 태어난 디거 신생아는 검은 솜털이 나 있고 앞을 전혀 보지 못한다. 맨 처음 유일하게 기능하는 감각은 후각으로, 신생아가 어미젖을 찾도록 이끈다. 두 번째로 발동하는 감각은 미각이며 어미젖의 맛을 알도록 한다. 세 번째 감각은 촉각으로, 땅의 진동을 감지하게 한다. 두더지 인간 아기의 시력은 지극히 미발달된 상태이며 성인기가 되어서야 발달한다. 안맹에 가까운 이런 상태도 그들에겐 불편하지 않은데, 디거들은 햇볕을 피하는 야행성 생물로 두더지 둔덕 도시의 지하나 야간 같은 어두운 환경에서 주로 생활하기 때문이다.

인구 통계

성적 성숙기가 이르고 한배에 품는 자녀 수가 많으므로 혼종 중 가장 수가 많다. 이곳에 도착했을 때에는 141인이었으나 지금은 1,191인으로, 70인의 어머니가 5년간 매년 세 아이를 출산해 1,050건의 출생이 있었다.

알리스가 쓴 것을 다시 읽고 있는데 하데스가 곁에 온다.
「어머니가 오셨다는 얘기 들었어요. 우리 도시를 한 바퀴 구경시켜 드릴까요?」 그가 권한다.
「어제 벌써 봤단다, 하데스.」
「그래요?」 왕은 놀란 듯이 대꾸한다. 「편하신 대로 하세요. 노트에 무얼 적고 계세요?」
「각 도시의 발전을 간단히 서술해 보았어.」
디거 왕은 알리스 옆에 앉는다.
「읽어도 될까요?」
알리스는 노트를 내민다.
「누가 어머니를 안내해 드렸어요?」 그는 노트를 근시인 눈 가까이 갖다 대며 묻는다.

「네 남작 한 명이.」

「제가 직접 모셔야 하는데요.」 그가 말한다.

「그거 고맙구나, 하지만 지금은 좀 거리를 두고 너희를 관찰하고 싶어.」

「마치…… 동물처럼요?」

이런, 또 시작이군.

「넌 그 생각에 사로잡혀 열등감을 키운 것 같아.」

「언제나 한 줄기 의심이 있으리라는 걸 아시잖아요. 어머니에게 우리는 〈조금 다른 인간〉인지, 아니면 〈인간화된 동물〉인지.」

솔직히 맞는 말이긴 해. 나 자신조차 그 점이 좀 모호하거든.

「『상대적이며 절대적인 지식의 백과사전』에서 이바노프라는 사람에 대한 항목을 읽은 기억이 나요. 그는 반인간, 반원숭이 혼종을 창조하려 했고 괴물들의 창조자라는 비난을 받아 과학계에서 배척당했죠.」 하데스가 덧붙인다. 「어머니도 배척당하셨죠, 안 그래요?」

「이바노프는 극단적인 실험으로 동료들에게 위세를 보이려 했어. 나는 다른 형태의 육체적 외관을 부여해 인류를 구하려는 거고.」 알리스는 설명하려 노력한다.

「하지만 어머니가 우리를 창조하신 것 역시 극단적인 실험 아닌가요?」

「나 이전에도 혼종에 대한 연구는 많았어. 5천 년도 더 전부터 바빌론에서 사람들은 당나귀와 말을 이종 교배시켰지. 전쟁 전, 정확히는 2002년, 워싱턴 대학교의 제프 리히트만

교수는 생쥐와 해파리의 유전자를 이종 교배해 어둠 속에서 빛을 발하는 생쥐를 만들기에 이르렀지.」

디거 왕은 흥미를 보인다.

「그런 발광 동물이 있으면 땅속에 사는 우리에겐 참 좋겠는데요…….」

「2018년에는 돼지와 인간의 혼종 배아가 만들어졌지. 이식용 장기 부족을 해소하기 위해 간, 췌장, 심장을 생산하는 게 목적이었어.」 알리스는 신경 쓰지 않고 계속한다.

「대단해요!」 디거가 경탄한다.

「하지만 네 말이 맞아, 이런 실험들은 언제나 심한 경계심을 불러일으켰어. 우리 사피엔스는 진정으로 우리가 다른 동물과 같다고 여기지는 않기 때문이야.」

「그럼 뭐라고 생각하는데요?」

「성경에는 신이 우리를 창조해 다른 동물들을 지배하도록 했다고 쓰여 있어.」

하데스는 재미있다는 듯 코끝을 쫑긋거리더니 말한다.

「그래요, 하지만 다윈이 등장하면서 우리도 역시 동물이라는 자각이 생겼죠.」

〈우리〉라는 말로 자기들과 우리를 다 지칭하고 있어.

「그럼에도 우리는 여전히 우리가 별개의 존재라고 여겼지.」

「신성한 존재로요?」

「어쨌든 사피엔스는 언제나 자기들을 모든 생명체보다 우위에 놓았어. 그렇기에 동물과 우리 사이의 경계를 넘을 수 있다는 생각은 금기인 거야. 변신 프로젝트를 발표했을 때 내가 거세게 비난받았을 뿐 아니라 실제로도 공격받은 것은 그 때문이지. 난 살해될 뻔하기까지 했어.」

하데스는 손에 흙을 쥐고 손가락 사이로 모래를 떨군다.

「우리가 사피엔스에 대해 열등의식을 느끼는 건 사실이에요.」 그는 털어놓는다. 「우린 정통성을 지니지 못했다는 기분이 들죠. 우리를 창조한 건 자연이 아니라…… 어머니니까.」

「나 역시 자연에 의해 창조되었단다. 어쩌면 자연이 우리, 사피엔스를 그저 이용한 걸지 모르지, 너희를 만들어 내기 위한 매개체로.」

「그것 보세요, 〈만들다〉라는 단어를 쓰시잖아요.」

대체 어떻게 해야 열등감을 털어 내게 할지 모르겠군.

「너희는…… 내 자식들이야.」 알리스가 말한다. 「그저 그뿐이야. 난 신이 아냐. 난 그저…….」

「……키메라들의 어머니시죠.」

「난 너희와 동등해.」

하데스는 약간 짜증이 나서 고개를 돌린다.

「다른 혼종 주민들과의 관계는 어떠니?」 알리스는 화제를 돌리려고 묻는다.

「이따금 사소한 사고가 있지만, 다 괜찮아요.」 하데스가 쳐다보지 않고 대답한다.

알리스는 눈썹을 찌푸린다.

「어떤 사고?」

「이틀 전 에어리얼 청소년들이 또래 디거들을 높은 나뭇가지에 올려놓는 장난을 쳤어요. 우리 애들은 현기증을 느꼈고 공포에 질려 소리를 질렀죠. 우리는 나무줄기를 갉아 그들을 내려 줘야 했어요.」

아이들 장난이야.

「노틱과의 관계는?」

「에어리얼보다 그쪽과 우리 젊은이들이 서로 잘 어울려요. 그들은 우리에게 헤엄치는 법을 가르쳐 주고 우리는 어두운 터널에서 길 잃지 않는 법을 알려 주죠.」

「에어리얼들과 또 문제가 생기면 망설이지 말고 내게 알려 주렴, 하데스.」

「그렇게 할게요.」

그는 어느새 일어서서 피라미드 입구를 향한다.

알리스는 노트를 열고 〈심리〉라는 항목을 덧붙인다.

디거들은 사피엔스에 대해, 어쩌면 다른 혼종들에 대해서도 열등감을 느낀다.

그런 다음 연못가를 계속 걸어 키 큰 나무들이 있는 구역에 도달한다. 나무 꼭대기에는 커다란 오렌지색 공들이 달려 있다. 에어리얼의 둥지다.

몇몇이 알리스의 머리 위를 맴돈다. 가방을 들고 날다가 집에 내려놓는 이들도 있다.

어느 나뭇가지에서 아버지 에어리얼이 아주 어린 자식들

에게 나는 법을 가르친다. 아이들은 불안해하며 절벽 같은 높은 나뭇가지에서 몸을 날린다. 잠시 자유 낙하하며 떨어지다가 땅에 닿기 직전에 겨우 날갯짓을 한다.

알리스는 앉아서 수첩에 적는다.

2. 에어리얼
학명: 호모 볼란티스
서쪽

개별 특성

평균 신장: 1.8미터(사피엔스와 유사).

색: 털 없는(가슴 부위는 제외) 두꺼운 피부, 사실상 흰색인 아주 연한 베이지색으로, 알비노 인간의 피부색과 비슷하다.

건축

그들의 도시는 높은 나뭇가지에 매달린 나무로 된 구형 둥지 다수가 모여 이뤄졌다. 겉보기에 이 둥지들은 거대한 베이지색 호박을 닮았다. 내부에는 수직으로 된 침대가 있어 에어리얼들은 발로 매달려 머리를 아래로 하고 잔다.

음악

에어리얼 음악의 중심 요소는 공기다. 플루트와 팬파이

프를 비롯한 관악기들을 연주한다.

춤
에어리얼들은 곡예비행풍의 공중 안무를 창작한다.

식생활
높은 곳에서 찾을 수 있는 모든 것, 즉 과일, 꽃, 잎사귀가 에어리얼의 먹이다. 작은 새, 알, 곤충, 특히 튀김으로 즐겨 먹는 별미인 밤나방 등이 주요 단백질 공급원이다.

술
나뭇가지 속에 숨겨진 야생 벌집에서 채취한 꿀로 꿀술을 제조한다. 꽃술도 담근다.

철학
에어리얼 철학의 중심 개념은 경감(輕減)이다. 자주 쓰이는 문구가 있다. 〈높이 오르고 싶다면, 너를 바닥으로 끌어당기는 모든 것을 버려라.〉

에어리얼들은 놓아주기, 가벼움, 비의존성, 무거운 짐이 될 모든 것에 대한 거부를 예찬한다.

정치
이들의 우두머리 헤르메스 역시 스스로를 〈헤르메스 왕〉이라 선포했다. 그는 〈자문 위원회〉의 도움을 받아 통치하는데, 이는 직접 임명한 남자 셋과 여자 셋으로 구성되며 상황 분석에 도움을 주고 공동체의 이익을 위해 어떤 전략적 결정이 최선일지 조언한다.

헤르메스는 하렘을 두지 않으나, 혼인 비행 때는 접할 수 있는 모든 암컷과 사랑을 나눈다(다른 수컷 혼종들도 마찬가지다). 그리하여 그의 정액은 종종 다른 수컷의 정액과 섞인다. 그는 퀴퀴파에서 태어난 에어리얼 아이들 대부분은 제 소생이라고 즐겨 말한다. 에어리얼 공동체의 다른 수컷들도 모두 그렇게 생각한다.

성적 성숙

박쥐의 성적 성숙기는 2세다. 박쥐 인간에서는 8세다.

번식 의례

가을이 오면 에어리얼들이 〈혼인 비행〉이라 부르는 의식이 펼쳐진다. 남녀 박쥐 인간이 전원 동시에 하늘로 날아올라 퀴퀴파 숲의 나무들 꼭대기 위에서 사랑을 나눈다.

이는 일종의 감각과 육체의 대향연으로, 흥분으로 달아오른 참가자들은 지상에서 1백 미터 이상 높이에서 수없이 많은 성관계를 갖는다. 한 에어리얼이 한 시간 만에 서로 다른 파트너 30여 명과 교합할 수 있다.

혼인 비행의 모든 참가자가 기력이 다하면, 각자 개인 둥지로 돌아가 남은 가을과 겨울을 반동면 상태로 보낸다.

이 휴식기에 암컷들은 수컷의 정액을 봄까지 몸에 지니

고 있다. 따라서 에어리얼 여자들은 저장한 정자를 본인 뜻대로 난자와 만나게 해서 수태 시기를 정할 수 있다. 뱃속에 품을 아이의 수도 결정할 수 있다.

임신

박쥐의 임신 기간은 3개월, 에어리얼의 임신 기간은 6개월이다.

한배의 자녀 수

박쥐는 한배에 새끼를 네 마리 낳는다. 에어리얼이 한 번에 낳는 아이 수는 평균 두 명이다.

출산은 가을에 이뤄지며, 이를 기점으로 번식 주기가 다시 시작된다.

인구 통계

70인의 어머니가 5년간 매년 두 아이를 출산해 700건의 출생이 있었다.

이에 부모 140인을 합해, 에어리얼 인구는 840인이다.

헤르메스가 제 둥지에서 내려와 과학자를 맞이한다.

「저 위에서 어머니를 보았고 어머니가 우리 활동의 평가 기록을 작성하신다는 걸 알았어요.」 그가 노트를 가리키며 말한다. 「하데스와 얘기 나누셨죠?」

날아다니는 자들은 높이서 모든 걸 감시할 수 있다는 사실을 잊었군.

「그래, 네 형제가 디거들을 크게 곤란에 빠뜨린 장난 얘기를 하던데.」

「젊은 애들인걸요, 재미로 그러는 거예요.」

「나도 그렇게 말하긴 했다. 하지만 모두의 생각이 같은 건 아니니까.」

「디거들은 너무 〈일차원적〉이에요.」 헤르메스가 말한다. 「좀 유연해질 필요가 있어요.」

알리스는 그 지적에 대꾸하지 않는다.

「노틱들과는 어떻게 지내니?」

「그들은 우리에게 수영을 가르쳐 주겠다고 했지만, 우리는 관심 없어요. 우리는 나는 법을 알려 주겠다고 했지만 그들이 거절했고요.」

헤르메스는 날개를 접고 알리스 옆으로 와서 앉는다.

「솔직히 말씀드리면 우리는 디거와 노틱과는 그다지 교류하지 않아요. 왜냐하면 우리는 훨씬 더…….」

「……진보했으니까?」

「〈초연하다〉고 해두죠. 우리는 남들에게 신경 쓰지 않고 하늘을 날아요. 구름 위에서 세상을 전체적으로 볼 수 있는 특권을 지칠 줄 모르고 누리죠. 다른 이들은 평지에서 이차원을 살지만, 우리는…… 우리는 공중에서 삼차원의 삶을 살죠.」

「그래서 너희는 행복하니?」

헤르메스는 웃는다.

「우리는 인류의 미래를 건설하는 중이고, 그 사실이 즐거워요. 우리를 창조하신 이유가 그게 아닌가요? 그럼 어머니는 행복하세요?」

알리스는 그 질문이 몹시 사적인 데 놀란다.

나는 행복한가?

「그래, 그런 것 같아. 세상을 바꿀 뭔가를 이룩했다는 기분이야. 그리고 매일 아침, 이 작업을 계속해 나가고 싶다는 마음을 느끼며 일어나지. 답이 되려나 모르겠구나.」

헤르메스는 집요하게 알리스를 바라본다.

「네, 하지만 어머니는 혼자고, 곁에 남자가 없잖아요. 언제까지나 시몽의 추억 속에 사실 수는 없어요.」

얘가 지금 나한테 수작 거는 건가?

「우리 사피엔스에게는 짝지어 사는 게 필수적이지 않아. 우리 여자들은 남자 없이도 아주 잘 살 수 있지. 게다가 내겐 딸 오펠리의 애정도 있고.」

에어리얼의 목소리가 한층 심각해진다.

「커플 사이의 사랑과는 다르죠…….」

「무슨 말을 하려는 거냐, 헤르메스?」

「별 얘기 아니에요……. 저는 다만, 우리 때문에 온갖 고생을 겪으셨으니 이제는 어머니도 즐겁게 사시길 바랄 뿐이에요.」

「마음 써줘서 고맙구나.」 알리스는 미소를 꾹 참으며 대답한다.

「아무튼, 무슨 일이든 도움이 필요하면 주저 말고 저를 부르세요.」

알리스는 이 대화를 빨리 끊기로 하고 일어서서 순회를 계속한다.

노틱들의 호숫가 마을 가까이 왔을 때, 멈춰 서서 노트를 펴고 에어리얼에 대해 주석을 추가한다.

아마도 물리적으로 언제나 남들 위에 있을 수 있다는 사실에서 기인했을 우월 의식.

노틱 시티의 항구 지대에서 부두에 돛배들이 오고 간다. 아이들이 물에서 서로 가장 높이 뛰어오르려고 경쟁하며 논다.

알리스는 부둣가에 앉아 쓴다.

3. 노틱
학명: 호모 나우티쿠스
동쪽

개별 특성
평균 신장: 2미터.
색: 돌고래와 비슷한, 푸르스름한 회색의 매끄럽고 윤기 나는 피부. 피부는 민감하고 연약하며 특히 햇빛에 약하다.

건축

그들의 도시는 연못가에 자리하며, 필로티를 세우고 그 위에 지은 큐브형 집들로 이루어졌고, 항구를 갖췄다. 항구에는 부두와 날렵한 보트들이 매인 부교(浮橋)들이 있으며, 디거들과의 교섭을 통해 제작되었다(대가로 노틱들은 지하 동굴의 항구 건설을 도왔다).

대부분의 노틱은 늘 물에서 지낸다. 낚시를 하기도 하고, 순전히 재미 삼아 수영을 하거나 놀기도 한다. 그들은 놀이를 무척 좋아한다. 노틱의 교육은 재미있는 시련들을 겪게 하는 입문 의식과 비슷하다.

음악

노틱의 특별한 악기는 하프다. 돌고래 울음소리와 음색이 유사한 그들의 목소리는 몹시 높은 고음까지 올라간다. 여자 노틱들은 〈세이렌 합창단〉이라는 이름의 합창단을 조직해 하프의 아르페지오를 반주 삼아 노래를 부른다.

춤

노틱들은 미국 배우 에스터 윌리엄스가 구상했을 법한 수중 안무를 창작한다. 시각 예술이자 음향 예술인 이런 작품은 연못 바닥에서 공연되기에, 노틱 관객들만이 작품을 감상할 수 있다.

식생활

노틱들은 생선, 갑각류, 해초, 심지어 연못의 진흙까지 재료 삼아 요리법을 고안했다. 일본 요리풍으로 초밥, 회, 말이초밥을 만들어 날것으로 먹는다.

술

노틱들은 발효시킨 수련꽃으로 술을 제조한다.

철학

〈방치된 모든 물체는 가라앉지 않고 떠오른다. 어떤 일이 잘 되지 않으면, 움직임을 멈추고 떠오르도록 내맡겨야 한다. 마찬가지로, 흐름이 있다면 맞서 싸우지 말고 그저 흐름을 믿고 몸을 맡겨야 한다. 흐름이 우리가 가야 할 곳까지 데려다 줄 터이기 때문이다.〉 이는 떠오르도록 내버려두기의 철학이다. 역으로, 이 철학에는 단단하고 무거우며 고정된 모든 것은 시간이 지남에 따라 파괴될 운명이라는 함의가 담겨 있다. 파도에 의해 침식된 절벽처럼.

정치

두 이웃과 마찬가지로 포세이돈도 스스로 왕위에 올랐다. 그는 유일하게 왕비 하나만을 두었고 왕비는 공동체와 관련된 모든 중요 사안에서 보좌관 역할을 한다.

성적 성숙

돌고래의 성적 성숙기는 15세이고, 돌고래 인간의 경우는 14세이다.

번식 의례

번식기 동안 수컷들은 마음에 드는 암컷을 찾아다닌다. 놀이를 무척 좋아하는 노틱인 만큼, 기분 전환을 위한 일상의 놀이를 유혹의 게임으로 전환시켜, 저마다 호수 수면 위로 뛰어오르며 미래의 배우자에게 잘 보이려 노력한다. 노틱들은 서로에게 충실한 커플로 맺어지고 단란한 가족을 이룬다. 일반적으로 관계 초반에는 수컷이 주도권을 쥐나, 이후 암컷이 권력 관계를 역전시켜 부부와 가족 관련 대부분의 결정권을 쥔다.

임신

노틱의 임신 기간은 상대적으로 길다. 돌고래의 임신 기간이 13개월인 반면, 노틱 혼종은 11개월이다(즉 사피엔스의 9개월, 에어리얼의 6개월, 디거의 4개월보다 길다).

한배의 자녀 수

한 자녀.

돌고래와의 또 다른 공통점으로, 노틱 신생아는 돌고래와 마찬가지로 어머니와 끈끈한 유대 관계이며, 아버지는 아이를 별로 돌보지 않는다.

인구 통계

노틱은 1년에 아이를 하나만 낳으므로 수가 가장 적다.

70인의 어머니가 5년간 매년 한 아이를 출산해, 아기 350명이 탄생했다.

이에 부모 141인을 더해, 노틱의 총 인구는 491인이다.

어머니가 왔다는 기별을 받은 포세이돈도 알리스 옆에 앉는다.

「우리가 어머니의 순방 마지막 차례군요.」 그는 처음부터 농담을 한다.

「네 정보원들은 소식이 빠르구나.」

그는 노트를 들여다본다.

「이제 뭘 하실 건가요? 우리에게 각각 점수를 매겨 성공을 평가하실 건가요?」

「너희 세 공동체는 경쟁하는 사이가 아니야. 내 눈에 너희는 모두 동등해.」

「제가 보니 에어리얼 구역에 더 자주 가시던데요. 게다가 어머니는 물과 땅보다 공중을 더 좋아하시죠.」

사실이야. 처음에 난 나는 것만을 원했으니까. 다른 두 종을 더 하라고 조언한 건 뱅자맹 웰스였지.

「네겐 언제나 제일 덜 사랑받는다는 두려움이 있구나, 그렇지 않니, 포세이돈?」

「사실이 그렇지 않은가요? 진흙과 고인 물 속에 사는 존재들은 구름 위에서 사는 존재보다 어머니 눈에 언제나 덜 흥미롭겠죠.」

「너 역시 열등감을 느끼는구나……」 알리스는 생각을 소리 내어 말한다.

「또 누가 그런데요?」 노틱은 놀란다.

「그러니까…… 하데스가, 내가 보기에는, 디거들은 사피엔스보다 열등하다고 느끼는 것 같아. 어쩌면 에어리얼보다도. 그래도 너희는 별문제 없이 사이좋게 살아가는 데 성공한 것 같구나.」

「어머니를 골치 아프게 해드리고 싶지 않아요. 안 그래도 해결하실 일이 너무 많은데……!」

포세이돈이 방금 한 말은 알리스를 안심시키기는커녕 걱정스럽게 한다.

「나에게 말해도 된단다, 알잖니, 포세이돈. 난 그러라고 온 거야. 솔직히 말하렴, 다른 두 공동체와 어떻게 지내니?」

돌고래 인간은 물갈퀴 달린 양손을 비비 튼다.

「정말 알고 싶으세요? 그러면…… 어제만 해도 얼큰하게 취한 디거들이 호숫가에 와서 토했는데, 아실지 모르겠지만…… 두더지 인간의 토사물은 끈적거리고 악취가 나서 고약스러워요. 밀려오는 파도 때문에 토사물이 필로티에 달라붙어 긁어내서 없애야 했어요.」

「또 무슨 일이 있니?」 알리스는 캐묻는다.

「에어리얼 청소년들이 노틱 청소년들에게 〈공기 세례〉를 준다며 나무 꼭대기에 올려놓았어요.」

「디거들에게도 같은 짓을 했더구나. 위로가 될지 모르겠지만.」

「별로요……. 게다가 겁먹은 우리 아이들을 내리기 위해 디거들에게 나무를 쓰러뜨려 달라고 부탁해야 했죠.」

포세이돈은 한숨을 쉰다. 호숫가에서 일에 열중한 자기 종족 사람들을 바라본다.

「그리고 우리에게 여기는 비좁게 느껴져요. 쥘 베른의 『해저 2만리』에서 강물들의 끝에는 한없이 펼쳐진 물이 있다고 읽었어요.」

「수업 중에 내가 얘기한 적 있었지.」 알리스가 맞장구 친다.

「예, 하지만 선생님께 배우는 것과 여러 페이지에 걸쳐 자세히 묘사한 글에 빠져드는 건 다르죠. 그리고 영화들도 봤는데, 대양은 정말 경이로워요. 산호, 물고기, 놀라운 풍경이 가득하죠……. 노틱들은 그걸 실제로 보는 게 꿈이에요. 아이 어른 할 것 없이, 우리 모두 대양을 발견하길 원해요! 우리 DNA에서 인간이 아닌 다른 반의 기원인 돌고래들이 사는 곳이죠. 우린 그들을 너무나 만나고 싶어요! 우리의 근원을 찾으려는 탐색 같은 거예요. 이해하시겠죠, 어머니.」

확실히 에어리얼들이 박쥐를 찾거나 디거들이 두더지를 찾는 일이 더 쉽긴 하지. 하지만 무엇보다도 이들 모두 마음에 거리끼는 데가 있다는 걸 알겠어. 종족 간의 경쟁심, 내 마음에 들려는 욕심, 뿌리를 찾으려는 욕구…… 주의해서 지켜봐야겠군.

41

 알리스가 점심을 먹으러 둘이 사는 별장에 돌아오자 오펠리가 있다.

 젊은 여자는 이제 스물다섯 살이다. 어머니와 구별되기 위해 머리를 짧게 자르고 연보라색으로 물들였다. 튜닉이나 로브는 입지 않고, 늘 이곳에 왔을 때 가져온 옷들로 직접 만든 데님 오버올 차림이다. 머리칼과 색이 같은 연보라색 티셔츠를 입었다. 마찬가지로 신발은 전쟁 전에 흔했던 밑창이 두터운 운동화다. 장신구는 아무것도 달지 않았다. 대신 무슨 일이든 거들 수 있도록 원예 도구와 수리 장비를 넣은 허리띠를 차고 있다.

 두 사피엔스 여자의 식사는 주로 에어리얼들이 채집한 과일, 디거들이 기른 채소와 뿌리채소, 노틱들이 채취한 해초가 재료다. 단백질 식품으로는 에어리얼들이 뇌조 알, 노틱들이 잉어와 꼬치고기를 가져다준다.

 「솔직히 말씀드려서 전 점점 걱정이 돼요.」 오펠리가 창밖으로 디거와 노틱 젊은이들의 축구 시합을 바라보며 말한다.

호각 소리 없이 페널티 킥을 찬 일로 시합 분위기가 험악해진다.「세 종 사이의 관계가 좋다고만은 할 수 없어요.」

알리스는 접시에 자기가 만든 샐러드를 담으며 어깨를 으쓱한다.

「그래, 사고들이 있었다고 들었다. 심각한 건 아니겠지?」

「그 말을 곧이들으시는 건 아니겠죠!」젊은 여자는 울컥한다.「엄마 앞에선 다들 서로 사랑하는 척해요. 엄마는 〈어머니〉시고 그들에게 진정 권위 있는 분이니까요. 하지만 저에게는 속내를 드러내니까 모든 게 그렇게 원만하지 않다는 걸 전 잘 알죠.」

「더 신경 써서 지켜보도록 하마.」알리스는 약속한다.

「그뿐만이 아니에요.」오펠리는 말을 계속한다.「어머니에게 그들은 모두 같은 교육을 받지만, 그렇게 공정하지 않은 일부 교사의 수업은 뭐랄까…… 편향적이에요.」

「자세히 얘기해 보렴.」딸의 이야기에 알리스는 생각 이상으로 마음이 어지럽다.

「수학을 예로 들어 보죠. 에어리얼들은 원과 숫자 1과 관련 있는 것들을, 디거는 삼각형과 숫자 3, 노틱은 사각형과 숫자 4를 중시해요.」

「그들의 건축과 관계가 있을지 모르겠구나.」과학자는 추론해 본다.「에어리얼은 구형 둥지를 짓는데, 동그라미는 선 하나로 완성되지. 노틱의 집은 필로티 위에 올라간 큐브형이고, 사각형은 네 개의 선으로 이루어졌어. 디거의 도시는 피라미드 꼴이니 선이 세 개고.」

「그럴지도 모르지만, 그렇다고 해서 에어리얼들이 다른 종들을 무시해도 되는 건 아니죠. 〈아래 종족〉이니 〈기어다니는 것들〉이라 부른다고요.」

「예전 세계에서 공군 병사들도 자기들이 보병이나 해병보다 우월하다고 여겼지.」 알리스는 회상한다.

「예전 세계 얘기가 나왔으니 말인데요, 3차 세계 대전이 일어난 이유를 두고 세 혼종의 해석이 각자 다르게 갈려요. 디거들은 사피엔스가 살균제, 살충제, 제초제로 땅을 오염시켰기 때문에 서로 죽였다고 해요. 그 결과 병든 땅에서 나온 채소와 과일이 사람들에게 공격성과 자살 성향을 불어넣었다고요.」

「꽤 그럴듯한 관점이구나.」 과학자는 인정한다.

「당연히 노틱들은 사피엔스가 하천을 오염시키고 강을 더럽히고 바다의 산성도를 올려서 자기 파괴 충동이 나타났다고 여기죠. 치명적인 검은 기름을 바다에 토해 낸 유조선 사고들, 독성 물질이 섞인 비, 빙하 녹음 등을 거론해요.」

「에어리얼들의 생각은 어떤데?」

「그들은 공기 오염을 원인으로 보죠. 오존층의 구멍이 사피엔스의 광기를 불러왔다고 여겨요. 오존층 구멍을 통해 신경 세포에 유독한 광선이 들어왔다는 거죠. 마찬가지로 대형 비행기들이 제트 엔진으로 구름을 〈갈아엎은〉, 그들의 표현은 그래요, 갈아엎은 결과 에어 포켓과 대기 불안정이 발생해 태풍과 허리케인 발생을 가속화했다는 거예요.」

「그것 또한 믿을 만한 가설인걸…….」

화가 난 오펠리가 접시에 포크를 거칠게 내려놓는 바람에 알리스는 깜짝 놀란다.

「세상에, 엄마, 정말 모르시겠어요? 세 공동체가 저마다 엄마가 가르쳐 준 역사를 다시 써서 자기가 옳고 세상을 지배해야 할 종은 자기들임을 입증하는 구실로 삼는다고요! 그들은 자기 존재 자체가 사피엔스의 공격에 대한 자연의 대응책이라고 받아들여요. 에어리얼은 공기의 복수를, 디거는 땅의 복수를, 노틱은 물의 복수를 한다고요……. 그들은 모든 걸 훼손한 사피엔스에게 복수하려고 경쟁하고 있어요.」

알리스는 아니라는 뜻으로 고개를 젓는다.

「난 그렇게 믿지 않아.」

「엄마, 제가 맹세하는데 그들은 엄마 앞에서 솔직하지 않아요. 그들은 어머니의 사랑을 독차지하고 싶어 하는 어린애들 같다고요. 엄마의 편애를 받기 위해서라면 뭐든 할 작정이고요.」

「그들은 생명의 상호 보완적 에너지야.」 알리스는 반박한다. 「기억나지, A, D, N. 에어리얼, 디거, 노틱. 흰색, 검은색, 파란색. 각자 자기 자리와 활동 영역을 찾으려면 조정이 반드시 필요하지…….」

알리스는 일어서서 좀 특이한 체스 세트를 가구에서 꺼낸다. 체스 판은 사각형이 아니라 육각형이고, 세 편이 두게 되어 있다. 흰색, 검은색, 파란색이다.

「이 게임 기억나니?」 알리스는 묻는다.

「네, 얄타 게임이죠. 셋이서 두는 체스. 헤르메스, 하데스, 포세이돈은 때로 끝낼 줄 모르고 오랫동안 대결하곤 해요…….」

「내가 그러라고 권하거든……. 이 게임의 원칙 하나는 실력이 제일 뛰어난 사람이 이기는 게 아니라 적 한 사람과 동맹을 맺어 다른 적과 싸우는 사람이 이긴다는 거야. 너무 성급하게 이기려고 들면 자기를 뺀 두 사람이 동맹을 맺고 대항해 질 위험이 있지.」

알리스는 식탁에 체스 판을 올려놓고 말을 배열한다. 두 여자는 전투 대형을 펼칠 태세로 늘어선 체스 말들을 바라본다.

오펠리는 어머니의 얼굴을 뜯어보다가 침묵을 깨고 말한다.

「이런 말씀 죄송하지만, 엄마, 얄타 게임 같은 걸로 그들의 경쟁심을 가라앉힐 수는 없어요. 호전적 충동을 고갈시킬 수는 더더욱 없고요.」

알리스는 접시 앞에 돌아와 앉는다. 채소를 오래오래 씹다가 말문을 연다.

「자연 자체도 폭력적이야. 지진, 쓰나미, 토네이도는 번갈아 가며 규칙적으로 지구를 휩쓸었지. 기다리면 모든 게 다시 잠잠해질 거야.」

「제 생각은 달라요, 시간이 간다고 해결될 일이 아니에요.」 오펠리가 대꾸한다. 「혼종들은 점점 서로를 이해하고 존중하기 어려워질 거예요. 그들이 하는 욕설만 들어도…….」

「어떤 욕인데?」 알리스가 말을 끊는다.

「〈민달팽이 녀석〉, 〈날아다니는 쥐〉, 〈진흙 찌꺼기〉…….

하지만 욕설만 문제가 아니에요.」 오펠리는 의견을 굽히지 않는다. 「각자 남들이 알아들을 수 없는 은어를 만들어 냈어요.」

「각자의 상징 요소와 관련 있는 표현이잖니, 그뿐이야.」

오펠리는 자기가 먹은 식기를 치우려고 식탁에서 일어선다.

「하지만 이런 현상이 갈수록 심해진다고요, 엄마!」 오펠리는 접시를 닦으며 말한다. 「각자 자기들 고유의 언어를 만들어 내고 있고, 언젠가는 서로의 말을 알아듣지 못할 거예요!」

「지나친 생각이야.」

「가끔 보면 엄마는 정말 순진하다니까!」 오펠리가 욱해서 내뱉는다. 「엄마는 자기 창조물들을 이상화한 나머지 다가올 위험을 보지 못하게 된 거예요.」

저런 면은 제 아버지를 꼭 닮았어. 시몽은 모든 걸 두려워했지. 그는 환경에 의해 변해서 자신의 편집증을 딸에게 물려준 거야. 후성 유전학의 살아 있는 예시야······.

「난 무엇보다 긍정적인 게 부정적인 것보다 강하다고 생각한다.」 알리스는 침착하게 설명한다. 「우리는 모두 3차 세계 대전의 운 좋은 생존자고, 모두 뉴 이비사의 추방자야. 모두 함께 맨땅에서 이 퀴퀴파 공동체를 건설했어. 시간이 지나면 모든 게 안정되고 해결될 거야.」

「그렇지만 제 생각은 그 반대예요. 시간이 지나면 모든 게 더 나빠질 거예요.」

이것도 제 아버지가 입버릇처럼 하던 말이군. 사람의 성격이 어쩜 이렇게 그대로 대물림될 수 있나?

오펠리는 동결 건조 커피를 타서 초조하게 홀짝홀짝 마신다. 계속해서 창문으로 퀴퀴파 연못을 바라보고 있다.

「전 그들과 뒤섞여 살아요, 엄마. 그들을 보고, 들어요. 전 그들을 이해해요. 그들은 서로 미워해요. 결국은 서로 죽이고 말 거예요.」 오펠리는 침울한 소리로 말한다. 「우린 그들을 말릴 수 없을 거고요.」

「네가 목적하는 바는 뭐니, 얘야?」

「그들이 사이좋게 지내는 거죠. 서로를 파멸시키고 말 거라면 존재를 창조한 의미가 없잖아요.」

알리스는 창가의 딸 곁으로 가서 딸을 품에 안는다.

「그건 네가 짊어질 의무가 아니란다. 여전히 내 특권에 속하지.」

오펠리는 몸을 빼내고 어머니를 쳐다본다.

「하지만 아무것도 안 하시잖아요!」

「그렇지 않아, 난 그들을 사랑하고 신뢰해.」

「저도 그들을 사랑해요, 엄마, 하지만 그들을 충동에 맡겨 둔다면 또 전쟁이 일어날 거예요.」

「어떤 식으로 사랑한다는 거니?」 알리스는 난데없이 묻는다.

오펠리는 눈썹을 찌푸린다.

「제가 그들과 육체적 사랑을 나누는지 알고 싶으신 거예요? 그런 얘기예요, 엄마?」

「난 네가 열다섯 살밖에 안 됐을 때 그들에게 키스하는 걸 봤으니…… 너희들의 감정이 깊어졌는지 궁금한 것도 당연하지.」

두 여자는 서로를 바라본다. 오펠리는 차가운 시선으로 어머니를 훑어본다.

「제 사생활에 간섭하시는 것보다, 제가 방금 드린 말씀을 진지하게 생각해 보시는 게 좋을 거예요, 엄마.」

「사랑한다, 딸아.」

그리고 알리스는 말을 행동으로 옮겨 오펠리를 가슴에 꼭 끌어안는다.

「오늘 밤은 우리 퀴퀴파 공동체 탄생 기념 축제지. 난 세 공동체의 유대를 공고히 다지려는 취지의 연설을 준비했단다. 그런 다음 RM이 열리지. 종합 릴레이Relais Multidisciplinaire 대회 말이야.」

과학자는 세 진영으로 나눠진 얄타 체스 게임 앞에 돌아가 앉는다.

「행사, 축제, 게임은 중립적인 장에서 사람들을 결속시키는 최고의 방법이야.」

아무튼…… 나는 그러기를 간절히 바랄 뿐이야…….

42

 트럼펫 소리가 울린다. 주민 모두가 긴 테이블들이 놓인 광장으로 달려온다.

 한복판에는 앨리스가 오른쪽으로는 헤르메스왕, 왼쪽으로는 하데스왕과 포세이돈왕에 둘러싸여 있다.

 여전히 오버올에 운동화 차림인 오펠리는 좀 물러나서 서 있다. 이날 입은, 머리색과 맞춘 연보라색 티셔츠에는 〈종합 릴레이: 연례 경기〉라고 쓰여 있다. 환희 넘치는 주변 분위기와 달리 걱정스러운 표정이다.

 전원이 제자리에 앉자 분홍색 로브를 입고 희끗희끗한 머리에 초록색 눈을 지닌 여자가 일어선다. 숟가락으로 나무로 된 술잔을 치자 노틱 491명, 에어리얼 840명, 디거 1,191명, 총 2,522명의 퀴퀴파 공동체 시민이 조용해진다.

 에어리얼들이 숲 언저리의 어느 빈집에서 아직 잘 작동하는 오디오 앰프를 가져왔다. 앨리스의 목소리가 빈터에 울려 퍼진다.

 「에어리얼 여러분, 디거 여러분, 노틱 여러분. 우리가 이곳, 퀴퀴파 숲 연못 주변에서 행복하고 평화롭게 살아온 지 이제 5년이 되었습니다. 제일 먼저 여러분께 이를 감사드리고 싶습니다.」

그 자리의 모든 이가 박수갈채를 보낸다.

「여러분, 세 공동체를 창조하는 데에 저는 세 동물을 선택했습니다. 돌고래, 박쥐, 두더지입니다. 다른 동물종을 고를 수도 있었지만, 한 가지 예외가 있었죠. 바로 레밍입니다. 마멋과 비슷한 이 설치류에게는 고약한 습성이 있습니다. 레밍 집단은 정기적으로 모여 긴 행렬을 이뤄서 한 줄로 수 킬로미터를 전진해 절벽 가장자리까지 갑니다. 낭떠러지에 도달하면 그들은 하나씩 허공으로 뛰어내립니다. 이는 생물학자들이 동물 세계에서 발견한 유일한 집단 자살 행위입니다.」

알리스는 잠시 말을 중단한다. 모두가 조용하다.

「레밍에게 주기적으로 일어나는 일은 구 인류에게 역시 주기적으로 일어났던 일을 떠오르게 합니다. 자기 한계나 자기 파괴 충동에 떠밀리기라도 하는 듯, 저의 동족들은〈양적 조정〉을 시행해 왔습니다. 역사 수업을 기억해 보세요. 인류는 농작 실패로 인한 기근이며 대도시의 불결한 위생으로 인한 전염병을 수차례 겪었고, 물론 그 피해 규모가 점점 커지는 전쟁도 겪었습니다. 1차 세계 대전은 사피엔스 2천만 명의 죽음을 불러왔고, 2차 세계 대전 사망자 수는 6천만 명이었습니다. 즉 사망자 수가 3배 늘어난 것입니다. 그 후 3차 세계 대전이 발발했고…… 사망자 수는 1백 배로 늘어납니다. 정확한 수를 알 수는 없지만 말입니다.」

모두 주의 깊게 알리스의 말을 듣는다.

「하지만 여러분은, 제 앞에 지금 여기 모인 여러분 전부는,」 알리스는 양팔을 벌리며 말을 잇는다. 「저는 여러분은 다르다는 것을 압니다. 여러분의 수를 조절할 전염병이나 전쟁은 더 이상 필요 없습니다. 여러분이 받은 교육 덕분에 마침내 여러분은 이성적이게 되었으니까요. 그리하여 오늘, 우리의 정착을 기념하는 이날, 저는 새로운 규칙을 제안합니다. 아이를 낳는 것은 먹을 것과 사랑과 교육을 버젓이 제공할 수 있을 때만 하세요. 그렇지 않다면 자제하세요. 그리고 여러분을 둘러싼 자연과 조화로운 균형을 유지해야 함을 항상 명심하세요. 구사피엔스나 레밍처럼 자살 행위로 기울고 싶지 않다면 말입니다…….」

알리스는 잠시 사이를 둔다.

「우리 공동체는 5주년 기념일을 맞았습니다. 구인류라는 기어다니던 애벌레가 퀴퀴파의 우리 신인류 공동체라는 빛나는 나비로 변모한 5년입니다. 나비, 정확히 말하면 세 마리 나비라는 표현이 옳겠군요. 그건 여러분이 모두 각자의 방식대로 향상된 사피엔스이기 때문입니다. 자, 지금은 준비된 진수성찬을 즐기고, 춤추고, 신나게 놀도록 하세요. 내일은 우리의 종합 릴레이 대회가 시작되니까요.」

그는 뿌리로 담근 술이 든 잔을 쳐든다.

「에어리얼 만세! 디거 만세! 노틱 만세! 퀴퀴파 만세!」

그러자 다들 나무 술잔을 높이 치켜들며 일어서서 덧붙인다.

「어머니 만세!」

알리스는 화답의 인사로 예를 갖추고는 말한다.

「이제 여러분에게 발언권을 넘깁니다. 오늘 저녁 파티를 여는 영광은 문학이 차지합니다. 제비뽑기를 통해 디거들이 처음으로 문을 열겠습니다.」

다리가 짧고 두꺼운 안경을 쓴 디거 시인이 세 공동체의 박수를 받으며 테이블 위에 올라간다. 그는 목소리를 가다듬고 행사를 위해 특별히 쓴 글을 읽기 시작한다. 어느 행성의 이야기로, 그곳에는 생명이 없다고 믿어지는데, 모든 생명체가 지하에 건설된 거대한 개미집 같은 곳에 살고 있기 때문이다.

노틱 작가가 그 뒤를 이어 대홍수가 전 대륙을 집어삼키는 이야기를 한다. 인간은 모조리 사라지고, 지치지 않고 오래 헤엄칠 수 있는 이들만 살아남는다. 그들은 수면 위로 나온 최후의 섬으로 피신하는데, 알고 보니 그곳은 히말라야의 최고봉, 에베레스트다.

마지막으로 에어리얼 작가가 물질적인 외형이 아예 없는 외계 종족 이야기를 한다. 그들은 몸 전체가 순수한 정신으로 이루어졌고 생각의 속도로 이동한다. 그리하여 이동 수단에 구애받지 않고 어떤 행성이든 방문할 수 있다.

다음은 요리 작품을 시식하는 시간이다. 이번에도 각 종족이 자기들이 창조한 특별 요리를 잘 어울리는 주류와 곁들여 선보인다.

향연의 흥이 절정에 달했을 때, 하데스가 나무 술잔을 두드려 모두의 주목을 청한다.

「어머니를 위한 선물이 있어요.」 그가 발표한다.

그는 거대한 손으로 손뼉을 친다. 디거 여섯이 끄는 수레가 등장하는데, 수레에는 덮개로 가려진 3미터 높이의 형상이 실려 있다.

여섯 디거가 수레에서 짐을 내리고, 하데스의 신호에 따라 천을 벗긴다.

모두가 그 동상을 알아본다. 알리스가 항상 혼종들의 공동 창조자로 여겼던 사피엔스다.

「시몽!」 알리스가 탄성을 지른다.

몹시 놀란 오펠리가 중얼거린다.

「아빠……」

자기가 불러온 효과에 만족해하며 하데스가 설명한다.

「이 기념할 만한 날에 그분도 있어야 한다고 생각했어요.」

알리스는 숨을 크게 들이쉰다.

그들은 감사의 의미를 알아. 자기들을 도왔던 이를 기억할 줄 아는 자들은 제 운명의 주도권을 쥐고 있어.

「그는…… 그의 죽음은 너희를 살도록 하기 위함이었어!」 알리스는 감정이 북받쳐 선언한다.

하데스가 다시 손뼉을 친다. 디거 연주자들이 속을 파낸 그루터기를 어깨에 메고 나타나, 짧은 북채로 두드려 심장 박동 같은 일정한 리듬을 자아낸다.

「시몽의 기억을 떠올리며 우리의 심장은 뜁니다.」 디거의 왕은 과장된 투로 말한다.

북소리가 점점 강하게 울리는 가운데, 포세이돈이 제 동족들에게 신호를 한다. 노틱 연주자들이 하프를 가져와 화음을 쌓기 시작하고 그러자 디거들의 타악기 소리에 멜로디가 더해진다.

　헤르메스도 제 동족들에게 팬 플루트를 가져와서 시몽의 동상 위에 떠오른 채 연주하도록 한다.

　멜로디는 커지고 풍성해진다.

　알리스는 깊이 감동하고, 행복한 동시에 슬프다.

　이 모든 게 당신을 위한 거야, 시몽. 그리고 당신은 이런 대접을 받아 마땅해. 그들은 당신의 추억을 되살려.

　그는 눈물 한 방울을 닦는다.

　오펠리가 다가와 어머니의 품에 파고들어, 동상에서 눈길을 떼지 않고 부드럽게 되뇐다.

「아빠…….」

　밤이 저물기 시작하자, 광장 한복판, 동상 앞에 큰 불이 피워진다. 세 혼종에서 몇 명씩 나와 불 주위를 돌며 원무를 춘다. 음악은 점점 리드미컬해진다. 이내 그 자리의 모두가 디거들의 타악기 연주 박동에 맞춰 그들이 하나 되는 듯한 집단 최면 같은 것을 느낀다.

　음악과 술은 자연스럽게 솟아나는 감동과 감사의 마음을 한층 증폭시키지. 그들은 시몽을 잃은 고통과 그가 떠난 후에도 그의 업적은 남았다는 기쁨을 다시 겪고 있어. 그야말로 그들 모두 공감할 줄 안다는 증거야. 그들의 인간성 여부를 판단하는 궁극적 기준은 타인의 기쁨과 고통을 제 것처럼 받아들일 줄 아는 능력일 거라고,

난 늘 생각했어. 그들의 의식 수준에 대해 아직 의문이 남았다 해도, 이로써 그들이 완벽하다는 최종적인 증거가 나왔어.

이들은 동물이 아니야.

틀림없는 정신적 존재야.

별안간 알리스의 마음은 크게 술렁인다.

시몽, 당신이 너무나 그리워…….

디거들이 목소리로 내는 저음이 음악과 어우러지고, 노틱들이 중간 음을 얹으며, 에어리얼들이 고음을 더한다. 세 멜로디는 사뭇 다르면서도 조화를 이뤄, 요한 제바스티안 바흐의 대위법 작품과도 비슷하다. 여러 멜로디가 그중 어느 하나가 아니라 전체의 합에 해당하는 음향적 환상을 자아낸다는 점이 그렇다.

노래가 끝나자 알리스는 조용히 해줄 것을 요청하고 말을 꺼낸다.

「알려 드릴 것이 있습니다. 올해는 헤르메스가 음향과 빛의 공연을 준비했다는군요.」

알리스는 손뼉을 친다.

현악기의 아르페지오가 울려 퍼지고 하늘에 빛이 비친다. 횃불을 든 세 에어리얼이 광장 위에 정지 상태로 떠 있다. 스무 명이 더 나타난다. 하프의 선율이 속도를 더해 가는 가운데 그들은 불의 고리들을 이루고, 소용돌이를 그리며 돌다가 8자를 그린다.

용으로 분장한 에어리얼들이 전쟁 전의 서커스 공연처럼 불을 뿜는다.

눈부신 장관이 펼쳐지고 많은 관중이 박수를 보낸다.

여자 에어리얼들이 줄에 매달린 불덩이를 빙글빙글 돌린다. 한편에서는 횃불로 저글링을 하고, 이 모든 묘기가 관중 위에 뜬 채로 이뤄져, 관중은 열광을 더해 가며 박수를 친다.

헤르메스가 불의 고리 한가운데서 나타난다. 가는 끈 끝에 달린 타오르는 불덩이 두 개를 빙빙 돌리며 점점 하늘 높이 솟구친다.

그는 다시 내려와, 길게 이어지는 불꽃을 뿜더니 마지막으로 혼자 저글링을 선보이는데, 그 솜씨가 대단히 뛰어나다.

마무리로 절을 하고 나서 그는 우레 같은 박수갈채를 받으며 알리스, 오펠리와, 다른 두 왕이 있는 자리로 돌아온다.

곧이어 에어리얼들이 마련한 디저트가 담긴 수레가 나온다. 다들 공기의 종족이 만든 벌꿀케이크를 맛있게 먹는다.

알리스가 포세이돈과 그의 아내와 담소를 나누는 동안, 오펠리는 헤르메스에게 몸을 기울인다.

「오늘 밤 네 공연은 정말 근사했어.」

「우리에겐 도전 과제가 있었거든. 작년 노틱의 공연보다 잘하고 싶었지.」 박쥐 인간의 왕은 겸손하게 인정한다.

「우리가 레알에서 나왔을 때 네가 날 공중으로 들어 올려 장애물을 넘게 해줬던 거, 난 아직 기억해…….」

「나도 기억나.」

「그때 느낀 무중력 상태의 감각은…… 말로 표현할 수 없었어……. 한 번 더…… 좀 더 오래 경험해 보고 싶어.」

「어머니가 허락하신다면 내가 얼마든지 모셔 드리지.」에어리얼의 왕은 정중하게 답한다.

오펠리는 헤르메스의 날개를 만지며 속삭인다.

「축제가 끝나고 다들 잠들면 만나자. 엄마는 절대 모르실 거야.」

때마침 알리스가 다시 청중에게 말한다.

「신사 숙녀 여러분, 이로써 우리 공동체 탄생 기념 축제 첫날을 마칩니다. 아시는 바와 같이 내일은 스포츠의 날, 우리의 유명한 종합 릴레이가 열리는 날이죠. 체력을 비축해 둘 시간입니다. 내일 다시 만나요.」

다들 자리에서 일어난다. 약간 투덜거리는 참가자들도 있다. 그들은 축제를 계속하고 싶었지만, 대부분은 순순히 알리스의 말을 따른다.

그리하여 한 시간 후 마침내 퀴퀴파의 세 마을에 정적이 내려앉았을 때, 두 그림자가 빈터 가장자리에서 비밀스레 만난다.

「네 어머니께 야단맞지 않는 거 확실해?」 헤르메스가 걱정스레 묻는다.

「언젠가 엄마는 이렇게 말씀하셨어. 〈네가 직접 경험하지 않은 모든 것은 추상적일 뿐 아직 네 것이 아니란다. 인생이 정말로 네 세포의 기억에 새겨지려면 네가 생을 온 감각으로, 온몸으로 받아들여야 해.〉 난 엄마의 충고를 그대로 실천하는 거야…….」

에어리얼의 왕은 아직 완전히 넘어가지 않는다.

「어머니가 언짢아하실 것 같은데.」

「걱정 마. 내가 비행을 좋아하게 된 건 부모님 때문인걸. 엄마는 비행을 사랑했고, 아빠는 우주 비행사였고, 두 분은 지구 위 410킬로미터 높이의 궤도에서 만났는걸, 너도 알잖아. 난 무슨 일이 있어도 이 경험을 제대로 해보고 싶어, 알겠니?」

오펠리가 말을 끝내자마자 헤르메스는 오펠리의 허리를 붙잡고 반짝이는 보름달을 향해, 나무들 우듬지 위로 데려간다.

오펠리는 속도가 만들어 내는 바람이 얼굴과 연보라색 머리칼을 스치는 것을 느낀다. 연회색 눈이 흥분으로 반짝인다.

「더 빨리 갈 수 있어?」 그가 외친다.

헤르메스는 날갯짓을 멈추더니, 먹이를 덮치려는 독수리처럼 날개를 접고 곤두박질할 자세를 취한다.

바람이 점점 거세진다.

헤르메스는 연못을 향해 돌진하다가 아슬아슬한 순간 날개를 펴고 물 위를 스치듯 저공비행한다.

「좋아?」 그는 승객에게 묻는다.

「너무 좋아! 부탁이야, 더 해줘! 더!」

그러자 에어리얼의 왕은 오펠리를 데리고 더 높이, 더 빨리 날며, 공중회전과 역방향 활공을 해낸다. 그들은 나무 사이를 요리조리 피하고 구름을 스친다.

오펠리는 환희를 느낀다.

「평생 너와 이 순간을 경험하길 기다려 온 것 같아.」
그리고 덧붙인다.
「또 했으면 좋겠어.」
헤르메스는 대꾸한다.
「네가 뭘 원하는지 잘 생각하는 게 좋아. 진심으로 바라면, 이루어질 테니…….」

43

「다시는 그러지 말아라, 알아듣겠니!」

알리스는 믿어지지 않는다는 듯 고개를 흔든다. 호수 위를 나는 소리에 깨어난 노틱 한 명이 딸의 경솔한 짓을 알려준 뒤로 화가 가라앉지 않는다.

그는 커피를 한 잔 따라 단숨에 마신다.

어머니 맞은편에 앉은 오펠리 역시, 까딱하지 않고 아침 커피를 마신다.

「전 어린애가 아니에요, 엄마. 제가 하고 싶은 대로 해요.」

알리스는 이를 악문다.

「이건 네 문제가 아니라 우리 공동체의 규칙 문제야.」

「어이없는 규칙이라는 생각 안 드세요? 사피엔스가 세 공동체 중 하나의 특징을 이용해선 안 될 이유가 뭐죠?」

알리스는 고개를 젓는다. 오펠리는 계속해서 말한다.

「그건 그렇고, 엄마, 제 연애 생활에 대해 알고 싶어 하셨으니 툭 터놓고 말할게요. 전 헤르메스가 맘에 들어요.」

「뭐?!」

끝내 내가 우려하던 대로 되었군.

「그런 표정 하지 마세요. 누가 보면 제가 4차 세계 대전을 알리기라도 한 줄 알겠어요.」

「너 도대체 생각이나…….」

젊은 여자는 말을 끝내게 놔두지 않는다.

「뭐라고 말씀하실지 알아요. 우리 사랑은 이루어질 수 없다, 왜냐하면 그는 내 이복형제고 그건 근친상간 비슷한 관계가 되니까. 그럼 전 이렇게 대답하겠어요. 성경에서 이브는 아담의 갈비뼈에서 나왔고, 그러니 엄밀히 말하면 아담은 이브의 아버지죠. 그런데도 둘은 아이를 가졌어요.」

알리스는 빈 커피잔 바닥을 물끄러미 바라보며 냉정을 되찾으려고 잠시 심호흡을 하고 말한다.

「아니, 근친상간은 아니야. 헤르메스는 너와 공통 유전자가 전혀 없어. 그와 너는 남매가 아니야. 동물 난자를 인공 수정할 때 시몽의 정자로는 되지 않았어. 그래서 ISS에 있던 다른 남자, 사령관 피에르 퀴비에의 정자를 썼지. 그러니 최초의 혼종 435명의 생물학적 아버지는 피에르인 셈이야.」

이 소식에 젊은 여자는 몹시 기뻐한다.

「그러니까 제가 그와 짝짓기해도 아이에게 선천적 이상이 생길 위험은 없는 거죠?」

「그게 문제가 아니란다, 오펠리…….」

「엄마가 거북해하시는 건 그가 혼종이라서겠죠, 그런 건가요?」

「당연히 아니지!」 알리스는 버럭 화를 낸다. 「솔직히 생물학자로서는 인간과 혼종의 결합에서 생존 가능한 2세가 나올지 몹시 알고 싶을 정도야.」

「그럼 왜 제가 헤르메스와 맺어지는 데 반대하시는 거예요?」

어떻게 설명하면 좋지……?

알리스는 어렵게 말을 꺼낸다.

「그가 널 진심 어린 이유에서 사랑하는 게 확실하니?」

오펠리는 어처구니없다는 듯 어머니를 쳐다본다.

「엄마! 무슨 뜻으로 말씀하시는 거예요? 그가 단지 내가 사피엔스라는 이유로 내게 관심을 보일지 모른다는 거예요?」

「바로 그 얘기다.」

「엄마, 이건 영혼과 영혼의 만남이라고요!『미녀와 야수』처럼요. 웰스의『상대적이며 절대적인 지식의 백과사전』에서 그 동화는 실화가 바탕이라는 걸 읽었어요. 둘의 결합은 서로 다른 겉모습 때문에 어려울 것 같았지만, 그럼에도…….」

44

백과사전: 진짜 미녀와 야수 이야기

동화 『미녀와 야수』 이야기는 실존 인물이 바탕이 되었다. 페드로 곤살레스라는 인물로, 그는 1537년 카나리아 제도의 테네리페에서 태어났으며 다모증(多毛症, 늑대인간 증후군이라고도 한다)이라는 희귀한 선천적 질환에 시달렸다. 전신이 빽빽한 털로 뒤덮여 있어 페드로는 고릴라 같은 모습이었다. 그는 태어나면서부터 괴물 취급을 받았다. 열 살 때 그는 우리에 갇혀 프랑스 왕 앙리 2세에게 진상되었고, 동물원에 갇혔다. 그러나 왕은 이 괴물이 교육을 받는다면 정상적 인간이 될 수 있을 거라 여겼다. 그래서 그는 페드로를 왕실 교사들에게 맡겼다. 그때부터 페드로는 왕실의 진귀한 구경거리이자 앙리 2세의 관대함의 상징이 되었다.

왕실 교육은 모두의 예측을 뛰어넘어 그 결실을 맺었고, 젊은 페드로 곤살레스는 여전히 털이 무성하긴 했지만 지성과 교양을 갖춘 남자로 자라났다. 왕은 그에게 왕실 재무 위원회의 요직을 맡기기까지 했고 그는 부유해졌다. 그런데 왕이 죽고 말았다. 페드로가 왕비 카트린 드메디시스와 대화하던 중, 왕비는 그에게 부족한 것이 있냐고 물었다. 「아내입니다.」 페드로 곤살레스는 바로 대답했다. 순전한 호기심에서, 이런 남자에게서 나온 아이들은 역시 날 때부터 온몸이 털로 뒤덮여 있을까 궁금했던 왕비는, 혼사를 주선했다. 아는 귀족 중에 파산하여 빚만 갚아 주면 기꺼이 딸을 내줄 사람이 있었다. 젊은 여인의 이름은 카트린 라펠랭이었다. 미래 배우자의 생김새를 알게 되자 그는 겁을 먹고 달아나고 싶었다. 하지만 페드로는 지성과 다정함으로 젊은 여성을 안심시키고 결국 마음을 사로잡는 데 성공했다.

1572년, 카트린 라펠랭은 기쁜 마음으로 페드로 곤살레스와 결혼했고, 그는 장인의 빚을 전부 지불해 주었다. 처음에는 이루어질 수 없을 것 같던 이 관계는 차차 진정한 사랑의 열정으로 변했다. 페드로와 카트린은 일곱 자녀를 두었고 그중 몇몇은 정도의 차이는 있으나 아버지의 특이한 점을 물려받았다. 그들은 죽을 때까지 행복하게 살았다.

에드몽 웰스, 『상대적이며 절대적인 지식의 백과사전』

45

그날 아침, 퀴퀴파 주민 전체가 광장에 모였다. 알리스는 단상에 서서 앰프를 통해 말한다. 이웃한 숲에 그의 목소리가 울린다.

「RM 대회의 기본 규칙을 상기시켜 드립니다. 선수 아홉 명으로 이루어진 세 팀이 대결하며, 각 팀에는 각 종에서 세 선수씩 들어갑니다. 목표는 단순합니다. 1등으로 결승선을 넘는 것이죠. 팀은 세 공동체 각각에서 선출된 선수들로 이뤄지므로, 각 팀 대표색은 디거의 검은색도, 노틱의 파란색도, 에어리얼의 하얀색도 아닌 노란색, 초록색, 빨간색입니다.」

노란 팀 선수들이 디거들의 타악기 연주 리듬에 맞춰 입장한다. 이마에 노란 띠를 두른 에어리얼 세 명, 노틱 세 명, 디거 세 명이 군중에게 인사한다.

「노란 팀 만세!」 응원자들이 소리친다.

다음으로 초록색 띠를 두른 노틱 세 명, 에어리얼 세 명, 디거 세 명이 등장한다.

「초록 팀 만세!」

마지막으로 빨간 팀이 입장한다.

「빨간 팀 만세!」

알리스는 흥분을 가라앉히라는 몸짓을 한다.

「여러분 모두 의욕이 넘치는군요……. 등수는 속도에 따라 판가름 나며 폭력 행위는 일절 용납되지 않음을 기억하시기 바랍니다. 에어리얼의 날개를 꺾어선 안 되고, 노틱 손의 막을 물어선 안 되고, 디거의 눈을 손가락으로 찔러선 안 됩니다! 유감스럽게도 작년엔 스포츠 정신에 어긋나는 그런 행위가 너무 많았죠. 모든 폭력에는 해당 선수의 즉각 탈락 처분이 따를 것임을 알려 드립니다.」

군중의 야유가 일어난다.

알리스는 다시 마이크를 잡는다.

「제5회 종합 릴레이 대회 개회를 선포합니다! 최고의 팀이 승리하길!」

발치에 두었던 트럼펫을 들어 세차게 분다.

트럼펫에서 나는 요란한 소리에 새들이 놀라 나뭇잎 바스락거리는 소리를 내며 날아간다.

곧이어 세 팀의 디거 선수들이 서둘러 첫 코스로 향한다.

「누가 이길 것 같니?」 헤르메스가 옆에 앉은 오펠리에게 묻는다.

「초록 팀.」 젊은 여자는 장난스럽게 윙크하며 답한다. 「초록 팀 주장은 에어리얼이고, 난 그들이 제일 뛰어난 것 같아.」

「나도 초록 팀이 이길 것 같구나.」 알리스가 말한다.

「넌 어때, 헤르메스?」 오펠리가 묻는다.

「글쎄, 나는 빨간 팀이 이길 것 같아, 비록 디거가 주장이긴 하지만.」

관중들은 다양한 코스로 이뤄진 릴레이를 따라 자리를 옮겨 가며 구경한다. 처음에는 지상, 다음에는 연못 물 위와 가장 높은 나뭇가지 높이의 공중, 그리고 땅속과 물속, 마지막은 구름 위 아주 높은 상공인데, 거기까지는 관중이 따라가지 못한다.

그러다가 군중의 함성 속에 선수들이 다시 모습을 나타낸다.

「우리 모두 예상이 틀렸네. 노란 팀이 선두인걸.」 헤르메스가 말한다.

과연 노틱이 주장을 맡은 노란 팀이 1등으로 결승선을 넘는다. 노란 팀을 응원하는 이들의 승리의 함성이 울려 퍼지고, 다른 두 팀을 응원하는 이들의 얼굴에는 실망한 빛이 어린다.

뒤이어 초록 팀 선수들이 나타나, 응원자들의 환호를 받는다.

그때 다른 소리보다 훨씬 격한 외침이 빈터에 울려 퍼진다. 좀 다른 소리다.

별안간 정적이 찾아든다.

에어리얼 하나가 곧장 소리 난 방향으로 날아간다. 몇 초 지나지 않아 돌아오는데, 심각한 기색이다. 숲속 조금 들어간 곳에서 손에 아직도 릴레이 배턴을 쥔, 빨간 띠를 두른 디거 선수의 시체를 발견한 것이다. 에어리얼이 살펴보니 그는 땅속에서 나오다가 살해당한 거였다. 등 세 곳에 칼에 찔린 상처가 있었다.

곧 다들 흥분하기 시작한다.

「이런 엄청난 짓을 저지른 게 누군지 찾아내기 위해 신속히 조사에 들어갈 겁니다!」 알리스는 험악해진 이들을 진정시키기 위해 선언한다.

「이런 짓을 한 건 노란 팀이야! 그렇게 해서 이긴 거라고!」 빨간 팀 응원자 하나가 외친다.

「아니야, 초록 팀이야!」 다른 혼종이 소리친다.

그러다가 비난은 각 팀 주장이 속한 종족을 향한다.

「색깔은 상관없어, 틀림없이 에어리얼이야!」

「아니야, 노틱이야!」

그리고 모두가 두려워하던 일이 일어난다. 처음에는 친선 경기에 불과했던 일이 세 공동체의 싸움으로 변한다.

디거 한 명이 에어리얼 하나를 붙잡고, 누가 말릴 새도 없이 이빨로 날개의 막을 물어 찢는다. 곧장 다른 디거들도 에어리얼들을 공격하고 노틱 하나까지 공격해, 물갈퀴 달린 손가락과 발가락의 막을 잡아 뜯는다. 그리고 이 무시무시한 행위가 벌어지는 동안 모두 같은 구호를 외친다. 「복수!」

보복으로 에어리얼들도 디거 하나를 붙들고 날아올라 높이서 떨어뜨리자 디거는 농익은 과일처럼 으스러진다. 노틱들도 디거 한 명을 잡아 연못 바닥으로 끌고 가서 익사시킨다.

알리스는 앰프에 연결된 마이크를 잡고 외친다.

「그만둬! 그만둬!」

하지만 귀 기울이는 이는 아무도 없다. 난투가 마구잡이로 오가고, 점점 더 난폭해진다.

세 공동체 사이에 그간 쌓인 모든 갈등이 마침내 폭발하는 것 같다.

이래서야 영원히 끝나지 않을 거야.

오펠리와 알리스가 중재하려 하지만, 두 여자마저 떠다밀린다.

그때 헤르메스가 나선다. 제 형제들을 진정시키려 해보았으나 헛수고로 돌아가자, 그는 두 사피엔스를 한꺼번에 들어올려 둥지가 달리지 않은 나무 꼭대기에 올려놓는다. 일사불란하게 에어리얼의 구형 둥지가 얹힌 나무를 죄다 쓰러뜨리고 있는 디거들의 눈을 피하기 위해서다.

「두 사람이 할 수 있는 일은 없어요. 여기 있어야 해요.」 박쥐 인간들의 왕이 말한다.

오펠리는 나무에서 내려가려 하지만, 알리스가 만류한다.

「헤르메스 말이 맞아.」 알리스는 미안한 듯 말한다. 「저들의 수는 너무 많고 쌓인 원한은 너무 커. 내게 경고하려 했던 네 말이 옳았어. 난 스포츠를 통해 공동체들 사이의 종족 갈등을 발산할 수 있을 거라 생각했단다. 내가 생각했던 것보다 해악은 훨씬 깊구나.」

두 여자는 싸움에서 떨어져, 계속되는 참사를 그들 관점에서 지켜본다.

하늘에서 무거운 투척물이 빗발친다. 에어리얼들이 디거의 피라미드 꼭대기와 호숫가 마을을 큰 돌덩이로 폭격한다. 포세이돈은 제 백성들에게 물속에 숨으라고 명하는데, 하늘에서 떨어지는 투척물을 피하기 위해서이기도 하지만 땅에서 솟아나 지하로 그들을 납치하는 디거의 습격에 당하지 않기 위해서이기도 하다.

에어리얼의 구형 둥지가 달린 나무들이 디거의 이빨에 잘려 차례로 쓰러진다. 그들은 노틱 집들의 필로티도 갉아 집들을 연못에 빠뜨린다.

세 진영에서 부상자의 수가 늘어 간다.

굵은 나뭇가지에 자리 잡은 알리스는 ISS에서 황폐해진 지구를, 한 문명의 끝을 바라보며 느낀 적 있던 무력감을 다시 맛본다.

「저들은 미쳤어!」 오펠리가 중얼거린다.

내 잘못이야. 난 전쟁을 일으키는 공격성의 유전자도 종족 차별의 유전자도 분리하지 못했어. 마치 내가 인간종에 내재하는 파괴적 프로그래밍을 혼종들의 세포핵에 남긴 것 같아.

46

백과사전: 네겐트로피

엔트로피의 법칙은 1824년 프랑스 물리학자 사디 카르노가 저서 『불의 동력에 관한 고찰』에서 처음 제시한 개념이다. 이 열역학 법칙이 서술하는 바는, 방치된 상태에서 만물은 자연스럽게 무질서와 혼란 쪽으로 간다는 것이다. 더 간단히 말해 시간이 감에 따라 모든 것이 저하한다고 할 수 있다.

많은 물리학자가 우주 그 자체는 한 점에 불과하며, 폭발하고 공백 속으로 퍼져 나가면서 매 순간 조금씩 복잡성과 무질서에 가까워지고 있다고 본다.

과일이나 고기 한 조각을 공기 중에 내버려두면 그 형태와 모양새가 퇴락한다. 썩고 악취를 풍긴다.

엔트로피 법칙에 따르면, 이런 혼란을 억제하려면 시스템에 새로운 정보를 주입해야 한다. 그것이 바로 네겐트로피다. 이 두 번째 개념은 대표적으로 미국 수학자 클로드 섀넌이 1956년에 발전시켰다.

네겐트로피는 새로운 외부 정보가 명하는 회복하고, 결합 상태를 되찾고, 변화하라는 제안이며, 이는 한정된 시간 동안 시스템 붕괴 정도를 줄일 수 있다.

우리는 생 전체를 네겐트로피로 볼 수 있는데, 생은 한 조직, 구조, 형태, 효율적인 작동 방식을 최대한 오래 보존하려 하기 때문이다. 그러나 시간이 지나면 생명체는 노화하고, 육체는 쇠락하며 생은 중지된다. 그 이후 시체는 계속해서 퇴락한다. 세포, 개인, 단체, 기업, 종, 우주의 경우도 마찬가지다. 모든 것이 태어나고, 성장하고, 성숙하고, 늙고, 죽고, 퇴락한다.

엔트로피의 법칙은 영속적인 반면 네겐트로피의 법칙은 국지적이고 일시적일 뿐임을 인정하는 수밖에 없다.

에드몽 웰스, 『상대적이며 절대적인 지식의 백과사전』

47

 전쟁은 밤새도록 계속되었고 새벽이 되어서야 싸움꾼들이 지친 끝에 마침내 멎었다.
 알리스와 오펠리는 한참 동안 높은 가지에서 싸움을 지켜보다가 끝내 잠들었다. 그들은 뇌조 울음소리에 깨어난다.
 헤르메스가 데리러 온다. 그도 부상을 입었지만 무사히 두 사람을 내려 준다. 풀밭에 내려오자 두 여자는 피해 상황을 확인한다.
 바닥에는 몸뚱이가 널려 있고, 개중에는 아직 움직이는 이들도 있다. 반면 움직임 없는 몸들도 있다. 진이 빠진 생존자들이 유령처럼 헤매고 다닌다.
 「상황이 어떻게 이렇게 빠르게 악화될 수 있지?」 알리스는 화를 억누르려고 심호흡을 하며 말한다.
 참담한 광경에 충격을 받은 오펠리는 말이 없다.
 세 공동체의 생존자는 오전 동안 각자 부상자를 치료한다. 알리스는 각 도시를 찾아가 일차적인 피해 집계를 한다. 디거 사망자 스물넷, 노틱 사망자 열아홉, 에어리얼 사망자 여덟 명이다.

날아서 난장판 위에 떠 있을 수 있는 능력 덕분에 에어리얼의 피해가 제일 적다.

「난 정말로 그들의 유대감이 의견 대립보다 더 강하다고 생각했다.」 과학자가 말한다. 「이제 어떻게 평소로 돌아갈 수 있을지 모르겠구나.」

「어쨌든 언젠가는 터질 일이었어요.」 오펠리가 한숨을 쉰다.

「일단 부상자들을 돌보고, 그 후에 각 종의 대표자들을 모아 상황을 검토하자.」 어머니가 선언한다.

그리하여 저녁이 되자 세 왕이 알리스의 별장에 모인다. 알리스는 그들을 알타 게임 탁자에 둘러앉도록 한다. 하지만 세 왕 중 누구도 색칠된 나무 말들에 눈길을 주지 않는다.

그들은 경계하는 눈으로 서로를 바라본다.

「어제 있었던 일은 에어리얼들 잘못이야.」 하데스가 말문을 연다. 「빨간 팀 디거 등에 단검을 꽂은 것은 그들 중 하나야.」

「처음 폭력을 행사한 건 너희 디거잖아, 너희가 범인이라고 여긴 자의 손가락 막을 찢었잖아!」 헤르메스가 이를 갈며 대꾸한다. 「조사도 재판도 없이! 재판을 여는 대신 너희는 집단 폭행을 택했지. 그저 오가는 말만 듣고!」

「범인은 틀림없이 그놈이야!」 디거가 버럭 소리친다.

「증거가 있니?」 알리스가 묻는다.

하데스는 한 번도 본 적 없는, 분노와 반항이 섞인 눈빛으로 알리스를 바라본다.

「어머니는 중립적이지 않으세요. 어머니는 에어리얼을 제일 예뻐하시고, 어머니의 판단은 늘 그들 유리한 쪽으로 기우니까요.」

「사실이에요, 어머니, 어머니는 공정하지 않으세요. 언제나 헤르메스와 그 일족을 옹호하시죠.」 포세이돈이 거든다.

「알고 보면 날개 달린 쥐에 불과한 것들을.」 하데스가 조롱한다.

헤르메스는 참지 못하고 부들부들 떤다. 그는 오른발 발가락을 수축시켜 주먹을 쥔다.

「날 두고 하는 소리냐? 기어다니는 민달팽이 족속 주제에!」

두 우두머리는 벌떡 일어나 또 주먹질을 벌일 기세로 탁자 위에서 으르렁거린다.

알리스가 끼어든다.

「너희가 무슨 짓을 하는 건지 알고 있니? 우리 체계는 결속과 화목을 기반으로 하는데, 너희는 우리가 지닌 가장 소중한 것을 망치고 있어. 공동체들 간의 화합을 말이다.」

「이 자식이 나보고 기어다니는 민달팽이라잖아요!」

「진정해.」 오펠리가 달랜다.

「네 날아다니는 쥐 날개를 물어뜯어 주지!」 하데스가 소리지른다.

「애들아! 그만해라!」

「어두컴컴한 땅속에 살다 보면 뇌 발달도 늦기 마련이지.」

헤르메스가 빈정거린다. 「아무튼 저 녀석은 〈파고 또 파봐야〉 고작 저 수준이라니까.」

말장난에 웃는 사람은 아무도 없다.

「두더지들이 널더러 뭐라는 줄 알아?」

「딱한 친구, 네가 틀어박혀 사는 퇴비 구덩이 냄새가 너한테 아직도 난다.」

「너한테는 날아다니면서 집어삼키는 똥파리 냄새가 나고.」

「우리가 파리를 먹을지는 몰라도, 알코올 중독자는 아니거든!」

「하데스 말이 맞아, 어머니는 너만 귀여워하시지. 하지만 넌 우리에게 별것 아냐.」 노틱의 왕이 거든다.

「뭐라고 했냐, 한물간 정어리야!?」

주먹과 발이 불끈 쥐어진다. 턱이 앙다물린다. 눈빛은 매몰차고, 증오가 어렸다.

「그만둬!」 오펠리가 외친다.

세 왕은 선 채로 싸울 태세다. 헤르메스는 긴 송곳니를 드러내고, 하데스는 덩치 커 보이려고 털을 부풀리고, 포세이돈 역시 뾰족한 못이 늘어선 듯한 날카로운 이빨을 드러낸다. 그들은 으르렁대고, 툴툴대고, 욕설을 퍼부으며 서로 을러댄다.

상황이 너무나 긴박해 최악의 사태가 되풀이되는 일을 아무도 막을 수 없을 것만 같다.

돌연 헤르메스가 낯빛을 싹 바꾼다.

「잘 알겠어. 죄송하지만 어머니, 저는 논박을 허용치 않는 결정을 내리려고 해요.」

알리스는 눈썹을 찡그린다.

「저는 이제 여기서 환영받지 못하는 것 같고, 우리가 둥지를 지었던 나무들은 쓰러졌고, 하데스와 포세이돈과의 사이가 개선될 방도가 보이지 않으니, 저는 내일 아침 우리 종족을 모두 거느리고 퀴퀴파를 떠나려고 해요.」

그의 선언에 다른 두 왕과 두 여자는 잠시 할 말을 잃는다. 그러다가 포세이돈이 입을 연다.

「그의 말이 맞아요. 이런 일이 일어났으니 화해는 불가능해요. 공동체 사이의 갈등은 절정에 달했어요. 우린 더 이상 서로 사랑하는 척을 계속할 수 없어요. 참는 것조차 할 수 없어요. 우리도 떠나겠습니다.」

이 두 번째 선언에 탁자 주변의 긴장감이 고조된다.

「어차피 우리들 집은 전부 무너졌어요. 디거들이 필로티를 무너뜨렸죠.」

알리스는 일어선다.

「그럴 수는 없다.」

「전 마음을 정했어요, 어머니.」 헤르메스는 뜻을 굽히지 않는다. 「우리는 다른 곳으로 가서 디거나 노틱과 함께 살 필요 없는 터전을 마련할 겁니다. 이렇게 섞여 사는 생활에서 문제가 발생했고, 우리가 계속 서로 들러붙어 있으면 문제는 또 생길 거예요.」

「어디로 갈 작정인데?」 오펠리가 묻는다.

「우리 에어리얼은 높고 탁 트인 공간을 좋아하니, 산이 좋을 것 같아. 산꼭대기와 골짜기 가까이 있으면 한결 제자리를 찾은 느낌이겠지.」

포세이돈이 선언한다.

「우리 종족은 바다를 보는 게 꿈이야. 나는 반대쪽으로, 해안으로, 서쪽으로 가겠어. 무한한 수평선과 심해를 마주하면 우리는 편할 거야.」

「속 시원하다!」 하데스가 이를 간다. 「마침내 얘기가 통하는군. 우리 공동체와 나는 여기 남겠어. 연못에 접한 지하 도시에는 다른 곳에서는 찾을 수 없을 이점이 있거든. 이런 지형은 유일무이해.」

알리스는 이제 돌이킬 수 없음을 깨닫는다.

이 종족들 사이에 화합이 가능했던 유토피아는 끝났어. 공통점이 이들을 하나로 묶어 주는 것보다 차이점이 이들을 갈라놓는 힘이 더 강해.

「그렇다면 나도 에어리얼들과 떠나겠어요.」 오펠리가 선언한다.

「뭐라고?」 알리스가 소리친다.

「엄마, 비행의 즐거움을 맛본 뒤로 제겐 한 가지 생각뿐이었어요. 다시 나는 거죠. 전 엄마가 말씀한 적 있는 산에 있다는 그 장소에 가고 싶어요. 어쩌면 인간 생존자가 아직 있을지 모른다던 곳이요. 발토낭, 맞죠?」

「발토랑이야.」 알리스가 고쳐 준다.

한참 생각하던 끝에 오펠리는 덧붙인다.

「그런데, 엄마도 저랑 같이 가시는 게 최선이에요. 여기서 뭘 하시겠어요. 별장에 혼자 남아 옛 추억을 되새기며 우울해하기밖에 더 하겠어요?」

그 말이 맞아.

어쩌면 난 딸에게 배울 점들이 있을지 몰라.

48

 짐들이 쌓인다. 에어리얼과 노틱 들은 하루 종일 대이주를 준비했다.

 뇌조 울음소리가 이튿날 아침을 알릴 때, 떠날 채비를 한 이들은 이미 광장에 모여 있다.

 알리스 역시 준비를 마쳤다. 여행에 맞춰 과학자는 가죽 재킷, 헐렁한 바지, 갈색 가죽 부츠 차림을 했다. 별장 다락방에서 역시 가죽으로 된 챙 모자와, 아마 1차 세계 대전 때 비행사들이 썼을 고글도 챙겼다.

 포세이돈 왕이 다가와 애정 어린 몸짓으로 어깨를 안는다.

 「슬퍼하지 마세요, 어머니.」 그는 말한다. 「언제가 됐든 우리는 떠났을 거예요. 어머니가 잘못하신 게 아니에요. 이건 실패가 아니라, 우리 세 종의 진화의 논리적 흐름일 뿐이에요.」

 그리고 알리스에게 입을 맞춘다.

 포세이돈은 조금 떨어져서 서 있는 헤르메스에게 눈길을 준다. 인사 대신 그들은 어색하게 눈 맞춤을 하고 고개를 끄덕이는 것으로 그친다.

「이제 가야겠어요. 안녕히 계세요, 어머니. 그리고 우리를 창조해 주셔서 고마워요.」

오펠리가 인사 자리에 합류한다. 오펠리는 연보라색 파카를 입고 털모자와 렌즈에 색이 들어간 스키 고글을 썼다. 나머지는 평소처럼 데님 오버올에 운동화 차림이다.

「안녕, 내 형제.」 그는 돌고래 인간을 껴안으며 말한다.

포세이돈은 제 동족들에게 모여서 한 줄로 서라는 신호를 한다. 거추장스러운 짐을 든 이들은 줄 뒤편에 서도록 지시한다.

이윽고 노틱 전원이 5년 전 이곳으로 왔던 길을 반대 방향으로 나아간다. 포세이돈왕의 인도하에 그들은 퀴퀴한 연못을 떠난다.

알리스는 주위를 둘러본다. 인사하러 나온 디거는 아무도 없다. 먼발치에서조차.

이렇게, 오늘 같은 날조차, 난 내 아이들을 화해시키지 못하는구나. 모든 왕조의 비극이 되풀이되는 느낌이야. 계승자들이 서로 경쟁하다 결국 싸우고 가장 극단적인 폭력, 결별, 죽음에까지 이르는 거지. 서로에 대한 불만이 눈을 가려 부모에 대한 의무마저 잊고 마는 거야. 유럽도 샤를마뉴의 손자들에 의해 별개의 세 왕국으로 나뉘었고 다시는 이전으로 돌아가지 못했지.

하지만 이건 거쳐 가는 단계에 불과하고 언젠가 내 혼종 아이들이 틀어졌을 때만큼 자연스럽게 화해할지도 몰라. 결국 유럽 분할 이후 1,200년이 지나 유럽 연합 프로젝트가 나왔잖아.

참고 기다려야 해.

아무튼 난 이들이 화해하도록 온 힘을 다할 거야.

그 목표를 잊어선 안 돼.

이제 마지막 노틱이 떠났고, 에어리얼 832명은 여전히 짐을 꾸리느라 분주하다. 하데스가 광장에 나타난다. 그는 오펠리와 함께 마지막 소지품을 챙기는 알리스에게 눈길을 주지만, 박쥐 인간들에게는 신경조차 쓰지 않는다.

「작별 인사도 없이 떠나시게 하지는 않겠어요, 어머니.」

그는 잘못을 저지른 아이처럼 눈길을 피한다.

「안 그래도 네가 오려나 생각하고 있었단다.」 알리스가 말한다.

「그건 용서할 수 없는 일이었어요, 어머니. 가장 많은 희생자가 나온 쪽은 우리예요. 스물네 명이 죽었어요! 에어리얼과 노틱 들에게 살해당해서요! 그들이 줄행랑을 쳐서 저는 정말 기뻐요. 우리 종족은 그들을 한시도 더 견디지 못했을 거예요. 아시겠어요, 어머니? 우리는 벌써 몇 년이나 참아 왔어요. 어머니와 함께 떠나는, 종족 차별을 일삼는 자들을.」

멀리서 이 대화를 들은 헤르메스가 돌아본다.

「아직도 우리 욕을 하는 거냐, 하데스?」 그는 공격적으로 묻는다.

「너한테 말한 거 아니거든, 어머니와 이야기 중이야.」 하데스도 곧장 받아친다.

그리고 말을 계속한다.

「지금부터 우리는 모두의 이익을 위해 각자의 길을 갈 거고, 어머니에게도 그게 좋아요. 자발적으로 현명한 결정들을 내렸으니, 이젠 어머니께 털어놓을 수 있겠군요. 전 크게 마음 놓았어요. 에어리얼과 노틱이 여기 남았다면, 우리의 목표는 단 하나, 그들을 죽이는 것뿐이었을 거예요.」

알리스는 상황을 악화시키지 않으려 침묵을 지킨다.

그러자 하데스는 알리스를 껴안고, 뺨에 입을 맞춘 다음 검은 피라미드 쪽으로 향한다.

「발토랑까지 거리가 얼마나 돼요?」 어머니가 폭발 직전임을 느낀 오펠리가 묻는다.

「6백 킬로미터 조금 넘어.」 알리스는 하데스의 뒷모습에서 눈을 떼지 않고 답한다.

「에어리얼들이 하늘을 나는 속도가 얼마나 될까요?」

알리스는 생각해 보고 말한다.

「시속 40킬로미터. 단번에 갈 수는 없을 거야. 중간에 한 번 쉬어야 해.」

「전 준비됐어요.」 헤르메스가 알린다.

알리스는 가죽 모자를 푹 눌러쓰고 비행 고글을 쓴다.

「나도 준비됐어.」 오펠리가 헤르메스에게 윙크하며 말한다.

그러고는 스키 고글과 털모자를 착용한다.

주변에서 짐 나르는 에어리얼들이 이미 짐을 붙들고 날아오를 준비를 한다.

헤르메스는 양다리로 알리스의 허리를 꽉 붙든다. 키 큰 다른 남자 에어리얼이 같은 식으로 오펠리를 잡는다.

「갈까요?」헤르메스가 묻는다.

「난 준비됐다!」알리스가 답한다.

에어리얼의 왕은 초음파 울음소리를 내어 동족들에게 출발 신호를 한다. 혼종들의 날개가 요란하게 바스락거리며 펼쳐지고, 센강을 따라 내려오며 보았던 큰홍학들처럼 에어리얼 전원이 동시에 날아올라 무리를 짓는다.

가슴을 찌르는 한 줄기 날카로운 우수를 느끼면서도, 알리스는 지구 중력에서 해방되는 이 순간이 즐겁다.

이런 자유를 느끼지 못한 지 너무 오래야…….

알리스는 올라간다. 아래에 숲이 보이고, 디거들의 흙 피라미드가 계속해서 작아진다.

좀 더 멀리 센강을 향해 나아가는 노틱 무리가 눈에 들어온다.

포세이돈 말이 옳아. 그들은 모두 바다를 보길 꿈꿨지. 무한히 펼쳐진 물의 놀라운 감각을 맛보면 그들은 행복할 거야.

그들은 계속해서 올라간다. 원하는 고도에 도달하자 헤르메스는 활공한다.

그렇게 그들은 강을 거슬러 파리 상공에 도착한다.

높은 곳에서 보니, 이제 열대의 숲처럼 보이는 파리에 에펠탑과 몽마르트르 언덕 꼭대기의 사크레쾨르 대성당이 여전히 솟아 있다.

그 위로 나는 많은 새들이 다가와, 남쪽으로 떠나는 대신 동쪽을 향하는 이 기묘한 이주민들은 누굴까 궁금해한다.

「내가 길을 잘 찾으려면, 제일 좋은 방법은,」알리스는 비행 소음을 이기려고 고함을 친다. 「A6 고속도로를 따라가는 거야. 남동쪽으로 내려가는 회색과 녹색의 폭넓은 띠가 그거야.」

헤르메스는 목표물을 알아보고 날카로운 소리를 지른다. 에어리얼들이 그의 뒤로 재집결한다.

날개를 스치는 바람 소리가 덜 거슬리게 느껴지고, 혼종과 승객은 대화를 나눈다.

「뻣뻣하던 몸이 풀렸어요. 설마 고산병 때문은 아니겠죠?」 그가 묻는다.

「마침내 긴장이 풀린 것 같아, 사실이야…….」 과학자는 인정한다. 「천사가 나를 천국으로 데려가는 기분이구나.」

「어쩌면 사람들이 죽으면 정말 그럴지도 모르죠. 저처럼 생긴 천사가 더 나은 세상으로 데려가는 거예요.」

「다만 형체 없는 날아다니는 존재가 영혼을 데려가는 게 아니라, 뼈와 살로 된 생생히 산 존재가 내 몸을 들어 올려 중력의 법칙에서 해방시켜 준다는 점이 다르지.」

「어머니가 저를 막이 아닌 깃털을 달고 태어나게 해주셨다면 전 천사가 될 수 있었을 텐데.」

「뱅자맹 웰스도 그런 생각을 했지.」 알리스는 우울하게 대꾸한다.

「왜냐하면, 우리의 지금 모습은 꼬마 악마를 닮았는걸요…….」

「그래도 가능한 한 밝은, 흰색에 가까운 피부를 주었단다. 〈좀 덜 악마 같아〉 보이도록 말이야. 내 머릿속에서 너희는 오히려 반은 인간, 반은 박쥐인 슈퍼히어로, 배트 맨 같은걸. 검은 가면을 쓰고 뾰족한 귀가 달린 사람 말이야.」

「맞아요! 〈배트 맨〉은 에어리얼 대부분이 제일 좋아하는 시리즈죠. 노틱들은 당연히 엄청 오래된 텔레비전 시리즈 〈아틀란티스에서 온 사나이〉를 좋아하고요.」

그는 질색이라는 듯 입을 삐죽거린다.

「그런가 하면 디거들에게 해당하는 슈퍼히어로는 하나도 없네요……」

「아냐, 있단다!」 알리스가 말한다. 「〈판타스틱 포〉라는 시리즈에 강력한 악당이 있는데, 〈몰 맨〉, 즉 〈두더지 인간〉이라는 이름이야.」

「알고 보니 어머니가 새롭게 생각해 낸 건 하나도 없군요.」

「나 또한 몇천 년 전통의 일부인 거지. 인간은 오래전부터 제 형상을 동물의 형상과 섞고자 했어. 그리스 신화만 해도 반인반수의 존재에 대한 전설이 넘쳐나지. 모든 신이 동물 머리를 지녔던 이집트 신들은 말할 것도 없고 말이야. 사자, 고양이, 따오기, 매, 뱀, 악어…….」

「바로 키메라군요?」

「〈키메라〉라는 말은 실현할 수 없는 것, 유토피아, 무모한 꿈, 환상과도 동의어가 됐어.」

알리스는 구름 위를 날며 혼종과 이런 주제로 이야기 나눈다는 것이 놀랍다.

헤르메스는 힘차게 날갯짓해 고도를 조금 높인다.

「에어 포켓을 발견했어요.」 그가 말한다. 「그 지점을 우회

해야 해요.」

「어떻게 알아냈니?」 알리스는 묻는다. 각 혼종의 특별한 능력을 발견할 때마다 놀랍기만 하다.

「먼지요……. 어머니 눈에도 보이잖아요. 아닌가요?」

알리스는 자세히 보려고 눈을 가늘게 뜬다.

「게다가 지상에 어두운 구역이 있으면 찬 기류가 형성돼서 우릴 아래로 끌어당겨요. 호수나 강은 말할 것도 없고요. 마찬가지로 햇빛 드는 구역에서는 더운 상승 기류가 형성되죠.」

헤르메스는 자신이 설명한 것을 실제로 보여 주려고 크게 날개를 쳐 노란 꽃밭 쪽으로 가더니 움직임을 멈춘다. 팔을 움직이지 않는데도 곧장 몇 미터 떠오른다.

「네겐 본능적인 항공술 지식이 있구나, 정말 대단해.」 알리스는 기뻐한다.

그들은 솜 천장 같은 구름을 통과한다. 경이로운 감각이다. 그러다가 상승이 안정된다.

과학자는 오펠리 쪽을 본다. 딸은 하늘 높이 날아오르는 생생한 기쁨을 어머니보다 한층 더 만끽하는 듯하다.

「괜찮니, 딸? 어지럽지는 않고?」

「어지럽다고요? 엄마, 전 날기 위해 태어났어요!」

기류 때문에 그들은 멀어진다. 모녀는 손짓을 주고받는다.

비행이 몇 시간째 이어지자 에어리얼 무리는 피로를 느끼고 움직임에 질서 정연함이 떨어진다. 짐을 옮기느라 기운이 소모되고, 30킬로미터마다 멈춰 쉬고서야 다시 날아오를 수 있다.

알리스와 오펠리는 보통 짐보다 무게가 많이 나가므로 운반자가 자주 바뀐다.

반나절을 더 날자 그들은 4백 킬로미터를 주파했다.

「다들 녹초가 됐어요. 멈춰야겠어요.」 헤르메스가 알린다. 「저 아래 있는 도시는 이름이 뭐죠?」 그는 고갯짓으로 땅을 가리키며 묻는다.

「샬롱쉬르손이야.」 부르고뉴에 있는 그 도시를 젊을 때 가 보았던 알리스는 말한다.

「최종 목적지까지는 얼마나 남았죠?」

「퀴퀴파를 떠난 이후 여정의 60퍼센트 이상을 소화했어. 발토랑에 닿기까지 대략 270킬로미터 남았어. 직선거리로. 하지만 공기가 더 차가울 거고, 기압과 고도의 변화도 있을 거야.」

그들은 샬롱쉬르손에 착륙한다. 도시의 방사능 수준은 견딜 만하고, 지난 폭격의 흔적들이 그대로 남아 있다.

모든 게 황폐하다.

에어리얼 832명과 인간 두 명은 밤을 보낼 장소를 찾는다.

「여길 지나가는 게 우리가 처음은 아니네요.」 오펠리가 도시 진입로를 꽉 메운, 녹슬고 식물에 뒤덮인 자동차들을 가리키며 말한다.

「산 쪽으로 이동하려 했지만 연료가 떨어졌던 게지.」 알리스는 추측한다.

두 여자는 도보로 시내 주변 탐험에 나선다. 아직 통조림이 많이 남은 슈퍼마켓을 발견한다. 일행 곁으로 돌아오자 통조림을 따고 아직 연료가 남은 버너를 이용해 데워 다 같이 식사를 한다.

「엄마, 전 엄마를 이해하지 못하겠어요.」 오펠리가 음식을 먹으며 말한다. 「엄마는 천재적인 프로젝트를 시작했고, 엄마 자신도 굉장한 분인데, 때로 전 엄마가 본인의 작품이 어느 정도인지 깨닫지 못한다는 느낌을 받아요. 솔직히 말씀드릴까요? 엄마의 창조물들은 엄마를 능가해요. 이 혼종들의 존재를 위해 과거에 너무나 고생한 나머지 엄마는 그들의 가능성도 위험도 제대로 헤아리지 못해요.」

정말 네 말이 맞아, 딸아.

「엄마는 에어리얼들에게 아이 대하듯 말씀하시죠.」 오펠리는 말을 계속한다. 「엄마는 〈어머니〉라 불리지만, 그들은 이제 어린애가 아니에요. 미래의 인류예요! 엄마는 그 말을 입에 달고 사시면서 행동은 그렇게 하지 않으세요. 가끔은 엄마가 그들을 열등한 존재로 여긴다는 느낌조차 들어요. 동물처럼요.」

내가 내 딸에게 가르침을 받는구나……. 제대로 봤어. 난 구인류만이 진정한 인간이라고 생각하는 세상에 속해. 난 내 창조물들을 내 자식처럼 여기지만, 동등한 존재로 대하지 않아.

「아시겠지만, 전 종종 혼종들끼리 하는 얘기에 귀를 기울여요. 제가 엄마를 존경하듯 그들도 엄마를 존경하죠. 하지만 저처럼, 엄마가 지나간 세상에 속하는 사람이고 새로이 나타나는 문제들을 이해하지 못한다고 생각해요.」

내가 옛날 사람 취급을 받게 될 줄이야. 언제나 모든 과학 연구에서 최전선에 서길 원했던 내가……!

「모든 면을 다 보지 않고 심판하기란 쉽단다, 애야.」

「심판하는 게 아니에요, 엄마. 전 엄마 역시 변해야 한다는 사실을 깨닫게 해드리려는 거예요. 그렇지 않으면…….」

「그렇지 않으면 오펠리 네가 내 뒤를 잇겠지.」 알리스는 갑자기 지긋지긋해져서 말을 자른다. 「피곤하구나, 난 자야겠다.」

식사가 끝나자 다들 각자의 임시 거처로 간다. 두 여자는 식물에 점령당했지만 침대는 아직도 쓸 만한 작은 집을 골랐다. 그들은 눕지만, 오펠리는 어머니가 잠들지 못하는 것을 눈치챈다.

「전 이 여행이 정말 좋았어요.」 오펠리는 어머니를 위로하려 말한다.

알리스는 곧장 대답하지 않는다. 인정하고 싶지 않지만 딸의 말에 생각보다 크게 상처받았다.

「내가 제대로 알아들었는지 모르겠는데, 내가 미래를 보지 못하는 옛날 사람이기 때문에 앞으로 일어날 일을 이해하지 못할 수 있다, 넌 그렇게 생각하는 거니?」

「네.」

「글쎄, 네가 놀랄지도 모르지만, 난 최고의 일은 아직 일어나지 않았다고 생각해.」

오펠리는 잠시 침묵했다가 말한다.

「언젠가 저는 헤르메스와 함께 날고 싶어요.」

「네가 그러고 싶다면…….」

「잘 자요, 엄마.」

「잘 자라, 오펠리.」

알리스는 그러고도 얼마 동안 뜬눈으로 천장을 물끄러미 바라본다.

오펠리는 많이 달라졌어. 더 이상 소녀가 아니라 이젠 어엿한 여자야. 자기 생각을 확고히 내세우고 제 어머니에게 맞서. 흔히 있는 일이지만.

하지만 시간이 흐르면 우리 사이가 껄끄러워질까 봐 걱정되는군. 무엇보다도 저 애가 에어리얼들과 특별히 마음 통하는 사이라면.

그런 게 모든 새로운 세대의 운명 아닐까? 옛것을 퇴물 취급하고 저를 낳아 준 이들보다 더 잘하려고 노력하는 것?

49

 그들은 날아간다.

 아침 식사를 급히 해치우자마자 무리는 떠오르는 해 쪽으로 날아올랐다.

 알리스가 예측한 것처럼 고도가 높은 곳에서 비행하자니 박쥐 인간들은 평지 비행 때보다 더 힘이 들고, 그래서 자주 멈출 수밖에 없다. 그러나 풍경의 아름다움이 에어리얼들을 열광시키고 계속 나아갈 원동력을 불어넣는다.

 발토랑은 알프스에서도 아주 높은 곳에 있는 스키장이지. 아빠 엄마와 놀러 갔을 때를 기억해 보면, 스키장은 2,300미터 고도에 위치했고 가장 높은 코스 정상은 3,200미터에 가까웠어.

 별안간 구름 뒤로 몽블랑이 나타난다.

 히말라야 정도는 아닐지 몰라도 세계에서 손꼽히도록 높은 봉우리야.

 알리스는 눈앞에 펼쳐지는 파노라마에 감탄한다. 눈 쌓인 봉우리를 배경으로 하여, 숨결의 열기에서 나오는 수증기 구름이 후광처럼 둘러싼 이 날개 달린 혼종들은 어딘지 성경

속 존재 같다.

내 눈앞에서 역사의 한 순간이 쓰이는 것 같아.

「저길 봐!」 오펠리가 소리친다.

멀리서 피어오르는 한 줄기 연기를 가리킨다.

「저기에는 분명······.」

〈인간〉이라는 말이 나오기 직전 말을 바꾼다.

「······사피엔스가 살 거야. 저쪽으로 가자!」

에어리얼 무리는 대열을 정비하고 피로를 이겨 내며 모두 회색 연기 쪽으로 향한다.

쿠르슈벨과 메리벨 리조트 오른쪽, 메뉘르 리조트 위쪽에 자리한 발토랑 리조트를 알리스는 알아본다.

왜 이곳이 방사능 피해를 모면한 몇 안 되는 장소인지 잘 알겠어. 이곳은 보석함처럼 사방이 암벽으로 둘러싸여 보호받고 있어.

목적지가 가까워질수록 무리는 고도를 낮춘다. 그리고 낮게 내려갈수록 다른 연기들이 눈에 들어오고, 눈 덮인 경사면들 한가운데서 굴뚝과 지붕 들까지 분간이 간다.

갑자기 총성이 울린다. 총알들이 주위를 쌩하니 스친다.

아래쪽에서 소총을 든 남자들이 그들을 저격한다.

「안 돼!」 알리스가 외친다.

하지만 그 거리에서는 아무에게도 들리지 않는다. 또 한 차례 총알들이 그들을 스친다.

오펠리를 나르던 에어리얼이 날개 관절에 총알을 맞고 고통스러운 끼익 소리를 내지른다. 그가 아래로 떨어지기 시작하는데 헤르메스가 곁으로 간다. 부상당한 에어리얼은 떨어뜨리기 직전 아슬아슬하게 젊은 여자를 헤르메스에게 던진다. 왕은 제때 오펠리를 받는다.

「도망치자!」그가 외친다.

에어리얼들과 두 사피엔스는 산을 빙 돌아 산비탈 가장자리 암석 고원에 착륙한다. 세 에어리얼이 나타나지 않는다. 몸통이나 머리에 총을 맞아 바닥에 추락한 것이다. 다섯 명이 부상당하거나 날개의 막을 총알에 관통당했다.

알리스와 오펠리는 격노한다.

「우리가 누군지 알아보려 하지도 않고 경고도 없이 총을 쏘다니!」젊은 여자가 말한다.

「박쥐 날개 달린 인간 수백 명이 나타나면 반응이 어떨지 모르겠니?」알리스는 쓰디쓴 한숨을 쉬며 대꾸한다.

「맞는 말씀이네요. 우리를 방사능 돌연변이로 태어난 괴물인 줄 알았을 게 틀림없어요. 아니면…… 뱀파이어라고.」

「뱀파이어라는 게 뭔데?」대화에 끼려고 다가온 헤르메스가 불안하게 묻는다.

「오래된 전설인데, 어떤 사람은 밤이면 박쥐로 변신해 다른 인간의 목에 송곳니를 꽂고 피를 마신다고 해.」알리스가 설명한다. 「이런 이야기는 아마 인간이 실제로 일부 포유류의 피를 마시는 특정한 종의 박쥐에 대해 항상 품었던 두려움을 바탕으로 생겼겠지.」

「어떻게 그 정도까지 착각할 수 있죠?」에어리얼의 왕은 충격을 받고 말한다. 「어머니가 우리와 함께 계셨잖아요. 분명 어머니를 보았을 텐데요.」

「멀리서는 안 보였을 가능성이 높아. 게다가 내 목소리도 들리지 않았고. 그래서 거대한 뱀파이어들이 살려 달라고 외치는 인간을 납치하거나, 뭐 그런 일인 줄 알았겠지. 어쩌면 우리를 구하려는 생각으로 총을 쏘았을 수도 있고······.」

갑자기 눈이 오기 시작한다. 오펠리는 하늘에서 떨어지는 눈송이들을 난생처음 보고 놀란다. 지구 온난화의 결과로 퀴퀴파에서 지낸 5년간 파리 근교 지방에서는 이런 현상이 한 번도 없었다.

오펠리는 손바닥으로 눈송이 하나를 받는다.

「정말 아름다워.」 눈송이를 살펴보며 말한다. 「수정으로 된 레이스 같아.」

하지만 경이로움이 지나자 다들 처음으로 살을 에는 추위를 느낀다. 그들은 몸을 떤다.

「여기 머물 수는 없어. 따뜻한 피난처를 찾아야 해.」 알리스가 선언한다. 「네가 그렇게 감탄하는 이 눈은 몇 시간만 있으면 우리에게 최악의 악몽이 될 거다.」

「왜 그렇죠?」 헤르메스가 질문한다.

「왜냐하면, 난 너희를 체온 저하를 막아 줄 털도 지방층도 없게 설계했으니까.」

헤르메스는 벌써 이가 딱딱 부딪친다.

「이따금 어머니가 우리를 두고 하는 말씀은······ 항공 엔지니어가 새로 개발한 비행기 시제품을 놓고 장갑판이나 고도계를 설치해야겠다고 말하는 것 같아요······ 모델을 개선할 방법을 생각하는 엔지니어······.」

「다시 내려가는 수밖에 없어요.」 오펠리가 제안한다.

「견딜 만한 기온인 지역을 찾으려면 꽤 오래 날아야 할 거야. 이 지역 전체에 눈이 오거든.」 알리스가 말한다. 「게다가 에어리얼들은 기운이 없고.」

「그럼 어떻게 해요?」 젊은 여자는 연보라색 머리카락 한 줌을 꼬며 안달을 낸다.

알리스는 자기 생각을 말한다.

「하늘에서 우리는 빛을 보았지, 즉 발토랑 주민들은 전력을 생산한다는 얘기야. 원자력이나 석탄, 가스, 석유를 사용하는 발전소는 전쟁 때 주요 표적이었거나 정비 문제로 작동을 멈췄을 테니, 이 지역에서 사용 가능한 에너지원은 하나뿐이야. 댐이지. 그들은 수력 발전소를 이용할 거야.」

「잘됐군요. 그렇다면, 제 계획은 이래요.」 헤르메스가 말한다. 「높은 곳에서 돌로 폭격을 퍼부어 그들 마을을 공격하는 거예요. 우리를 받아들일 수밖에 없을 걸요.」

「그들도 우리를 쏘겠지!」 오펠리가 반대한다. 「죽음에 죽음을 더해서는 더 평화로운 세상을 만들 수 없어.」

「그럼 서쪽으로 돌아가죠.」 한 에어리얼이 제안한다. 「정말 죽느냐 사느냐 하는 문제라면 선택의 여지가 없잖아요.」

알리스는 고개를 젓는다.

「밤이 올 거고 너희의 음파 탐지 능력은 곧 눈 때문에 방해받을 거야. 어둠 속에서는 길을 찾을 수 없어.」

「그렇다면 총알에 맞아 구멍투성이가 되거나, 어둠 속에서 산에 충돌하거나, 얼어 죽는 길뿐이군요! 우린 끝장이에요…….」에어리얼 하나가 한탄한다.

「동굴을 찾아보면요?」오펠리가 말한다.

「적당한 크기의 동굴을 찾을 때쯤 우린 얼어붙어 있을 거다.」어머니가 반박한다.

「이러나저러나, 엄마도 말씀하셨듯 아무것도 안 하면 우린 얼어 죽잖아요.」젊은 여자가 일깨운다.

「그러니까 방법은 하나뿐이에요. 공격하는 것.」헤르메스가 다시 말한다.

그는 추위에 몸이 언 동족들을 바라본다.

「밤에 습격하지. 어둠을 틈타 기습 공격을 하면 우리가 유리할 거야. 눈이 내려 음파 탐지 능력을 교란하겠지만, 사피엔스들이 조준하는 데도 방해가 될 테니까.」

「그게 제일 낫겠네요.」에어리얼 하나가 찬성한다.

「우리 편의 죽음에 복수합시다!」다른 한 명이 거든다.

몇몇은 벌써 무거운 투척물을 모으기 시작한다.

「아니, 그럴 필요는 없다.」알리스가 결연하게 말한다.「내가 혼자 찾아가겠어. 가서 담판을 지을 거야. 그들이 우리를 공격한 건 너희를 봤기 때문이지. 알지 못하는 존재는 항상 두려운 법이야. 내가 혼자 그들 앞에 나타나면, 내가 자기들 같은 인간임을 알아보고 한층 수월하게 대화에 응할 거야.」

「그러면 저도 같이 가요, 엄마.」

알리스는 딸 쪽을 본다.

「아니야, 넌 여기 남아 있으렴. 너에게 그런 위험을 겪게 하고 싶지 않아.」

알리스는 소지품을 담은 가방에서 더 따뜻한 재킷을 찾는다. 이어서 호루라기를 꺼낸다.

「내가 호루라기를 세 번 불면, 협상에 성공했으니 와도 된다는 뜻이야. 30분이 지났는데 소리가 없다면, 그들이 적대적이고 내가 실패했다는 뜻이야. 날 죽였거나 가둔 후겠지. 그렇다면 너희는 이곳을 떠나거나…….」

「공격하는 거죠.」 헤르메스가 단호한 투로 덧붙인다.

50

백과사전: 생존자 편향

2차 세계 대전 중 영국 공군은 독일군과의 전투 임무 수행 중 파손되거나 격추되는 폭격기 대수를 줄이고자 했다. 엔지니어들은 무사히 돌아온 비행기들의 총탄 흔적 개수와 위치를 조사하기로 했다.

그들은 장갑판을 보강해야 한다는 결론을 내렸고, 특히 적군의 대공포에 가장 자주 파손되는 날개와 기체 뒤편을 중점 보강해야 한다고 여겼다.

그런데 시험 기간을 거친 후 그들은 비행기 생환율이 높아지지 않았을뿐더러 오히려 낮아졌음을 깨달았다.

그때 에이브러햄 왈드라는 이름의 수학자가 이 수수께끼를 깊이 생각해 보고 말했다. 「문제를 분석하는 당신들의 방식은 틀렸어요. 총탄 흔적이 발견되는 부위들은 가장 덜 취약한 부분입니다. 반대로 기체의 나머지 부분을 보강해야 하죠.」

다른 엔지니어들은 그의 논법을 이해하지 못했고, 그는 설명했다. 「그 부위들에 총격을 당한 비행기들은 살아 돌아왔어요. 다른 곳, 특히 연료 탱크 근처(폭발이 일어남), 조종석(조종사가 있는 곳), 엔진(작동이 정지되어 추락함)에 공격이 적중한 비행기들은 반대로 귀환하지 못했죠. 그러니까 구멍이 제일 적게 난 부위들을 보강해야 하는 겁니다.」

그리하여 에이브러햄 왈드는 〈생존자 편향〉의 법칙을 입증했다. 우리가 문제 해결을 위해 조사의 바탕으로 삼는 사례들은, 이미 해결되었기에 우리에게 알려진 건들이다. 우리는 예외들을 규칙으로 받아들인다. 그런데 그 사례들은 전체적인 상황을 대표하지 않는다.

건축을 예로 들어 보자. 우리는 1백 년 넘은 건물들이 오래 버텼으니 현대 건물들보다 튼튼하다고 생각한다. 그런데 세월을 견디고 남은 건물의 수는 매우 적다. 훨씬 더 많은, 같은 시대에 건축되었으며 무너진 건물들도 모두 고려해야 한다.

에드몽 웰스, 『상대적이며 절대적인 지식의 백과사전』

제5막 꽃

51

한 걸음 내디딜 때마다 조금씩 더 떨린다.

알리스는 스스로 부과한 시련을 향해 홀로 나아간다.

샬롱쉬르손의 어느 가게에서 구한 태양광 충전 손전등과 약간의 식량을 담은 가방을 든 채, 알리스는 발토랑으로 통하는 유일한 도로를 종종걸음으로 걸어간다. 눈은 그치지 않고 점점 세차게 내린다.

춥지만 아직 사고는 명확하다.

산속에 고립된 이 생존자 공동체는 어떻게 25년을 살았을까? 이곳 사람들은 우리에게 발포했고, 그건 이들이 무장했고 경계 태세에 있다는 뜻이야. 이들은 저기서 중세 요새 도시처럼 살고 있을 거야. 외부에서 오는 모든 것에 맞서 방어하면서.

마침내 10대 시절, 이곳이 아주 유명한 스키장이었을 때 알았던 동네의 불빛이 보이기 시작한다. 나뭇가지 하나를 주워 흰 천을 매단다.

지금이야말로 모든 게 걸린 순간이야.

가까이 가자, 통나무로 된 성벽과 무장한 사람들이 배치된 망루들이 보인다. 병영이나 감옥 비슷하게 서치라이트 불빛들이 어둠 속을 훑는다.

앨리스는 성문 앞에 서서 손전등을 크게 휘둘러 신호한다.

「여기요!」소리쳐 부른다.

즉각 빛줄기 하나가 그를 향한다. 소총을 든 남자 두 명의 윤곽이 그를 겨냥한다.

앨리스는 백기를 흔든다.

「싸우러 온 게 아닙니다. 저도 당신들 중 하나예요. 이곳 책임자와 이야기하고 싶습니다.」 앨리스는 소리친다.

출입문 쪽과 그 반대쪽에 위치한 탑에서도 서치라이트 불빛들이 켜지고 동시에 빛줄기들이 그에게 집중된다.

그러더니 위협적인 목소리가 외친다.

「무기를 버리시오! 양손을 쳐드시오!」

「무장하지 않았어요.」

앨리스는 가방을 천천히 바닥에 내려놓고, 막대기도 내려놓고, 양팔을 치켜든다. 추위는 매섭고 돌풍은 거세다.

성문의 문짝이 삐걱거리며 열린다.

「들어오시오!」 남자 목소리가 명령한다.

성벽 안으로 들어서자마자 문은 도로 닫힌다. 앨리스는 계속 손을 든 채고, 여러 남자가 그를 향해 소총을 겨누고 있다.

위장복을 입은 군인 하나가 다가오더니 몸수색을 한다.

국군 정규 군복 같은데.

다른 두 남자가 나타난다. 둘 중 하나가 장교 계급장을 달고 있는 게 눈에 띈다.

「당신은 누굽니까?」 그 남자가 묻는다.

「내 이름은 알리스 카메로고 우호적인 뜻에서 왔어요.」

「여기는 어떻게 왔습니까?」

알리스는 하늘을 가리킨다.

「날아다니는 괴물들 발에 붙잡혀 있던 게 당신입니까? 그렇다면 달아나는 데 성공했군요?」

장교는 예사롭지 않다고밖에 할 수 없는 그 상황에 대해 그럴듯한 시나리오를 찾아내 자못 만족스러운 기색이다.

「괴물이 아니에요. 그들은 혼종인데…….」

자세한 설명을 덧붙이고 싶다.

내가 창조했죠.

하지만 이렇게만 말한다.

「……전쟁 이후에 생겨났죠. 난 납치된 게 아니에요. 그들은 위험하지 않아요.」

잠시 뜸을 들인다.

「아무튼, 위험하지는 않지만 총을 쏘아 대면 자기방어를 할 수는 있죠.」

말 한 마디 한 마디를 신중하게 해야 해.

「여러분의 윗분을 만나 뵐 수 있을까요?」 알리스는 묻는다.

군인들은 말이 없다. 장교는 망설이다가 나머지 군인들 쪽으로 자기가 알아서 처리하겠다는 손짓을 한다.

「따라오시죠.」

얼어붙은 길들을 지나, 그는 알리스를 박공벽에 〈발토랑 시청〉이라 쓰인 웅장한 건물로 안내한다. 옛 스키장은 두터운 눈 외투에 덮여 있어 알리스는 그곳이 얼마나 피해를 입었는지 파악하기 어렵다. 군인은 알리스를 들어오게 해서 어느 방으로 데려가는데, 방에서는 여러 사람이 식탁에 둘러앉아 저녁 식사를 들고 있다. 대부분 머리가 잿빛이고 상당히 고령으로 보이는 이들도 몇몇 있다. 식탁 끝에서 다른 이들보다 피부색이 어둡고 백발이 곱슬거리는 한 노인이 다가오는 알리스를 바라본다. 알리스는 아연해진다.

나이가 들었지만, 의심의 여지가 없어. 그 사람이야.

공화국 대통령 스테판 레지티뮈스야.

장교가 노인에게 귓속말로 소곤거리는데, 둘러앉은 사람들 가운데 갑자기 남자 목소리가 난다.

「알리스……? 세상에…… 대체…… 네가 여긴 웬일이야?!」

한 남자가 일어서서 다가온다. 머리가 잿빛으로 세고 주름이 제법 깊게 패였음에도, 알리스는 옛 연구부 장관을 단번에 알아본다.

「뱅자맹……!」

둘은 열렬히 얼싸안는다.

「아는 사이로군요?」 레지티뮈스가 당황해하며 묻는다.

「알리스 카메러 교수를 소개합니다. 전쟁 전에 우리가 자금을 지원했던 변신 프로젝트의 창시자죠.」

뱅자맹이 3차 세계 대전에서 살아남았고 여기 살고 있어!

레지티뮈스 대통령은 눈썹을 찡그린다.

「변신? 엄청난 지탄을 받았던 그 프로젝트 말입니까?」

「외람된 말씀이지만, 대통령님, 세계 대전이 일어났고 이처럼 심한 피해를 일으켰다는 건, 가장 큰 문제는 제가 아니었다는 증거라고 봅니다만……」 알리스는 반박한다.

「그런데 어디서 오셨습니까?」 대통령이 묻는다. 과학자의 대찬 성미가 마음에 든 듯, 유쾌해하는 눈빛이다.

「우주에서 왔죠.」 뱅자맹 웰스가 대신 대답한다. 「제가 ISS로 유배 보냈습니다. 박사를 노리는 음모들로부터 피신시키려고요.」

스테판 레지티뮈스는 놀라움을 감추지 못한다.

「그리고 전 그 위에서 아포칼립스를 목격할 수 있었죠.」

대통령은 알리스를 평가하듯 훑어보며 손가락을 겹쳤다가 푼다.

「그렇다면 우리가 오늘 저녁 공격한 괴물들을 탄생시킨 게 바로 그 변신 프로젝트였겠군요?」 그가 말한다.

알리스는 미소를 짓고 답한다.

「괴물이 아니라, 키메라에 가깝습니다. 그들에게 해당하는 가장 정확한 과학 용어는 〈혼종〉이지만요. 저는 에어리얼이라는 이름을 붙였습니다.」

잘 생각해 보면 〈키메라〉가 〈혼종〉보다 어감이 더 좋아. 이제부터 이 단어를 써야지.

「……그리고 이제 서로 안면을 틀 때도 된 것 같은데요. 그들을 이곳, 발토랑에 받아들여 주시는 게 어떨까요?」

레지티뮈스 대통령은 웃음을 터뜨리고, 그 자리의 사람들 모두 뒤따른다.

알리스는 다시 조용해질 때까지 기다렸다가 태연한 투로 덧붙인다.

「다른 가능성도 있지요. 첫 번째는 그들이 추위로 죽는 거고…… 두 번째는 도시를 탈취하려고 돌로 폭격을 퍼붓는 겁니다.」

「감히 그러지는 못할 거요.」 장군을 뜻하는 별이 달린 모자를 쓴 한 군인이 말한다.

「그들은 잃을 게 없는걸요.」 알리스가 주장한다.

「어쨌든 우리에겐 방어할 무기가 있어요.」 다른 사람이 반박한다.

「수가 몇이나 됩니까?」 어느 고위 장교가 묻는다.

내가 말하는 한 마디 한 마디가 지극히 중요해. 약게 굴어야 해.

「여러분보다 수가 많아요.」

「우리가 몇 명인지 모르시잖소!」 장교가 화를 낸다.

「여러분도 그들이 몇이나 되는지 모르시고요.」 과학자는 단호하게 말한다.

대통령이 손짓으로 논쟁을 가라앉힌다.

「카메러 박사, 당신은 그들 편입니까, 우리 편입니까?」

알리스는 잠시 생각해 보고 답한다.

「살면서 우리는 대체로 두 갈래 길 앞에 놓이죠. 공포의 길과 사랑의 길. 모두가 후자를 택할 때 세상은 더 나아진다는 게 제 생각입니다. 그리고 사랑이 당장 가능하지 않다면 일단 눈을 맞추고 서로 이야기하고 귀담아듣는 것부터 시작할 수 있다고 봅니다. 운 좋게도 이 키메라들은 우리와 말이 통하거든요.」

레지티뮈스 대통령은 몹시 심각해진다. 그는 손가락을 겹쳤다가 푼다.

「당신의 키메라들을 여기 받아들일 만한 물자는 없습니다. 모든 게 우리 주민 수에 딱 맞춰 계산되었고 여분이 조금도 없어요.」

「그래도 그렇게 하셔야 합니다. 그렇지 않으면 또 한 차례 전쟁이니까요.」

「그런다고 겁먹을 줄 알고?」 장군이 부르짖는다. 「우리에겐 외부의 어떤 공격이든 맞서 싸울 수단이 있소!」

알리스와 그 고위 장성은 서로 훑어본다.

「당신의 키메라들은 우리에게 아무 짓도 할 수 없어요.」 그는 강경하게 말한다.

모든 것을 걸고 도박할 순간이야.

「제가 말씀드리는 이 순간, 에어리얼 한 무리가 댐의 수력 발전소에 다이너마이트를 설치하고 있습니다.」 알리스는 엄숙하게 선언한다. 「지금부터 10분 안에 제가 신호를 보내지 않으면 폭파할 겁니다.」

침묵이 길게 이어진다. 알리스는 군인들의 회의적인 눈길이 자신에게 쏠리는 것을 느낀다.

「허세를 부리시는군. 그들이 수력 발전소의 존재를 어떻게 알았는지 모르겠는데.」 장군이 말한다.

「여기에 빛이 있으니 전기도 있으리라는 사실을 당연히

알아챘죠. 그리고 이곳은 산이니 당연히 댐과 수력 발전소가 연관되었을 거고요. 에어리얼들이 하늘을 날며 발전소를 찾았고 발견했습니다. 다이너마이트는 어느 공사장에서 구했고요.」

「허풍 떠는 겁니다.」장군은 거듭 말한다.

「9분 남았습니다. 위험을 감수하실 건가요?」

알리스는 대통령의 눈을 바라본다. 놀라우리만치 침착하여 속내를 알 수 없다. 그러다가 그가 뱅자맹 웰스 쪽을 본다.

「장관의 생각은 어때요, 뱅자맹? 어쨌든 저분을 가장 잘 아는 건 당신이니까.」그가 말한다.

「허풍이 아닙니다.」뱅자맹이 즉각 말한다.

「확실해요?」

「물론입니다. 고등학교 때부터 아는 사이인걸요.」

대통령은 알리스를 유심히 쳐다본다.

「현장에 군인들을 파견하죠.」장군이 제안한다. 「우리의 자동 소총 앞에 저 날개 달린 괴물들은 상대도 못 될 겁니다.」

「도착하기 전에 몽땅 날려 버리겠죠.」알리스가 말한다.

다시 한참 정적이 흐르고, 그동안 모두 말없이 서로의 의중을 가늠한다.

「5분밖에 안 남았습니다, 여러분. 그들은 매우 빠르고, 매우 영리하고, 음파 탐지 능력이 있어 어둠 속에서도, 즉 보이지 않게 움직일 수 있다는 점도 알아 두세요. 어둠과 눈 속에서 상대가 안 되는 건 당신들일걸요.」

「음파 탐지라고요? 박쥐처럼? 끔찍하기도 해라! 정말 괴물들이군.」장군이 구역질하는 시늉을 하며 말한다.

알리스는 친구 쪽을 돌아본다.

「뱅자맹, 넌 이분들에게 설명해 드릴 수 있을 거야. 원숭이 혼종들을 기억하지?」

「사실입니다. 장담하는데 저는 벌써 그…… 특별한 존재들을 본 적 있죠. 실험적인 형태였지만요.」

그는 반사적으로 조제핀의 이빨 두 개가 남긴 흉터를 어루만진다.

「뱅자맹이 본 건 원숭이-박쥐 혼종이었죠. 그건 변신 프로젝트의 1.0 버전이었습니다. 에어리얼들은 2.0 버전이고요. 원숭이 혼종에 이어 저는 인간 혼종을 만들어 내는 데 성공했습니다. 나중에 시간이 되면 전부 설명해 드리죠. 지금은 여러분의 댐이 무너지기까지 2분밖에 남지 않았습니다.」

이들을 설득하려면, 눈을 깜빡이지 않고 호흡이 받쳐 주는 낮은 목소리로 말해야 해. 아빠가 가르쳐 주신 것처럼.

「1분 남았습니다.」

자, 제대로 발성했어.

대통령은 계속 뚫어져라 알리스를 쳐다보고, 긴박감은 계속해서 고조된다.

「허풍입니다!」장군이 중얼거린다.

「뱅자맹?」레지티뮈스가 다시 묻는다.

「사전 예방 원칙에 의거하여, 박사의 말이 진실일 가능성이 아주 약간이라도 있다면, 저는 위험을 무릅쓰지 않겠습니다.」

「허풍 떠는 거라니까요!」장군은 목멘 소리로 외친다.

알리스는 손목시계를 들여다본다.

「40초밖에 남지 않았습니다.」

레지티뮈스는 여전히 미동도 없이 포커 플레이어가 판돈을 올릴지 포기할지 망설이는 것처럼 알리스를 응시한다.

「30초 후면 우리는 모두 어둠 속에 있게 됩니다.」

알리스는 천천히 눈꺼풀을 깜빡인다.

무표정한 얼굴을 유지해야 해.

「좋아요, 그들을 불러와도 됩니다.」마침내 레지티뮈스 대통령이 선언한다.「하지만 지금 당장은 키메라들과 우리가 접촉하길 바라지 않습니다. 제일 좋은 방안을 구상할 때까지 당분간 별도 수용될 겁니다. 대신 먹을 것과 쉴 곳은 마련해주죠.」

「어떤 군인도 그들의 목숨을 빼앗지 않을 거라고 약속해 주시는 건가요?」알리스는 묻는다.

「약속드리죠.」

그리하여 알리스 카메러는 호루라기를 세 번 분다.

52

 마을 중앙 광장에 착륙해도 좋다는 허가를 받고, 군인들이 경악하여 지켜보는 가운데 박쥐 인간 829명이 어두운 하늘에 참새 떼처럼 나타난다.

 그들은 곧장 어느 스포츠 센터 배구장으로 안내되고, 그곳에는 쉴 수 있도록 바닥에 매트리스가 준비되어 있다. 담요와 뜨거운 수프도 지급된다.

 밖에는 발토랑 주민들이 모여 있다. 주민들은 반은 놀라고 반은 겁먹어 체육관 창문을 들여다본다.

 군중과 건물 사이에는 군인들이 배치되었다.

 에어리얼들과 오펠리와 함께 안으로 들어온 알리스는 뱅자맹에게 몸을 기울이고 속삭인다.

「일이 다 잘 풀렸으면 좋겠는데…….」

「레지티뮈스 대통령의 말은 보증이나 마찬가지야. 오랫동안 함께 일하면서 나는 그분을 잘 알아. 그분은 약속을 중히 여겨.」

 알리스는 여전히 회의적인 태도로 눈썹을 찌푸린다.

「그리고 나도 있잖아. 대학에서 사회학 수업 때 배운 거 기억나지. 정치적이고 직업적인 모든 관계는 신뢰를 바탕으로 해. 양쪽 다 득을 보는 구조를 찾아야 하지. 서로 대립하는 것보다 함께 행동하는 게 이익임을 증명하는 거야.」

그들은 식사 중인 에어리얼들을 먼발치에서 지켜본다. 몇몇은 담요에 싸여 아직도 추위에 떨고 있다.

「이제 다들 몸을 녹였으니 우리 집에서 네게 식사를 대접할게. 우린 서로 할 얘기가 많을 것 같은데.」 뱅자맹 웰스가 말한다. 우주에서 사라졌다고 여겼던 소중한 친구를 다시 만나 그는 아직도 얼떨떨하다.

「내 딸 오펠리도 같이 왔는데…….」

「네 딸? 너에게 딸이 있어?」 장관은 놀란다. 「대체 어떻게……?」

앨리스는 에어리얼들 틈에서 유독 가냘프고 날개가 없는 모습을 가리킨다. 오펠리에게 오라고 손짓한다.

「오펠리, 우리의 은인이자 오늘의 구세주를 소개할게. 뱅자맹 웰스야.」

「어떻게 우리의 은인이라는 거예요?」 연보라색 머리의 젊은 여자는 경계하며 묻는다.

「그가 변신 프로젝트의 시작이거든. 연구부 장관으로 있으면서 당시 프로젝트에 자금을 지원했던 게 그였어. 오늘 우리를 맞아들일지 망설이는 레지티뮈스 대통령의 마음을 우리 쪽으로 기울게 한 것도 그였고. 무엇보다도 내 친구란다.」

「널 만나 정말 기쁘구나, 오펠리.」뱅자맹이 말한다.

오펠리는 여전히 방어적인 태도로 고개를 끄덕여 응한다.

뱅자맹 역시 옛날 사람이라고 생각하는 거야.

헤르메스에게 알린 후, 세 인간은 스포츠 센터를 떠난다. 뱅자맹은 그들을 데리고 텅 빈 마을 거리를 지나 지붕에 눈이 덮인 커다란 목조 산장으로 간다. 굴뚝에서 연기가 뭉게뭉게 피어난다.

두 여자는 안락한 실내와 접한다. 널찍한 소파들은 모피가 덮여 있고, 벽에는 2020년대의 발토랑 사진이 든 액자들이 걸려 있다.

「전쟁 전의 세상은 이랬나요?」옛날에 스키 리조트였던 곳을 처음 본 오펠리가 놀라서 말한다.

우리가 잃어버린 모든 것이지…….

「이곳의 명물 요리를 해줄게.」뱅자맹이 〈요리사는 나야〉라고 적힌 빨간 앞치마를 두르며 말한다. 「사부아풍 퐁뒤야. 짐 놓고 식탁에 가서 앉아.」

「아니야, 너랑 같이 있을래.」알리스가 말한다. 「부엌다운 부엌을 본 지 너무 오래 됐거든…….」

그들은 함께 필요한 재료를 모은다. 치즈, 백포도주, 육두구, 마늘 한 쪽, 후추, 크루통, 달걀 하나.

알리스는 귀중품이나 되는 것처럼 재료 하나하나를 들여다보고, 어루만지고, 냄새 맡는다.

「고생이 많았을 거고 궁핍도 겪었겠지만, 안심해. 여기는 부족한 게 없어.」

알리스는 미소를 짓고, 옆에서 오펠리 역시 재료를 하나하나 살펴본다.

「이제 드디어 조용해졌으니, 설명 좀 해봐, 뱅자맹. 전쟁 전의 프랑스 정부가 어떻게 이 스키장에 오게 됐는지.」

전 연구부 장관은 고개를 까닥인다.

「3차 세계 대전이 발발했을 때, 정부 관료 대부분은 엘리제궁 지하의 방공호, 그 유명한 주피터 사령부에 틀어박힐 수 있었어. 너도 아마 알겠지만, 그곳은 70미터 깊이 지하의 사령부야. 1940년에 지어졌지만 줄곧 확장되고 현대화되었지. 인도와 파키스탄 사이에 전쟁이 터지자 대통령은 상황이 빠르게 통제 불능 수준으로 악화될 것이며 피해 규모는 우리가 과거에 겪었던 바와는 비교할 수도 없으리라고 느꼈어. 그는 정부 인사 전원에게 처자식과 함께 거기 피신하라고 권했고, 장군들, 고위 장교들, 엄선해서 선발한 군인 몇백 명도 함께였어. 총 9백 명이었지.」

뱅자맹은 냄비의 불을 조절한다. 따끈하게 녹은 치즈의 먹음직스러운 냄새가 주방에 퍼진다.

「우린 거기서 상황이 진정되기를 기다렸어.」

「주피터 사령부에 9백 명이? 지하 방공호에서 매일을 보낸다는 게 쉽지 않았을 텐데.」

뱅자맹은 미소 짓는다.

「군인들이 있어 좋은 점은, 그들은 단체 생활을 조직하는 법을 안다는 거지.」

뉴 이비사와는 분위기가 크게 달랐겠군. 음악과 선택한 사람들과 하와이안 셔츠와 배경의 야자수 벽화를 생각해 보면······.

「우릴 살린 건 규율이었어. 대통령은 우리에게 매일 몸을 씻고 면도하라고 명했어. 별것 아니게 보일 수 있지만, 난 우리가 지저분한 채로 있었다면 상황이 급속히 악화됐을 거라 믿어.」

엔트로피가 증가할 위험이 있는 지점에 네겐트로피를 발생시켰군.

「우리는 주피터 사령부 안에서 거의 정상적인 생활을 계속했어. 의료실이 하나 있어서 우린 그 공간을 보육원 겸 학교로 삼았지. 결혼하는 커플들이 있었어. 아기들이 태어났어. 이혼하는 부부들이 있었어. 노쇠해 죽은 이들이 있었어. 경제부 장관이 비축된 식량을 관리했어. 우리는 앞으로도 50년은 더 버틸 수 있었지. 내무부 장관은 질서 유지를 담당하고, 법무부 장관은 소송을 담당했어. 환경부 장관은 가능한 한 폐기물을 덜 내도록 독려했지. 여성부 장관은 남자들이 여자들과 동등하게 가사에 참여하도록 신경 썼어. 우리는 전통을 유지하기 위해 대통령 선거를 열 생각도 했지. 그리고 레지티뮈스 대통령은 매번 재선됐어.」

뱅자맹은 걸쭉한 혼합물을 손가락으로 찍어 맛보고 소금을 더 친다.

「한편 나는 수시로 방호복 슈트를 입고 나가 지상의 방사능 수준을 측정했어. 엘리제궁의 외부 위성 안테나를 수리하기도 했지. 그렇게 해서 그 안테나를 군용 위성에 연결해 우리 주변에서 일어나는 일의 정보를 얻을 수 있었던 거야. 나는 전기 신호를 포착했는데, 내가 보기에는 인간이 활동하는 구역에서 나오는 게 분명했지만 생존자들과 연락을 취할 길이 없었어. 그러다가 발토랑을 발견했지. 고도가 높고 방패 역할을 하는 산들에 둘러싸인 분지에 위치한 덕에 발토랑은 무사했어. 위성 메모리에 저장된 정보에 따르면 그곳에 영향을 준 방사능 구름은 없었어. 아무튼 위험한 수준으로는 말이야. 마치 평화의 안식처 같았지. 기적적으로 보호받는 보석 상자. 세상을 덮친 폭풍우에서 무사한 성소.」

「포럼 데알 근처에서는 전기 활동을 확인하지 못했어? 거긴 네가 있던 방공호에서 그리 멀지 않고, 군에서 전시에 그곳을 이용할 계획이었던 것 같은데.」 알리스가 끼어든다.

「우리는 모든 게 폐허가 된 황폐한 파리를 떠나, 멀리 떨어진 온전하고 깨끗한 터전에서 재건하고 싶었어.」

「하지만 난 거기 대피해 있었는걸. 내 딸과 키메라들도 거기서 태어났고. 근데, 얘기 계속해, 뱅자맹. 내 이야기는 너무 길어서 끝까지 들으려면 식사를 몇 번은 더 해야 할 거야!」

「네가 그렇다면……. 아무튼, 난 발토랑에서 대규모 전기 활동 신호를 감지했고, 그건 생존자 집단이 있다는 뜻이었지.」 뱅자맹이 말을 계속한다. 「대통령은 전원 주피터 사령부를 떠나 발토랑으로 가기로 결정했어. 우리는 모두 방사능 방호복을 입고 병력 수송용 대형 헬리콥터에 올라탔어. 전쟁 초반에 최대한의 탈것, 무기, 생존 물품과 함께 방공호에 보관되어 있었기에 온전했지. 그리고 발토랑에 도착했더니 정말로 현지 주민들이 무사히 살고 있었어. 1천 명 가까운 주민이.」

「너희가 그렇게 대규모로 온 걸 보고 겁먹지 않았어?」

「역설적으로, 우리가 무장하고 제복 차림인 걸 보고 그들은 마음을 놓았어. 그 후 발토랑 주민들은 레지티뮈스 대통령을 알아보았고, 상황이 상황인 만큼 전후 세계를 효과적으로 다스리기에는 시장보다는 국가 원수가 나을 거라고 판단했어.」

「잘 어울리는 이름이에요, 레지티뮈스 대통령…….」 계속 집을 구경하며 물건 하나하나를 살펴보던 오펠리가 약간 비꼼을 담아 말한다.

「맞는 말이야. 전쟁 전의 민주적 선거로 그에게는 어떤…… 정통성légitimité이 부여됐지. 시장은 즉각 시청 열쇠를 내주며 거기에 정부를 두고 머물라고 했고, 자신은 현지 자문 지위로 남았어. 전쟁 시작을 텔레비전으로 지켜본 만큼 골짜기에 있던 주민들은 외부 세계의 변화를 두려워하고 있었지. 무장한 군대와 파리에서 온 고위 관리들이 이 전 세계적 위기를 헤쳐 나갈 책임을 기꺼이 떠맡으려 하자 그들은 기뻐했어.」

공포, 첫 번째 감정적 원동력.

「그리고 우린 새로 선거를 할 필요도 없었어. 레지티뮈스는 여기서도 여전히 인기였거든.」

뱅자맹은 다시 한번 냄비의 내용물을 맛보고 백포도주를 더 넣는다.

「여기선 모든 게 전쟁 전처럼 돌아가다니 놀라워요.」 오펠리가 감탄한다.

「그건 수력 발전소 덕이 커. 수력이라는 천연 에너지는 무한정이지. 우리는 석유에도, 원자력에도, 가스에도, 태양열에도 의존하지 않아. 오로지 물, 즉 비와 눈이지. 그리고 여긴 그게 넘쳐나고. 그건 그렇고, 이젠 말해 줘도 되잖아. 발전소를 폭파하겠다던 협박은 진짜였니, 허풍이었니?」

알리스는 그에게 윙크한다.

「안 믿으면서 왜 내 편을 들었니?」

「아마 습관적인 거겠지. 옛날에 난 늘 네 편이었으니, 지금도 그러는 거야.」

그는 퐁뒤를 맛보고 이번에는 엄지손가락을 치켜세운다.

「다 됐어!」

거실로 돌아오자 그들은 식탁보 위에 접시와 식기를 늘어놓고, 다음으로 빵 크루통을, 마지막으로 긴 꼬치들이 딸린 퐁뒤 기구를 올려놓는다. 뱅자맹은 소형 냄비를 가열하려고 가스버너에 불을 켠다. 그러고는 계단 쪽을 향하여 소리친다.

「밥 먹어라!」

2층에서 방문 열리는 소리가 나고 계단을 내려오는 발소리가 들린다.

「우리 말고 또 누가 있어?」 알리스가 묻는다.

키 큰 젊은이가 거실에 들어선다. 알리스는 그가 웰스 가문 사람의 공통적인 얼굴, 광대뼈가 도드라지고 턱이 뾰족한 세모꼴 두상에 크고 검은 눈을 지녔음을 눈치챈다. 노란색과 검은색 체크무늬 셔츠를 입고 무선 헤드폰을 꼈는데, 두 여자를 보자 예의 바르게 벗는다.

「죄송해요, 손님이 오신 줄 몰랐어요. 들어오시는 소리를 듣지 못했거든요.」

「내 아들, 조나탕이야. 조나탕, 이쪽은 어릴 적부터의 내 친구 알리스고 이쪽은……」

「……오펠리. 내 딸이란다.」

젊은이는 연보라색 머리와 연회색 눈의 젊은 여자에게서 눈길을 떼지 못한다.

오펠리와 같은 또래일 거야.

저 애도 제 아버지는 옛날 사람이고, 새로운 세대의 대표자로서 자기는 3차 세계 대전 전에 태어난 우리 늙은이들보다 현대 세계에 더 잘 적응했다고 생각할까?

「이분들은 〈신입〉이야.」 뱅자맹이 설명한다.

「엄마는 우주 정거장에 있었어요.」 오펠리가 부연한다. 「저는 파리의 지하철역에 있는 생존자 공동체에서 태어났고요.」

조나탕은 감탄스럽다는 듯 휘파람을 불어 놀라움을 표현하고는 말한다.

「그렇다면 날아다니는 인간들과 함께 온 게 두 분이군요……. 그들은 어디서 태어났나요?」

「오펠리와 마찬가지야. 우주 정거장에서 수태되고 파리의 지하에서 태어났지.」 알리스가 설명한다.

「긴 얘기는 접어 두고, 식사나 들자.」 뱅자맹이 끼어든다.

「배고플 텐데, 안 그래?」

그들은 식탁에 앉는다.

뱅자맹은 오펠리에게 꼬치에 크루통을 꿰어 빠뜨리지 않고 백포도주와 섞인 녹은 치즈에 담그는 법을 가르쳐 준다.

손님들은 따끈하고 먹는 재미도 있는 이 식사를 한껏 즐긴다.

뱅자맹은 모두에게 게뷔르츠트라미너를 한 잔씩 따라 준다. 가벼운 단맛이 나는 이 포도주는 전체적인 분위기가 풀어지는 데 일조한다.

「이 매력적인 젊은이의 엄마는 누구야?」 알리스가 열심히 먹으며 묻는다.

「조나탕은 나와 파비엔의 아들이야. 파비엔은 청소년과 스포츠부 장관이지.」

「그분은 안 오셔?」 알리스는 궁금해하며 묻는다.

「엄마는 몽블랑을 등반하다가 추락 사고를 당하셨어요. 한쪽 다리가 부러졌을 뿐이었고 생명에 위험은 없었죠. 하지만 리조트로 돌아오려 하던 중 늑대 무리의 습격을 받았어요. 거기서는 살아남지 못하셨죠.」

오펠리는 깜짝 놀란다.

「늑대요?」

뱅자맹이 설명한다.

「여기선 야생 동물이 제 권리를 되찾았어. 늑대, 곰, 수리에 스라소니와 독수리까지 있지.」

「끔찍한 일이구나, 정말 마음이 아파.」 알리스가 말한다.

「진심으로 조의를 표할게.」

「고마워..」뱅자맹이 답한다. 「제일 놀라운 건 이들 야생 동물 일부는 골짜기 깊이 있는 동물원, 크뢰제 자연 동물원에서 탈출한 동물들의 후손이라는 거야. 발토랑 주민들이 얘기해 주더라고. 그 동물들은 갇혀 있을 때는 번식하지 않았대. 그런데 자유의 몸이 되자마자 증식한 거야.」

「우린 더 이상 먹이 사슬 꼭대기에 있지 않아요.」조나탕이 덧붙인다. 「우리가 다른 종의 사냥감이 되는 일도 있죠. 야생 동물에 목숨을 잃은 희생자는 더 있어요. 여기선 야생 동물 습격이 일상적인 위험의 일부라고 할 수 있죠.」

「레지티뮈스 대통령이 성벽을 지으라고 명한 건 그런 이유에서이기도 해.」뱅자맹이 말한다.

그는 흘러내리는 치즈에 덮인 크루통 하나를 삼키고 말을 계속한다.

「이 매력적인 젊은 여성의 아버지는 같이 안 오셨어?」

「시몽 스티글리츠, 뛰어난 과학자였고 내 첫 혼종을 성공시키는 데 큰 도움을 줬어.」알리스가 대답한다. 「그는 광신적인 종족 차별주의자들과 맞서 키메라들을 지키다가 죽었어.」

뱅자맹과 조나탕은 두 사람에게 조의를 표한다.

「그러면…… 음, 그러니까 그…….」

조나탕은 적절한 단어를 찾기 어려워한다.

「에어리얼. 그들은 에어리얼이에요.」오펠리가 도와준다.

「고마워요…… 네, 그 에어리얼들은 어떤가요, 제 말은, 심리적인 관점에서? 자기들을 창조해 준 인간에게 감사해 하나요?」

「지금까지는 언제나 우리 둘에게 깍듯했어.」알리스가 대답한다.

「정말 믿을 만한 거야?」뱅자맹이 재차 묻는다.

「내가 그들을 탄생시켰고, 그들을 가르치고 교육했어. 난 그들에게 말하고, 읽고, 쓰고, 계산하는 법을 가르쳤고, 예전에 학교에서 그랬던 식으로 역사, 지리, 문학, 과학을 교육했고, 누구보다 더 잘 배웠다고 생각해. 하지만 반은 익수류인 그들의 머릿속이 정말로 어떤지는 알 수 없지.」과학자는 솔직히 털어놓는다.

「그래도 뭐 짚이는 구석은 있을 거 아냐.」장관이 짓궂게 놀린다.

「내가 말할 수 있는 건, 알면 알수록 그들에게 깊이 빠져들게 된다는 거야. 그들에겐 철학이 있고, 문학이 있고, 공중 안무 예술이 있고, 음악이 있어. 그들 고유의 것이고 우리 호모 사피엔스 문명의 문화와도, 다른 두 혼종의 문화와도 닮지 않았어. 내가 보기에는 그들은 사고하는 방식이 우리와 다르기에 많은 분야에서 대단한 일들을 해낼 수 있을 것 같아.」

뱅자맹은 긴 한숨을 내쉬고 모두에게 포도주를 더 따라 준다.

「잘 알겠어, 네가 보증한다면…….」그는 반신반의하는 태도를 굳이 숨기지 않는 투로 말한다. 「벌써 레지티뮈스 대통령과 얘기 나눴어. 그들이 머물 거처를 마련하긴 하겠지만,

터놓고 말해서 네 친구들의 〈특수성〉을 고려했을 때 지금은 그들이 발토랑 인근 지역에 따로 머무는 게 최선이라고 봐. 우리 아이들이 그들을 보고 겁먹는 걸 봤거든······.」

아이들은 자연스럽게 새로운 모든 것을 경계하지.

「발토랑 주민들이 그들의, 뭐랄까······ 이색적인 존재에 익숙해지려면 시간이 필요할 것 같아.」 그는 알리스가 대꾸할 틈도 주지 않고 덧붙인다. 「두 사람은 여기, 우리 집에 기꺼이 받아들일게. 이 산장은 넓고 편안해.」

각자 배부르게 먹고, 조나탕이 냄비 가장자리에 대고 달걀 하나를 깨뜨려 남아 있는 녹은 치즈를 모은다.

「좋아.」 알리스가 짓궂은 윙크를 하며 말한다. 「이제 안부를 나눴으니, 이 식사의 마지막에 내가 무슨 질문을 할지 알겠지.」

「『상대적이며 절대적인 지식의 백과사전』의 샤라드?」

「바로 그거야.」

「그게 뭐예요?」 오펠리가 묻는다.

「전쟁 전의 말장난이야. 뱅자맹이 내게 이런 수수께끼를 냈는데, 그의 말로는 빅토르 위고가 만든 것이라고 해. 나의 첫 번째는 수다쟁이이고, 두 번째는 새이고, 세 번째는 카페에 있다. 전체를 합치면 디저트다. 아무리 생각해 봐도 답을 못 찾았어. 뱅자맹은 내게 이렇게만 말했어. 〈너무 쉽기 때문에 답을 못 찾는 거야.〉 그 오랜 시간 후에 다시 만났으니, 이제 답을 알려 주겠니?」

「이런, 알리스, 혼자 알아내는 게 훨씬 더 즐거울 거야.」

짜증나게 구네. 남들의 놀림감이 되는 건 질색이야.

두 여자의 얼굴에 피곤한 기색이 드러난다. 뱅자맹은 사려 깊게도 둘을 침실에 데려다주겠다고 한다. 조나탕도 편히 쉬라는 인사를 하고 헤드폰을 끼고 계단을 올라간다.

오펠리에게 주어진 방은 옆에 욕실이 붙어 있다. 오펠리는 욕조에서 뜨거운 물과 거품 이는 비누로 목욕을 하고, 방사능 오염을 걱정할 필요 없는 물로 이를 닦는 즐거움을 맛보고, 침대 시트와 베개 두 개가 있는 진짜 침대에서 잠잔다는 생각에 벌써 설렌다. 그런 다음 옷장을 열자 온갖 치수의 남녀 의류가 여러 벌 들어 있다. 드레스형 잠옷을 골라 입고 이불 속으로 들어간다. 머리맡 램프를 끄자마자, 그날 겪었던 감정들이 몰려오고 퐁뒤를 소화시키느라 노곤한 나머지 오펠리는 잠이 든다.

53

백과사전: 사부아풍 퐁뒤 요리법

사부아풍 퐁뒤 4인분 재료:

콩테 치즈 400그램

그뤼에르 치즈 400그램

보포르 치즈 400그램

빵 500그램

드라이한 백포도주 300밀리리터

키르시[1] 30밀리리터

겨자, 소금, 후추, 육두구, 마늘

달걀노른자(취향에 따라)

1. 다양한 치즈를 얇게 조각내어 써는 것부터 시작한다.
2. 퐁뒤용 냄비에 껍질 벗긴 마늘쪽을 문지른다.
3. 냄비를 가열한다.

[1] 체리로 만든 무색투명한 브랜디. 이하 모든 주는 옮긴이의 주이다.

4. 재료 전부를 가까운 곳에 배열한다. 치즈, 겨자, 소금, 후추, 육두구, 백포도주.

5. 드라이한 백포도주 분량의 반을 냄비에 붓고 5분간 강불에서 가열한다.

6. 치즈가 타지 않도록 냄비를 약불에 놓고 동시에 얇게 썬 치즈를 냄비에 넣는다.

7. 8 자를 그리며 쉬지 않고 저으면서 치즈를 녹인다. 골고루 섞인 매끄러운 퐁뒤가 될 때까지 계속한다.

8. 겨자, 잘게 간 육두구, 후추, 다진 마늘 한 스푼을 넣는다.

9. 혼합물에 중간중간 백포도주를 끼얹는다. 키르시 30밀리터를 더한다.

10. 계속 8 자로 저으면서 5분 더 익힌다.

시식: 손님 각자 꼬치 하나씩을 이용해, 꼬치에 빵 조각을 꿰고 치즈에 담근다.

다 먹은 후 달걀노른자 하나를 넣어 냄비 바닥에 남은 치즈와 섞이게 해도 된다.

에드몽 웰스, 『상대적이며 절대적인 지식의 백과사전』

54

알리스는 한쪽 눈을 뜬다.

아직도 캄캄한데.

손목시계를 본다.

2시 20분.

아, 이런.

백포도주 때문에 소화가 안 되는 게 분명해. 아니면 치즈거나. 아니면 둘 다거나. 아무튼 소화하기 엄청 부담스러운 음식이니까. 좀 절제했어야 하는데.

알리스는 뜬눈으로 침대에 가만히 누워 있다.

머릿속에 맴도는 생각이 너무 많아서 다시 잠이 오지 않을 것 같아.

일어나서 옷장을 연다. 분홍색 드레싱 가운 한 벌이 걸려 있고 바닥에는 같은 색의 슬리퍼 한 켤레가 놓여 있다. 기쁘게 그것들을 걸친다.

아버지는 말씀하셨지. 〈잠이 오지 않으면 침대에서 일어나, 방을 나서서 뭔가에 몰두하렴. 뭐든 좋아. 책을 읽거나, 음악을 듣거나,

뜨개질이나 퍼즐을 하는 거야.〉

초록색 눈의 여자는 산장 거실에 붙은 테라스에 나가 보기로 한다. 눈은 그치고, 환하게 빛나는 달이 은은한 빛을 발하는 크림색 하얀 눈에 덮인 풍경을 비춘다.

뒤에서 가벼운 발소리가 들린다.

「담배 줄까?」 역시 가운에 슬리퍼 차림인 뱅자맹이 권한다.

「안 피운 지 수십 년 됐지만, 이번 한 번은 괜찮겠지.」

그가 내미는 담배를 받아 불을 붙이고 민트 향이 나는 연기를 깊이 빨아들인다. 폐 속에 연기를 품고 있으려니, 얼굴이 고통스럽게 찌푸려지고 기침이 나오려 하지만 참는다. 꾹 참고 미소를 지은 다음 아주 천천히 숨을 내뱉는다. 즉시 마음이 진정된다.

「아까 널 봤을 때, 우리에겐 아직 함께 이룰 일이 남아 있다고 우주가 정한 것 같았어.」 뱅자맹이 말한다.

부엉이 한 마리가 특유의 울음소리를 낸다.

「꼭 일어나야 할 일이 일어나지 않았다면, 우주가 손을 써서 다시금 기회를 만들어 준다고, 난 그렇게 생각해.」 그는 말을 잇는다.

「네 말대로라면 미래는 이미 정해진 거야?」 알리스는 별이 빛나는 하늘로 올라가는 자기 담배 연기를 바라보며 말한다.

「그래. 하지만 난 자유 의지도 믿어. 사실 난 카르마를 GPS 시스템과 좀 비슷한 것으로 봐. 우리의 최종 목적지는 태어나기 전에 프로그래밍되어 있어. 길은 나 있어. 하지만 자유 의지를 갖고 갈림길마다 오른쪽으로 가느냐, 왼쪽으로 가느냐, 곧장 가느냐를 택하는 건 우리인 거야……」

「그럼 길을 되돌아가거나 멈춰 서고 싶을 때는 어떻게 되는 거야?」

「그럴 수도 있어. 하지만 무슨 일이 일어나든 GPS는 새로운 경로를 계산해서 우리가 태어나기 전부터 영혼이 정한 목표에 도달하게 하지.」

알리스는 담배를 한 모금 더 들이마신다.

「네 비유, 마음에 든다.」

「사실 나에게 운명과 자유 의지는 공존해. 그 무수한 우여곡절 끝에 네가 여기 나타난 걸 봤을 때, 난 생각했어. 이건 신호라고. 우리에겐 함께 해야 할 일이 있다고.」

뱅자맹은 눈을 빛내며 알리스에게 다가와 머리칼을 어루만진다.

나도 그를 다시 만나 너무너무 기쁘기는 하지만, 난…… 우리 둘은 그런 사이는 안 될 것 같아.

「있잖아.」 알리스는 아주 부드럽게 말한다. 「너와 난 각자 동반자가 있었고 둘 다 아이가 있으니, 많은 게 달라졌어…….」

「바로 그래서, 더 이상 미숙한 청춘의 만남이 아닌 거야. 우린 젊은 시절의 환상을 버렸어.」

뱅자맹은 알리스의 한 손을 잡고 입을 맞춘다.

「잘 자, 뱅자맹.」 알리스는 살며시 손을 빼며 말한다.

「잠깐만!」 발걸음을 돌리는 알리스에게 그가 말한다. 「샤라드의 답을 알고 싶니?」

알리스는 돌아서서 미소를 보낸다.

「드디어 알려 줄 마음이 생겼니?」

「경고하는데, 너무 쉬워서 실망할 거야. 그러니까…… 내 처음은 수다쟁이, 그건 즉…… 수다쟁이bavard야. 내 두 번째는 새, 그건…… 새oiseau야. 내 세 번째는 〈카페에〉, 그건…… 카페에au café야. 그러니까 정답은 바바르-우아조-오 카페. 합치면 바바루아즈 오 카페[2]라는 디저트 이름이 되지.」

알리스는 웃음을 터뜨린다.

「정말 시시한 샤라드잖아! 너 완전히 날 놀렸구나.」

「아니야.」 뱅자맹은 진지하게 대꾸한다. 「난 네게 때로는 답이 너무 명백하기 때문에 답을 생각해 내지 못한다는 점을 보여 준 거야.」

자기 방으로 돌아간 알리스는 이상한 기분으로 잠자리에 든다.

생각해 보면 지나치게 명백해서 보이지 않는 것이 있다는 그 농담에는 굉장히 미묘한 속뜻이 있어.

---

2 바바루아 혹은 바바루아즈는 크렘 바바루아즈(달걀노른자, 설탕, 우유로 만든 크렘 앙글레즈에 휘핑한 생크림과 젤라틴을 넣은 것)를 틀에 굳혀 내는 디저트로, 각종 과일이나 초콜릿, 커피 등의 맛이 첨가되기도 한다.

55

 그날 아침 오펠리를 깨우는 것은 퀴퀴파 숲의 뇌조 울음소리가 아닌 사슴 울음소리다.

 오펠리는 한쪽 눈을 뜨고, 이어서 다른 쪽 눈도 뜬다. 덧문 없는 창을 통해 벽에 장식 판이 대어진 방 안에 햇빛이 들어온다. 이 새로운 방에 어떻게 왔는지를 기억해 내고, 라벤더 향이 나는 깨끗한 시트 냄새를 들이마신 다음 돌아누워 다시 잠을 청하려 한다.

 누군가 문을 두드린다.

 대답하기도 전에, 누구인지 곧바로 알아보지 못한 세모꼴 얼굴이 문틀에 나타나 인사한다.

「스키 타러 가지 않을래요?」

 오펠리는 연회색 눈을 부시게 하는 햇빛을 가리려고 손차양을 만든 채 팔꿈치를 괴고 몸을 일으킨다. 조나탕이다. 젊은이는 이미 옷을 다 입었는데, 형광 빨간색 옷을 입고 선글라스를 올려 이마에 끼고 있다.

「스키요?」 오펠리는 하품을 하며 되풀이한다. 「그게 뭐 하는 거였죠? 영상으로 본 적은 있는데, 난 주로 땅속과 숲에서만 살았기 때문에 어떤 건지 잘 몰라요.」

「폭 좁은 판자를 신고 눈 쌓인 언덕을 올라갔다가 내려오는 거예요……. 넘어지고 다칠 때까지.」 젊은이는 미소를 지으며 대답한다.

오펠리도 마주 웃어 보인다.

「아주 재미있을 것 같아요.」

「그렇지만 일단 아침 식사부터 해야죠.」

그는 문을 활짝 열고, 커피, 오믈렛, 크루아상, 오렌지 주스 한 잔이 담긴 커다란 쟁반을 들고 들어와 침대에 놓는다.

「오렌지 주스는 합성 가루에 물을 탄 거지만, 나머지는 여기서 만든 거예요. 달걀은 동네 닭이 낳았고 크루아상은 제빵사가 시 외곽에 있는 온실에서 키우는 작은 밀밭에서 나온 진짜 밀가루로 구운 거죠.」

오펠리는 크루아상을 한 입 문다.

「천상의 맛이에요.」

「우리 아버지는 사람들이 잘 먹는 한 문명은 붕괴하지 않는다고 말씀하세요. 아버지 말에 따르면 우리를 동물과 다르게 하는 점은 미식이죠. 어쨌든 여러 가지 재료를 섞고, 데우고, 변화시켜 미학적인 점까지 신경 써 내놓는 생명체는 우리뿐이니까요. 자연에서 찾는 재료를 그대로 먹어 치우지 않고요.」

「그런 관점으로 생각해 본 적은 없네요.」 오펠리는 재미있어하며 인정한다.

「아버지는 뛰어난 요리사이기도 하시죠.」 조나탕이 침대 가장자리에 앉으며 덧붙인다. 「저도 아버지의 솜씨를 닮으려 노력 중이고요. 궁금했는데…… 여기 오기 전에는 뭘 먹었어요? 먹을 것은 어떻게 구했어요?」

「퀴퀴파에서 우린 땅을 경작할 수 있었지만, 다양한 먹거리를 생산하진 못했어요.」 오펠리는 인정한다. 「그리고 이 집 저 집에서 찾은 통조림이 있었고요. 어쨌거나 엄마는 요리는 짱이에요.」

오펠리는 갑자기 짜증스러운 듯 어깨를 으쓱하고 조나탕은 이를 놓치지 않는다.

「두 분이 이야기하는 말투와 서로 쳐다보는 방식에서 어머니와 뭔가 갈등이 있는 것 같았어요. 제가 잘못 봤나요?」

젊은 여자는 잠시 생각한다.

「엄마는 스스로 탄생시킨 세상에 뒤처졌어요. 그리고…… 여전히 모든 걸 통제하려 들어요. 엄마는 생을 신뢰하지 않아요.」

「당신도요?」 조나탕은 대담하게 묻는다.

「그 시절에는 엄마도 분명 제일 시대를 앞서가는 사람들에 속했겠지만, 시대가 바뀌었다는 걸 이해하지 못해요. 여전히 25년 전처럼 살 수는 없잖아요! 더구나 전쟁 이후에는요.」

「이해해요. 우리 아버지도 오늘날의 세상에 좀 뒤떨어졌어요.」 젊은이는 말한다. 「정부를 보셨나요? 아무것도 바뀌지 않도록 하는 데에만 열심인 노인 클럽이에요. 촛불을 개

량한다고 전기 조명이 발명되는 게 아닌데 말이에요……」

「똑같은 해결책만 계속 내놓아서는 똑같은 분쟁이 계속 생기리라는 걸 그들은 아직도 깨닫지 못한 것 같아요! 정말 미쳤어요.」 오펠리는 포크로 오믈렛을 푹푹 찌르며 화를 낸다.

「바로 그거예요.」 조나탕이 맞장구친다. 「알겠지만, 여기에 젊은이가 나만 있는 건 아닌데, 중요한 결정은 모두 우리와 상의 하나 없이 내려져요. 의학 덕분에 레지티뮈스는 여전히 팔팔하죠. 그와 그의 무리들은 그대로 놔두면 앞으로 30년은 더 군림할 수 있어요.」

조나탕은 일어서서 창가로 간다.

「언젠가 아버지가 예전에는 사람들이 사사건건 불평을 했다고 얘기해 줬어요. 그리고 파업, 시위, 심지어 혁명까지 일으켜서 그걸 표출했다고요.」

「혁명을 하고 싶은 거예요?」 오펠리는 놀란다.

「난 젊은이들이 자신을 표현하고 더 창조적일 수 있도록 해줄, 함께 살아가는 새로운 방식을 만들어 내고 싶어요.」

젊은 여자는 등을 돌리고 서 있는 조나탕을 바라본다. 전날 보았던 머리에 헤드폰을 쓰고 늦게 나타난 청년이 아니라, 신념이 있고 그 신념을 위해 싸울 각오가 된 한창때의 남자로 보인다. 그리고 이런 변화가 마음에 든다.

「아래층에서 기다릴게요, 괜찮죠?」 조나탕은 이렇게 말하고 쟁반을 들고 방에서 나간다.

몇십 분 후, 그들은 스키 장비 상점에서 만난다. 조나탕이 큼직한 연보라색 파카, 양말, 모자와 장갑, 스키, 신발을 골라 준다. 부피가 크고 뻣뻣한 스키화가 오펠리에게는 인상적이다.

마침내 오펠리도 준비를 갖췄다.

「그러니까 올라갔다가 내려오는 거 맞죠?」 오펠리는 스키를 신으며 말한다.

「문제는 리프트가 교체 부품이 없어서 이젠 작동하지 않는다는 거예요.」

「헬리콥터는요?」

「그것들은 곧 못 쓰게 됐어요. 아무튼 휘발유가 더 없거든요. 그러니까 올라가는 방법은 걸어 올라가는 것뿐이에요.」

「힘들겠는데요.」 오펠리가 걱정한다.

「그 정도는 감수해야죠.」 조나탕이 신발을 조여 신으며 격려한다. 「물론 올라가는 데 한나절 걸렸다가 몇 분 만에 내려올 때도 있지만요.」

「좋은 수가 있을 것 같아요.」

오펠리는 스키를 벗고 스키화를 신은 채 어찌어찌 걸어 에어리얼들이 자리 잡은 스포츠 센터로 간다. 헤르메스를 찾아내어 그에게 말한다.

「네가 필요해.」

그는 계획을 설명한다. 처음에는 의아해하던 헤르메스는 곧 살아 있는 리프트가 된다는 아이디어에 재미있어한다.

그리하여 오펠리와 조나탕은 두 박쥐 인간의 발에 들려 스키 타러 간다. 다른 두 에어리얼이 스키를 나른다.

「이들의 날개가 매우 긴 손가락 사이에 펼쳐진 막으로 이루어져 있는 줄은 몰랐어요.」 조나탕이 바람 소리와 공기를 가르는 날갯소리에 지지 않으려 소리를 지른다.

「날개를 얻은 대신 손을 잃었죠.」 오펠리 역시 소리쳐서 답한다. 「하지만 다리와 발을 발달시켜 팔과 손을 대신하는 역할을 해요. 게다가 발가락이 손가락처럼 길고 유연하기도 하고요.」

그들은 눈 덮인 전나무들과 점점 살을 엘 듯 차가워지는 공기 위를 날아간다. 오펠리는 두툼한 파카가 새삼 고맙다.

「이 순간을 한층 기억에 남게 할 음악을 틀게요.」 조나탕이 말한다.

그는 스마트폰을 작동시킨다. 하늘에 교향악이 울려 퍼진다.

「무슨 곡이에요?」 오펠리가 묻는다.

「영화 〈갈매기의 꿈〉의 음악이에요. 닐 다이아몬드가 작곡하고 노래했죠. 우리 부모님은 이 음악을 아주 좋아하셔서 주인공 조너선 리빙스턴의 이름을 따서 내 이름을 지으신 거예요.」

두 젊은이는 박쥐 인간들에게 들려 순백의 산봉우리들 위를 날며 배경으로 닐 다이아몬드의 장엄한 음악이 흐르는 이 순간을 한껏 만끽한다.

「어디에 내려 줄까요?」 조나탕을 나르는 에어리얼이 묻는다.

「저기요! 저건 부셰산이에요. 아름다운 봉우리죠. 긴 하강을 즐길 수 있어요.」

두 에어리얼은 지정된 장소까지 승객들을 데려가서 내려 준다. 스키를 날라 온 다른 둘도 짐을 내려놓는다.

오펠리는 눈을 감고 길게 숨을 들이마신다.

여기는 모든 것이 순수하고, 신선하고, 깨끗하게 느껴진다.

감았던 눈을 뜬다. 눈앞의 파노라마는 평생 본 것 중 가장 아름다운 광경이다.

「3차 세계 대전이 전부 망쳐 놓지 않은 장소가 바로 여기예요.」 조나탕 웰스가 선언한다.

헤르메스가 두 사람에게 다가온다.

「발토랑은 고도가 얼마나 되죠?」 그가 묻는다.

「2,300미터.」

「여기는 고도가 얼마나 될 것 같아요?」

「3,400미터쯤일 거예요.」

에어리얼은 멀리 보이는 산 정상을 가리킨다.

「저 산은 이름이 뭔가요? 더 높아 보이는데.」

「맞아요, 더 높아요. 저건 몽블랑이에요. 프랑스에서 가장 높은 지점이죠. 4,800미터 높이로 솟아 있어요.」

박쥐 인간은 관심 있게 정상을 바라본다.

「저 위에서는 뭐가 보일지 궁금한데.」

「유감스럽게도 스키로는 갈 수 없어요.」 조나탕이 말한다.

「스키로는 안 되죠, 하지만 날개로는 되죠!」 헤르메스가 다른 세 에어리얼에게 다가오라는 신호를 하며 말한다. 「저기 가보지 않을래?」

그는 몽블랑을 가리킨다. 세 에어리얼은 찬성한다.

「좋아요, 사피엔스들, 우리는 마을로 돌아가서 모자와 장갑과 두툼하고 따스한 파카로 무장한 다음 몽블랑 정상에 도전할 거예요. 두 사람은, 내가 제대로 이해한 거라면…… 미끄러져 내려오겠죠. 오늘 저녁 식사 때 볼까요?」

그들은 떠난다. 두 인간만 남는다.

「지면의 기복이 그래도 좀…… 아찔한데요.」 오펠리가 말한다.

「네가 감각에 익숙해지도록 완만한 경사로 갈 거야.」 조나탕이 말을 놓으며 안심시킨다. 「하지만 일단 스키화를 스키에 고정시키는 것부터 해야지.」

조나탕이 어떻게 하는지 알려 주는데, 오펠리는 발이 굳어 버린 느낌이다.

「근데 말이야.」 조나탕이 안경을 고쳐 쓰며 말한다. 「에어리얼들을 살아 있는 리프트로 쓴다는 네 생각 덕분에 발토랑 주민들이 그들을 한층 수월하게 받아들일 것 같아. 다들 스키를 좋아하고 오르막길을 걸어 올라가느라 고생이거든. 여기서는 스키가 종교야.」

「구인류에게 이 새로운 인간종의 장점을 널리 알릴 다른 아이디어들을 찾아봐야겠어.」 오펠리는 약속한다.

그런 다음 조나탕은 스키 폴을 사용해 제동을 걸며 내려오는 법과 커브를 도는 법을 설명한다.

오펠리는 따라해 보려 하지만 연거푸 넘어진다.

「몸이 너무 뻣뻣해. 긴장 풀고, 내리막에 몸을 맡겨.」

오펠리는 두려움을 극복하고 폭신하고 부드러운 눈 위를 미끄러지는 즐거움을 발견한다.

「아주 잘했어! 계속 그렇게 해.」

그는 언제라도 제동을 걸거나 멈출 수 있도록 균형을 유지하면서 양쪽 어깨를 경사면과 나란히 일치시키는 법을 설명한다.

「생각했던 것보다 쉬워.」 오펠리가 인정한다.

불안함을 이겨내자 이마와 눈썹과 입술이 부드럽게 풀어진다.

「네가 하는 기술에 도전해도 될 것 같아, 스키를 평행으로 하고 타는 것 말이야. 그건 어떻게 하면 돼?」

조나탕은 참을성 있게 평행 회전의 기본 기술을 가르쳐 준다. 오펠리의 몸에 움직임과 감각이 새겨진다. 몇십 분 정도 활주한 후, 그들은 둘 다 회전 활강을 하며 코스를 내려온다. 버려진 산장 겸 식당의 테라스에서 휴식을 취한다.

「여기가 정말 좋아지기 시작했어.」 오펠리가 선언한다.

그들 위로 헤르메스와 세 탐험 동료가 몽블랑을 향해 날아간다.

「저들이 정말로 아름답게 여겨진다는 점을 고백해야겠어. 밝은 피부색의 저 박쥐 인간들 말이야.」 조나탕이 말한다.

「엄마의 이론들 중 내가 항상 의아했던 게 있거든. 어머니 자연의 비밀스러운 계획은 아름다움을 창조하려는 것이리라는 이론이야. 엄마 말로는 화려한 나비들과 경이로운 꽃들이 존재하는 건 그래서일 거래.」

「근사한 이론이지만, 아름다움이라는 개념은 주관적인 것 아닐까? 그리고 동식물의 미적 기능은 목적이 하나뿐이잖아. 꽃이 아름다운 건 수분(受粉)해 줄 곤충을 이끌기 위해서고, 새가 아름답게 노래하는 건 짝짓기 할 암컷을 이끌기 위해서지.」

「네 말이 맞아. 하지만 저 눈 덮인 봉우리들을 봐, 너무 아름답잖아. 암컷 산이 수컷 산을 유혹하기 위해 아름다운 건 아니라고 보는데!」

둘은 진심 어린 웃음을 터뜨린다.

「만일 외계인이 우릴 방문한다면, 그들에겐 저게 아주 흉하게 보일지도 몰라.」 젊은이는 말한다. 「그리고 미적으로 완벽하다는 느낌은 어쩌면 자연에 다양성이 있기에 비로소 드는 것일 수 있지. 셀프서비스 식당에 식사하러 가서 수많은 음식을 고를 수 있을 때도, 반드시 다른 것보다 더 입에 맞는 음식이 있어. 그렇다면 그곳이 객관적으로 볼 때 맛집과는 거리가 멀더라도 칭찬을 늘어놓게 되지.」

「그 논리, 말이 된다.」 오펠리가 인정한다. 「우리 계속 내려갈까? 더 가파른 코스를 시도해 보고 싶어, 더 빠를 테니까. 그래도 되겠어?」

조나탕이 웃음을 터뜨린다.

「넌 정말 대담하구나! 하지만 직관적이고 재능이 있어. 그럼 좀 더 가파른 코스로 가자!」

그들은 눈벌판을 빠르게 질주한다. 풍경을 감상하려고 다시 멈춰 섰을 때, 몽블랑으로 향하는 스물 남짓한 에어리얼 무리가 보인다.

「와, 정말 근사하다!」 구름처럼 하늘을 나는 혼종 무리에 감탄한 조나탕이 외친다.

「헤르메스가 몽블랑 정상을 발견하러 가자고 집단 전체를 설득했나 봐.」

오펠리는 그쪽으로 손 인사를 날린다. 무리 선두에 있던 에어리얼의 왕이 공중회전으로 화답한다.

「어떻게 알아보는 거야? 내 눈에는 다 똑같아 보이는데…….」

「오래 가까이 지낼수록 구분하는 법을 익히게 돼. 난 헤르메스는 이제 멀리서도 알아볼 수 있어. 그는 남들보다 키가 조금 더 크고 특유의 나는 법이 있거든. 그는 이렇게 날갯짓해.」

그러면서 팔로 여유 있고 우아한 움직임을 흉내 내 보인다.

「반면 다른 이들은 이렇게 날지..」

이번에는 팔을 좀 더 기계적으로 움직인다.

「걸음걸이로 인간을 알아보거나 헤엄치는 방식으로 물고기를 알아보는 거랑 똑같아.」

조나탕은 그 비교에 재미있어한다.

「그리고 왜 올림포스 신의 이름이니?」

「엄마의 아이디어야.」

헤르메스는 멋지게 보이기라도 하려는 듯 점점 복잡한 공중 곡예를 계속한다.

「너희 엄마는 키메라들에게 애착이 크신 것 같아.」조나탕이 말한다.

「엄마는 그들이 태어났을 때부터, 당신은 제 창조물을 두려워한 프랑켄슈타인 박사와는 다르다는 말을 되풀이했어. 엄마는 그들을 꼭…… 뭐랄까…….」

「친자식처럼?」

「어쩌면 그보다 조금 더 사랑할지도 몰라.」오펠리가 대답한다.「헤르메스 덕분에 우리는 하늘을 나는 놀라운 감각을 맛보지. 그리고 엄마는 비행을 사랑하거든.」

헤르메스가 작별 인사를 남기고 에어리얼 무리 선두로 돌아가 멀어진다.

오펠리는 손을 들어 인사에 답한다.

56

백과사전: 키메라

〈키메라〉라는 단어는 그리스어의 키마이라Khimaira에서 왔는데, 이는 염소의 몸통, 사자의 머리, 뱀의 꼬리로 이루어진 그리스 신화 속 피조물을 가리킨다. 호메로스는 『일리아스』에서 아미소다로스왕에 의해 양육된 이 인물을 정확히 언급한다.

그러나 키마이라만 있는 것은 아니다. 그리스 신화에는 키메라가 많다. 켄타우로스는 인간의 머리와 상반신에 몸의 나머지 부분은 말의 모습을 했다고 묘사된다. 따라서 그들은 네발로 걷는다. 그들은 난폭하고 술을 좋아하며 호색가다. 가장 유명한 켄타우로스 중 하나는 네소스로, 그는 헤라클레스의 아내를 납치하려다가 헤라클레스와 싸우고 그의 손에 죽는다. 한편 인간의 몸에 황소 머리를 한 미노타우로스는 크레타의 왕 미노스의 아내 파시파에가 하얀 황소와 사랑을 나눈 결과로 탄생했다. 마지막으로 사티로스는 인간의 상반신과 머리에 염소의 다리와 뿔을 지녔다. 장난기 많으면서 음탕한 성격이다. 유명한 사티로스로, 판신의 친구 아이기판과 강의 수호신이며 더블 플루트를 불던 마르시아스가 신화에 남아 있다.

이집트 신화에서, 여자의 몸에 고양이 머리를 한 바스테트는 임신한 여자들과 아이들을 보호하는 여신이다. 바스테트는 가정적 기쁨의 수호신이다.

세이렌은 상반신과 머리는 여성이지만 골반과 다리는 비늘 있는 물고기의 몸이다. 유명한 세이렌으로는 마법적인 노래로 인간의 영혼을 매혹했던 텔크시노에, 새하얀 몸을 지닌 레우코시아, 세이렌 중 얼굴이 가장 아름다웠다는 아글라오페가 있다.

로마와 그리스 신화에 등장하는 하르피이아는 여자의 몸에 팔이 독수리 날개로 되어 있다. 이들은 신의 복수를 집행하는 피조물이다. 모든 것을 집어삼키고 배설물만 남긴다.

스핑크스는 가장 잘 알려진 키메라 중 하나다. 그는 바로 키마이라의 아들이다. 상반신과 얼굴은 여자의 형상이고, 몸의 나머지 부분은 새 날개가 달린 사자 모습이다. 스핑크스는 수수께끼를 내고 그것을 풀지 못하는 사람은 잡아먹는다. 오이디푸스가 인간에 대한 그 수수께끼를 맞히고 그를 무찌른 것으로 유명하다.

힌두 신화에서 가네샤는 시바와 파르바티의 아들이다. 뚱뚱한 아이의 몸에 상아가 하나만 달린 코끼리의 머리를 하고 있다. 지혜와 학문의 신이지만 유머의 신이기도 하다.

북유럽 신화에서 베르세르크는 동물의 영혼이 들린 인간 전사들이다. 멧돼지, 늑대, 곰이 그것이다. 그리하여 전투 중 분노하기 시작하면 전사들의 머리는 세 동물 중 하나의 모습으로 변한다.

  보다 최근의 키메라로는 나방 인간, 〈모스 맨〉을 들 수 있다. 인간의 몸에 나방 날개를 가진 생명체인 모스 맨은 1966년 미국 웨스트버지니아주 포인트 플레전트에서 목격되었다고 하며, 그의 동상이 세워져 관광 명소가 되었다. 매년 모스 맨 축제가 열린다.

  에드몽 웰스, 『상대적이며 절대적인 지식의 백과사전』

57

 에어리얼 아이들이 새처럼 하늘을 선회한다. 몇몇은 신나 보이는 꼬마 사피엔스를 들고 있다.

 시간이 흐르고 에어리얼들의 발토랑 공동체 정착은 알리스가 생각했던 것보다 훨씬 쉽게 이루어졌다.

 뱅자맹 웰스가 이미 말해 준 것처럼, 발토랑은 3차 세계 대전 이후 자치적으로 발전했다. 대통령과 장관과 군인 들이 오면서 모든 분야에서 효율성이 올라갔고, 능률적인 지역 산업과 농업이 창출되었다. 주민들은 댐에 설치된 수력 발전소 덕분에 에너지 자치를 누린다. 발토랑 주민 대부분이 다시는 서쪽 평원 세계로, 방사능에 오염되었거나 위험한 돌연변이 종이 들끓는다고 여기는 곳으로 내려갈 생각이 없었다. 그렇기에 구름 위에 자리 잡은 이 작은 영역은 그야말로 귀중한 성소가 되었다.

 조나탕이 예견한 대로, 박쥐 인간이 리프트를 대신할 수 있다는 사실은 스키와 알프스 봉우리들 탐험에 푹 빠진 발토랑 주민들이 그들을 호의적으로 받아들이고, 나아가 없어서는 안 될 존재로 여기게 한 훌륭한 계기가 된다. 에어리얼들은 또 깊은 구렁과 크레바스와 협곡 들 위에 케이블을 쳐서 고지대에 다리를 설치하고, 높은 곳에서 늑대 떼를 탐지하고, 장거리 자재 운반을 가능하게 한다. 때로는 눈사태에 파묻힌 스키어들을 구출하기도 한다.

그 결과 어느 날 스테판 레지티뮈스 대통령이 몸소 박쥐인간들에게 동등한 시민권을 부여하자고 제안하기에 이른다. 그리하여 그들은 투표권과 교육과 의료와 안보 서비스를 누리고, 일하는 이들은 연금을 받을 권리까지 지닌다. 내친김에 레지티뮈스는 인간에게 파견되는 에어리얼 대사 직위까지 창설한다. 자신이 현대적임을 보여 주기 위해, 그는 자기 내각의 교통부 장관 자리에 에어리얼을 앉힌다. 그리고 의회에서는 80석 중 여덟 석을 혼종들이 차지한다.

초기에 혼종들은 레지티뮈스 대통령이 제안했던 대로 발토랑 남쪽 교외의 전용 구역에 정착한다. 그곳에서 기존의 산장들을 수리하여 거주하는데, 특히 수직 침대는 빼놓을 수 없는 부가 요소다.

유일하게 난감한 점은 발토랑 주민들이 에어리얼의 식습관에 느끼는 꺼림칙함인데, 그들의 요리는 늑대, 곰, 수리가 주재료이기 때문이다. 놀라움과 경계심이 지나가자, 옛날 뉴욕의 차이나타운이나 리틀 이탈리아에 조마조마하게 드나들었듯, 짜릿한 새로움을 추구하며 〈에어리얼 구역〉에 대담하게 발길을 들이는 이들이 생겼다. 새로 문을 연 작은 에어리얼 식당들에서 이국적인 요리를 맛보기 위해서다.

에어리얼들은 그들의 요리를 사피엔스 손님의 입맛에 맞게 변형했다. 예를 들어 늑대는 야채를 곁들여 푹 삶아 포토푀로 만든다. 곰고기 안심은 덴푸라처럼 튀기고 강렬한 맛을 감추는 아주 매운 소스를 뿌린다. 수리는 오븐에 구워 밤을 곁들여 낸다. 강꼬치고기는 회로 먹으면 맛있다. 하지만 에어리얼과 사피엔스에게 가장 인기 있는 음식은 독수리 푸아그라로, 오리 푸아그라보다 더 풍미가 뛰어나다고 칭찬하는 나이 든 손님이 한둘이 아니다.

통합에 완전을 기하기 위해 박쥐 인간들은 록 그룹을 결성해 공중에 떠서 리코더, 팬파이프, 플루트로 일종의 하드 록을 연주하고, 젊은 사피엔스의 사랑을 담뿍 받는다. 그리고 공연이 모두의 축제로 변하는 일도 잦다. 발토랑 젊은이들은 젊은 남녀 에어리얼들에게 들어 올려지기를 즐기며, 지상에서 몇 미터 떨어진 곳에서 춤을 추고 빙글빙글 돈다.

사정이 그러하기에, 9개월이 지나 알리스는 접목이 성공적이라고 여긴다. 두 인간종의 혼합은 조화롭다.

그날 저녁도 에어리얼들이 대규모 콘서트를 열었고 발토랑의 많은 젊은이가 찾아와 전기 팬파이프의 격렬한 리듬에 맞춰 춤춘다.

축제가 절정에 달했을 무렵, 헤르메스는 군중 속에서 오펠리를 발견한다. 그는 오펠리 곁으로 가 공중 원무를 추자고 권한다. 오펠리는 오른손으로는 헤르메스의 발을 잡고 왼손은 다른 에어리얼의 발을 잡은 채 빙빙 돈다. 다른 사피엔스들도 뒤를 이어 들어 올려져 둥그렇게 모여 공중에 떠 있는 에어리얼들 틈으로 들어간다.

단체 춤곡들이 지나가자 둘이 추는 곡들이 나온다. 에어리얼들은 남자나 여자 파트너를 하늘로 던졌다가 아슬아슬할 때 잡아채는 공중 부양 기술을 개발했다. 때로는 공이나 망치가 아닌 젊은이들을 던져 올리는 진짜 곡예 쇼가 되고, 젊은이들은 장터 축제처럼 소리를 지르며 빙글빙글 돈다.

록 음악이 끝나고 슬로 댄스가 흘러나온다. 언제나 인기 있는 옛 명곡이 연주된다. 이글스의 「호텔 캘리포니아」다. 에어리얼과 사피엔스 들은 둘씩 짝지어 껴안고 춤을 춘다.

헤르메스는 다시 오펠리 곁으로 가 몸을 숙이고 우아하게 절한다.

「이 곡을 같이 추시겠습니까?」

오펠리는 손을 내밀어 수락한다.

둘은 몸을 맞대고 춤춘다.

「난 네게 아주 열렬한 감정을 품고 있어.」 몇 소절이 지나간 후 에어리얼의 왕이 고백한다.

이 뜻밖의 고백에 오펠리는 놀라우면서도 기분이 좋다.

「넌 여자가 많은 걸로 아는데.」

「그건 달라……. 그들은 에어리얼이잖아. 그들을 만난 건 집단 비행 때였고 몇몇은 이름조차 생각나지 않아. 너는 달라.」

「지금 내가 생각하는 그걸 하는 거 맞니?」 젊은 여자는 앙큼하게 묻는다.

「내가 뭘 하는 것 같은데?」 헤르메스는 선수처럼 맞받아

친다.

「날 유혹하는 거.」 오펠리는 에어리얼의 상체에서 머리를 떼지 않고 대답한다.

「그럼 도와줘. 네가 날 원하게 하려면 내가 어떻게 해야 할까?」

「내 가슴을 열 말들을 찾아봐. 우리에게 구애 행동은 암컷의 호의를 이끌어 낼 말을 하는 거야.」

헤르메스는 궁리하지만 무슨 말을 해야 그 기묘한 심장 열림이 가능할지 도통 알 수 없다.

「여기는 사람이 너무 많아. 좀 조용한 데 가서 얘기할래?」

그는 오펠리를 데리고 산 높이, 정확히는 오펠리가 조나탕과 처음으로 스키를 탔을 때 들렀던 산장 겸 식당으로 간다. 오펠리를 내려놓고 텅 빈 식당으로 들어간다.

「너 춥겠구나……」 그가 말한다.

초들과 담요, 소테른 백포도주 한 병을 찾아낸다.

크고 둥근 잔에 포도주를 가득 따른다. 오펠리는 이런 행동이 재미있다.

「틀리지 않았어.」 오펠리가 말한다. 「사피엔스가 구애 행동을 할 때는 종종 긴장을 풀려고 술을 마시거든.」

오펠리 역시 잔을 꺼내 황금빛 음료를 가득 채우고 헤르메스에게 건넨다.

에어리얼이 모두 그렇듯 헤르메스는 자기에게 술이 잘 안 받는다는 것을 안다. 첫 모금을 마시고 몸서리를 치지만 그래도 단숨에 한 잔을 몽땅 들이켠다.

「내 생각엔 너희 구애 행동이 너무 복잡한 게 인구 증가를 늦췄던 것 같아.」그는 빈 잔을 내려놓으며 말하고, 오펠리는 곧장 잔을 다시 채운다.

「기본 원칙은 이거야. 남자는 제안하고, 여자는 결정한다. 그건 즉 처음에는 남자가 적극적으로 나서야 하지만 결국 거기서 더 나아갈지 말지를 수락하는 건 여자라는 거지.」

「복잡하군.」

「교묘한 거지. 그리고 바로 이토록 교묘한 유혹의 과정 덕분에 사피엔스 여자들은 미래 파트너의 자질과 동기를 헤아릴 수 있는 거야. 그렇게 해서 선택이 이뤄지고, 계속해서 전 세대보다 나은 다음 세대를 낳게 하는 거지.」

헤르메스는 다시 잔을 단숨에 비우고 인상을 쓴다.

「일반적인 견지에서, 암컷과 수컷 사피엔스가 서로에게 끌리는 이유는 뭐가 있어?」

오펠리는 포도주를 한 모금 마신다.

「첫 번째는 당연히 육체적 매력이지. 상대를 아름답다고 여기면 그의 몸을 만지고, 입 맞추고 싶어지니까.」

헤르메스의 날개를 만지자 그가 약간 주눅 들어 떠는 것이 느껴진다.

「두 번째 이유는 지적인 매력이야. 상대가 너무 똑똑하고 재미있어서 언제나 그와 이야기를 나누고, 함께 웃고 싶은 거지. 이해받고 지지받는 느낌이 들고.」

오펠리는 헤르메스의 뺨을 쓰다듬는다.

「세 번째 이유는 재력일 수 있어. 둘 중 하나가 부자라면,

그 혹은 그녀와 짝을 지으면 자신과 미래의 자녀들에게 안락한 삶이 보장된다는 걸 아닐까.」

헤르메스에게 한 잔을 더 따라 준다.

「날 취하게 하려는 거야?」그가 말한다.

「술이 들어가면 벽이 허물어지고 한층 대담해져.」오펠리가 인정한다. 「적극적으로 나아갈 용기를 줄 수 있지. 아니면 무의식적으로 상대를 받아들이게 하거나.」

그는 술잔을 내려다보고 더 마신다.

「외모, 유머, 돈……. 내겐 널 사로잡을 승산이 희박하구나. 내 생김새는 네가 이끌리도록 프로그래밍되었을 사피엔스 수컷과는 무척 다르고, 난 부자와는 거리가 멀고, 내게 유머 감각이 있는지는 잘 모르겠고.」

「나 역시 사소한 결점들이 있는걸.」오펠리가 웃으며 답한다. 「그리고 제일 중요한 건 둘이 똑같아야 하는 게 아니라, 상호 보완적이어야 하는 거야.」

「난 미래는 이종 교배에 있다고 진심으로 믿어.」헤르메스가 오펠리의 얼굴에 바싹 다가가며 말한다.

오펠리는 술을 한 모금 마시고 헤르메스의 잔을 다시 채운다.

「너무 많이 마셨어, 난 그만 마시는 게 좋을 것 같아…….」그가 말한다.

「너희 에어리얼이 술에 약하다는 거 알아. 난 마침내 네 진심을 알게 될 거야. 우리에게 이런 말이 있어. 인 비노 베리타스In vino veritas. 〈포도주 안에 진실이 있다〉는 뜻이지.」

오펠리는 큰 잔을 다 비우고, 헤르메스가 말하려는 차에 이렇게 말한다.

「이제 아무 말 말고 날 날게 해줘.」

에어리얼은 이 돌연한 기분 변화를 잘 이해할 수 없지만, 이것도 사피엔스 구애 행동의 일부겠거니 한다. 처음에는 머뭇거리고, 다음에는 억제를 벗어 버리려고 술을 마시고, 마지막으로 적극성을 띠는 거라고.

그는 양다리로 연보라색 머리의 젊은 여자를 단단히 붙들고 은빛 보름달이 빛나는 하늘로 데려간다.

「너에게 맞추기는 쉽지 않지만, 너처럼 행동하는 생물을 본 적 있어.」 그가 취해서 늘어지는 목소리로 말한다.

「아, 어떤 생물인데?」

「비둘기. 수컷이 구구구 노래하면, 암컷은 그에게 관심 있는 척하다가 수컷이 다가오면 달아나지. 수컷은 따라가고, 암컷은 그를 쫓아 버리고 싶은 척하면서도 따라오게 허락해.」

오펠리는 웃음을 터뜨린다.

「날 암컷 비둘기에 비교하는 거니? 그거 아주 참신한 유혹의 기술인데…….」

오펠리가 계속 웃자, 헤르메스는 이제 어찌할 바를 모른다. 자기를 비웃는 걸까 아니면 정말 재미있어서 웃는 걸까? 술기운에 뇌가 흐려져 답을 알 수 없다.

갑자기 오펠리가 웃음을 그치고 말한다.

「좀 특이한 부탁이 있어.」

「말만 해.」헤르메스가 대꾸한다.

「우리가 함께 있는 걸 모두 볼 수 있게 더 낮게 날아 줄래?」

헤르메스는 놀라지만 승낙한다. 하강하다가 군중들 위를 활강한 후 어뢰처럼 선회하는데, 줄곧 오펠리를 안은 채다. 그런 다음 정지 상태로 날갯짓하며 군중들 위에 떠 있다.

그때 오펠리가 박쥐 인간의 목덜미를 끌어안고 깊고 진하게 키스한다.

슬쩍 곁눈질로, 젊은 여자는 알리스가 약간 당황하여 자신들을 바라보고 있음을 확인한다. 딸이 헤르메스의 품에 안겨 있음을 알아차렸을 때 알리스는 뱅자맹 웰스와 대화 중이었다.

그러니까 오펠리는 장벽을 넘었군. 알리스는 생각한다.

묻어 두었던 감정이 숨김없이 터져 나오는 듯한, 아주 강렬한 감정에 사로잡힌다.

나 역시 짝이 있어야 해.

혼자를 고집할 필요는 없어.

인생의 새로운 동반자를 찾아야 해.

시몽의 추억을 배반하는 거라 생각하지는 않아. 그는 항상 내 행복을 바랐어. 내가 오직 그의 추억에만 잠겨 홀로 사는 걸 그는 원치 않을 거야.

고맙다, 딸아, 모범을 보여 줘서.

그리고 알리스는 그때까지 할 수 있을 거라 생각조차 못했던 행동을 해낸다.

뱅자맹의 손을 잡아 꽉 쥐고, 딸과 헤르메스의 키스에 화응하기라도 하듯 친구에게 키스한다. 처음에는 놀랐던 그도 기꺼이 키스에 응한다.

그리고 자신을 끌어당겨 품에 안는 뱅자맹의 귓전에 속삭인다.

「때로는 지나치게 명백하다는 바로 그 점 때문에 떠올리지 못하는 거야……」

58

 알리스와 뱅자맹은 이제 완벽한 사랑으로 맺어졌다. 둘은 행복한 커플이다. 둘 다 건강하고, 스포츠를 즐기며 적극적으로 발토랑 생활에 참여한다.

 알리스는 자기 안에서 그때까지 등한시했던 감각을 발견한다. 미각이다. 뱅자맹은 정말 뛰어난 요리사기 때문이다. 경험 많은 요리사인 그는 음식의 차림새와 복합적인 풍미에 특히 공을 들인다. 그리고 연인의 요리를 기쁘게 즐길수록 알리스는 자신이 받는 기쁨에 보답하고 싶은 마음이 커진다.

 뱅자맹과 아주 새로운 성생활을 경험하기도 한다. 시몽이 수동적이었던 만큼, 뱅자맹은 적극적으로 느껴진다.

 알리스가 뱅자맹에게서 사랑하는 점이 바로 그것이다. 모험가적 정신. 그는 뭐든 궁금해하고 정신과 육체 둘 다에서 끝없이 새로운 실험의 장을 찾는다.

 이런 호기심이 그를 우수한 연구부 장관이 되게 했고, 지금은 탁월한 요리사로 만든 거야. 그는 새로운 조합들을 시도해 보고 배우기를 좋아해. 기술을 익히고 나면 계속 발전하려고 노력하면서 실천하고.

어느 날 아침, 그들이 부엌에서 아침 식사를 하고 있는데 누군가 산장 문을 두드린다.

뱅자맹이 가서 문을 연다. 오펠리와 헤르메스인데, 하얀 입김이 나오는 추위에도 몹시 즐거워 보인다.

「두 분께 제일 먼저 알려 드리고 싶었어요.」 오펠리가 인사도 생략하고 말한다.

알리스도 나온다.

「뭘 알려 주려고?」

「엄마. 해냈어요. 저…… 임신했어요.」

결국 여기까지 왔어.

마침내 두 종의 결합이 가능한지 알 수 있을 거야.

알리스는 딸을 꼭 껴안고, 헤르메스에게 다가가 그도 껴안는다.

「언제 알았니?」

「오늘 아침요. 곧장 알려 드리는 거예요. 월경이 늦어졌는데 약국에 임신 테스터 재고가 아직 있었어요. 확실하게 하려고 두 번이나 해봤죠.」

「월경이 멎은 지 얼마나 된 것 같니?」

「9주 정도요.」

「벌써 심장 뛰는 소리가 들리겠구나.」

「발토랑 병원에 청진기가 있어.」 뱅자맹이 말한다. 「내가 가서 가져올게.」

그가 청진기를 갖고 돌아와 알리스에게 준다. 알리스는

딸의 하복부에 청진기를 댄다.

「안에서 확실히 작은 심장이 뛰고 있어.」 과학자는 알린다.

헤르메스와 오펠리는 활짝 미소 지으며 서로를 바라본다. 그러나 알리스는 눈썹을 찡그리고, 청진기를 여전히 딸의 배꼽에 대고 있다.

「이제 보니, 그게 아니라…… 둘이야. 심장 뛰는 소리가 둘이야. 얘야, 쌍둥이를 낳겠구나.」

다들 놀라지만 알리스만은 아니다.

「논리적인 거야.」 그가 말한다. 「박쥐는 평균 네 마리의 새끼를 낳고, 에어리얼은 종종 셋, 사피엔스는 대부분 하나를 낳지. 그러니까 두 태아 임신은 자연스러운 것 같구나.」

오펠리는 헤르메스의 뒷다리손을 잡고 꽉 쥔다. 그리고 장차 부모가 된다는 기쁨에 사로잡힌 두 젊은이는 인사하고 떠난다.

「모두 완벽해.」 문이 닫히자 뱅자맹이 말한다. 「어떤 시련들은 처음에는 기습하듯 닥쳐오지만, 결국 우리를 역사의 정확한 지점들로 인도해 줄 뿐이야. 아포칼립스, 너의 혼종 발명, 모든 게 내게 순수한 화합의 순간으로 느껴지는 이 순간으로 수렴돼.」

진심이 아니야. 그는 실망했어. 자기 아들이 오펠리와 맺어지길 바랐을 거야. 조나탕은 우리가 온 직후에 발토랑 주민인 여자 친구와 헤어졌지. 고백할 기회를 기다리고 있었겠지만 헤르메스가 한발 앞섰어. 그리고 지금은 조나탕도 에어리얼 여자와 사귀고 있지.

그 순간 또 누군가 문을 두드린다.

뱅자맹이 문을 연다. 숨을 헐떡이는 군인이 서 있다.

「낯선 방문자가 찾아왔습니다!」전령이 알린다.

「에어리얼인가요? 사피엔스?」

「둘 다 아닙니다. 기묘한 생물이에요. 얼굴이 정말 이상하게 생겼어요. 부상을 입은 듯한데 알리스 카메러에게 긴급한 전갈이 있답니다. 데려올까요?」

몇 분 후, 그 인물이 뱅자맹의 산장 문 앞에 인도된다.

디거다.

온몸이 상처투성이에 기진맥진이다.

흙 언덕 도시에서 이렇게 멀리 떨어진 여기까지 디거가 대체 무슨 일로 온 거지?

「어머니, 제발 부탁드려요, 지금 당장 어머니가 퀴퀴파에 와주셔야 해요!」디거는 밭은 숨을 쉬며 황급히 말한다. 「부디 지금 우리를 내버려두지 마세요. 그랬다간 어머니가 하신 모든 일이 물거품이 돼요.」

「무슨 일이냐?」알리스는 걱정스럽게 묻는다.

뱅자맹이 물 한 잔을 가져오고, 디거는 단숨에 요란하게 들이켠다.

「전쟁이에요.」

「그게 무슨 소리야?」

「전쟁이라니까요!」

「누구와 누구의 전쟁인데?」

「우리끼리요. 디거와 노틱.」

알리스는 아연실색한다.

「우리 왕은 이 일을 멈출 수 있는 사람은 어머니밖에 없다고 생각해요. 벌써 양측에 사망자가 많아요. 양편 모두 경계선을 뚫으려 하지만 소득은 없죠.」

물속과 땅속의 1차 세계 대전?

「매일같이 사상자 수가 늘어가요!」 디거가 외친다. 「하데스는 말했어요. 어머니만이 당신의 피조물들을 구할 수 있다고요.」

알리스는 길게 한숨을 내쉰다.

「어머니가 자리를 비우자마자 티격태격하기 시작하는 아이들 같구나.」

「아니에요, 어머니, 이건 그냥 티격태격 정도가 아니에요. 맹세해요…….」

왜 모든 일이 자연스럽게 최악을 향해 가는 걸까? 이들은 내 가르침을 잊었나?

「제발 부탁드려요, 늦으셔선 안 돼요!」 전령이 애원한다.

마침내 평온을 찾고 인간과 키메라가 완벽하게 화합하는 조화로운 사회를 건설했다고 여긴 바로 그 순간 전쟁이 다시 일어나다니……. 마치 주기적으로 피가 흐르기라도 해야 한다는 듯이.

알리스는 자궁 내막증이 재발하기라도 할 것 같은 기분에 본능적으로 배에 손을 갖다 댄다.

「상황이 그렇다면, 가야지.」

「지금 출발해야 해요, 분초를 다투는 일이에요!」 디거가 초조해한다.

「나도 같이 가겠어.」뱅자맹이 선언한다.

「아니야, 혼자 가는 게 나아.」

「그럼 적어도 군인들이 호위하게 해줘, 네 안전을 위해…….」

「그들은 내 아이들이고, 나만이 달랠 수 있어. 내가 그들을 창조했으니 혼자 다룰 수 있을 거야.」

「거기까지는 어떻게 갈 건데?」

「내가 제일 좋아하는 이동 수단이 있어. 솔랑주야.」

「그게 누군데?」

「진정한 벗이 된 아주 멋진 에어리얼이지.」

59

 예전에 격리 구역이었던 에어리얼 거주 지역은 몇 년 동안 많이 달라졌다.

 산장들의 파사드는 에어리얼의 삶 속 장면을 묘사한 그림으로 장식되어 있다.

 알리스는 문 하나를 두드리고, 대답은 없지만 문이 살짝 열려 있으므로 들어간다.

 내부는 전형적인 에어리얼식으로 장식되어 있다. 특히 온갖 크기와 색의 대규모 나비 수집품들이 있다.

 에어리얼들은 점점 더 나비에 빠져드는군.

 위층에서 나는 코 고는 소리가 집 안에 울린다. 알리스는 계단을 올라 침실에 들어간다. 솔랑주는 코 고는 수컷 에어리얼과 나란히 거꾸로 매달려 자고 있다.

 알리스가 다가가자 커다란 가지가 쪼개지듯 양 날개가 벌어지며 친구의 얼굴이 드러난다.

 「깨워서 미안해, 솔랑주. 아직 좀 이른 시각이지만, 네 도움이 필요해.」 날개에 감싸여 아직 자고 있는 수컷 에어리얼을 깨우지 않으려 알리스는 속삭인다.

솔랑주는 천장의 지지대를 놓고 우아하게 바닥에 뛰어내린다. 애인을 깨우지 않도록 침실을 나서자는 신호를 하면서 묻는다.

「스키 타러 가려고요?」

「이번엔 아냐. 노틱들과 디거들이 대놓고 충돌을 벌였어. 난 퀴퀴파에 돌아가야 해. 너와 함께 날아가고 싶어.」

솔랑주는 자기 임무의 중요성을 파악하려고 숨을 크게 들이쉰다.

「가는 길에 애인이랑 어떻게 되어 가는지 얘기해 주세요, 저도 제 애인들이랑 어떤지 얘기할 테니까.」 솔랑주가 말한다.

「애인들?」 알리스가 놀란다.

「아시잖아요, 저는 몸만 가벼운 게 아니라…… 마음도 가벼워요.」 에어리얼은 농담을 한다. 「전 파트너를 바꾸길 좋아해요. 게다가 저 위에 있는 남자는 이제 재미없어요. 돌아오면 그와는 이제 끝이라고 알리려고요.」

이야기 나누는 동안 에어리얼은 아주 긴 혀로 손발 끝을 핥아 몸단장을 마친다.

「퀴퀴파까지 몇 킬로미터였죠?」

「최소한 7백 킬로미터.」

솔랑주는 날개팔에 걸리적거리지 않을 하얀 파카 같은 옷을 걸친다. 그런 다음 배낭에 소지품을 담는다.

알리스는 가죽 모자와 1920년대 비행사 고글을 쓰고

있다.

「가자.」그가 말한다.

「어이! 그렇게 가버리기야?」두 사람 뒤에서 목소리가 들린다.

알리스는 뒤돌아본다. 잠이 덜 깬 수컷 에어리얼이 계단 꼭대기에 서 있다.

「미안해, 조르주, 난 가야 해.」솔랑주가 대꾸한다.

「나한테 인사도 없이?」

「이것 봐, 조르주, 어젯밤은 당신 덕에 즐거웠어. 하지만 너무 집착하지 말아 줬으면 좋겠어. 어차피 우린 어제 만난 사이잖아.」

「하지만 난 당신을 사랑한다고!」

에어리얼 커플의 심리 전문가가 아닌 알리스는 대화에 끼어들지 않기로 한다.

「그래서 뭐? 당신이 날 사랑한다고 선언하면 내가 당신 것이 되는 줄 알아? 가만 보니 당신 행동은…… 꼭…….」

솔랑주는 적당한 말을 찾지만 남자를 기분 상하게 하고 싶지는 않다.

「당신 행동은 꼭 사피엔스 같아!」

「당신은 심장도 없어, 솔랑주?」날개 달린 남자는 한탄한다.

「물론 심장이 있지, 그러니까 우리 사이는 끝났다고 알려주는 거야. 당신이 우리 사이를 놓고 괴로워하거나 헛된 착각 하지 말라고. 좋아요, 알리스. 준비됐군요, 갈까요?」

수컷 에어리얼은 넋이 나가 대꾸조차 하지 못한다.

알리스와 솔랑주는 산장 테라스로 나간다.

순풍이 불어오자, 에어리얼은 뒷다리로 승객을 꽉 잡고 날아오른다. 그들은 금세 발토랑 상공에 올라 골짜기 쪽으로 향한다.

발밑으로 땅이 흘러가고, 들판과 숲과 강이 이어지는 가운데 식물에 점령당한 작은 마을들이 드문드문 보인다.

알리스는 얼굴을 때리는 바람의 느낌을 즐기고, 솔랑주는 따뜻한 상승 기류를 타고 긴 날개를 펼친 채 활공한다.

「애인한테 냉정하구나.」 알리스가 말을 꺼낸다.

「전 냉정한 게 좋아요. 안 그러면 그는 우리가 평생을 함께 할 거라고 착각할 거예요. 우린 사피엔스가 아니에요. 그런 사피엔스 속담 있지 않아요? 〈바닷가재를 약불로 익혀 고통을 주느니 끓는 물에 단번에 던지는 게 낫다.〉」

그들은 서쪽을 향해 난다.

「노틱과 디거 들 사이의 일을 해결하러 거기까지 가신다니 대단한 결심을 하셨어요.」 솔랑주가 말한다.

「그들은 종으로서 사춘기의 반응을 거치는 중이나 마찬가지야. 대립하는 힘들과 맞서면서 자기 존재를 뚜렷이 굳히고 정체성을 발견하지. 폭력은 성숙해지는 과정의 일부야. 하지만 그 파괴적인 시기에만 갇혀 있어선 안 돼. 그들이 이 고비를 넘기고 계속해서 진화하도록 내가 도와야 해.」

「분명 그러실 수 있을 거예요, 어머니.」

하지만 쉽지 않을 거야. 세 혼종의 에너지를 누그러뜨리고 화합시키는 것은 그들이 상호 보완적이면서 모순적이기에 그만큼 더 어려워. 그래서 불안정할 수밖에 없으니까.

60

백과사전: 삼체 체계

삼체문제는 아이작 뉴턴이 최초로 언급했다.

태양 하나와 행성 하나로 구성된 행성계에서는 그 유일한 행성의 궤도를 예측할 수 있다. 타원이다.

태양 하나와 행성 두 개로 구성된 행성계에서도 역시 두 행성의 궤도를 예측할 수 있다. 타원과 외파선(타원의 굽은 부분)이다.

그러나 태양 하나와 행성 세 개로 구성된 계에서는 무엇도 주기적이지 않고, 따라서 아무것도 예측할 수 없다.

이처럼 뉴턴은 두 천체가 있는 세계에서 세 천체가 있는 세계로 넘어가면 궤도 예측 계산이 완전히 불가능해지는 수준의 복잡성이 발생함을 입증했다.

더 넓은 의미에서, 모든 이체 체계는 안정적이고 예측 가능하며, 모든 삼체 체계는 불안정하고 예측 불가하다.

에드몽 웰스, 『상대적이며 절대적인 지식의 백과사전』

61

달이 하늘 높이 걸렸다.

솔랑주와 알리스는 그 은색 빛을 받으며 날아간다.

「인간이 달에 발을 디뎠다는 거 사실이에요?」 솔랑주가 묻는다.

「응, 사실이야.」

「믿기 어려워요. 발토랑 미디어실에서 영상들을 봤는데, 그런 일은 없었음을 증명하는 내용의 다큐멘터리들이 언급되더라고요.」

「그건 〈가짜 뉴스〉라고 하는 거야. 순진한 사람들을 설득하려고 퍼뜨리는 거짓말이야.」

「그럼 어머니는 그게 진짜라고 생각하는군요……. 어떻게 해냈어요?」

「거대한 로켓으로. 달에 가는 데는 사흘이 걸렸어.」

솔랑주는 생각에 잠긴다.

「전 언젠가 꼭 달까지 날아가고 싶어요. 얼마나 오래 걸리든 상관없어요.」

「그러려면 우주복을 입고 산소통을 가져가야 할 거야. 그리고 엄청난 도약력이 필요할 텐데, 대기권을 벗어나면 공기가 없어서 이륙할 때 발생시킨 추진력이 있어야만 나아갈 수 있거든.」

「결심했어요. 전 달에 발걸음 한 최초의 에어리얼이 되고 싶어요. 하지만 지금은 녹초가 됐네요, 여기서 멈춰 쉬어요.」

날개 달린 여자는 샬롱쉬르손, 발토랑을 향해 처음 올 때 들렀던 슈퍼마켓 근처에 착륙한다. 그 후 둘은 옛날 공원이 었던 곳에 아늑한 구석을 찾아 불을 피우고 따뜻한 식사를 준비한다.

알리스는 불길이 발하는 빛을 받아 구슬처럼 크고 검은 눈을 반짝이는 에어리얼을 바라본다.

「전 당신들 사피엔스를 이해할 수 없어요.」 솔랑주가 말한다.

「어떤 점이 이해가 안 가니?」

「당신들은 부조리한 점투성이에요. 예를 들어 볼까요. 발토랑에서 사피엔스들이 돈을 걸고 카드놀이를 하다가 카드 배열이 안 좋아서 전부 잃는 걸 봤어요. 그런데 몇 시간씩 카드놀이를 계속하며 잃고 있더라고요! 꼭 자기 자신의 몰락에 매혹된 것 같았어요.」

「카드놀이에 그렇게 시간을 쏟는 동물은 인간이 유일하다는 건 사실이야…….」 알리스는 재미있어하며 인정한다.

「그뿐만이 아니에요. 아주 지독한 냄새가 나는 종이에 만 마른풀을 피우는 사람들도 있어요.」

「담배 말이니?」

「네, 담배요. 그들 역시 끊을 줄을 모르더군요.」

「어떤 식물은 정신에 영향을 끼칠 수 있거든.」

「사피엔스의 정신이겠죠. 제가 아는 한 담배 피우는 에어리얼은 아무도 없어요.」

「또 뭐가 있니?」 알리스는 여전히 궁금해하며 묻는다.

「당신들이 하는 것 중에 역겨운 행동이 있어요.」

「말해 보렴.」

「상대방 입에 혀를 넣으면서 키스하는 거요. 그건…… 특별한 행위이긴 하죠. 개인적으로 전 역겹다고 생각해요.」

이 말을 하면서 솔랑주는 인상을 쓴다.

「아마 너희 혀가 훨씬 가늘고 길기 때문일 거야.」 알리스는 말한다. 「뒤엉키거나 식도까지 들어갈 테니까…….」

갑자기 주변 덤불에서 소리가 들린다. 두 여자는 담요로 덮어 급히 불을 끈다. 그런 다음 솔랑주는 알리스를 들어 올려 어느 집 지붕 위, 굴뚝 뒤에 숨긴다.

전망 좋은 높은 곳에서, 알리스와 에어리얼은 기묘한 광경을 목격한다.

길게 늘어선 인간들이 말들과 나란히 걸어가고 말들은 슈트 케이스와 가방이 가득 담긴 짐수레들을 끌고 있다. 그들이 가까워지면서 들리는 노래를 알리스는 첫 소절만 듣고도 알아차린다. 다프트 펑크의 「원 모어 타임」이다.

뉴 이비사 공동체야! 저들이 여긴 웬일이지?

알리스는 솔랑주에게 바닥에 내려 달라고 하고, 그 뒤죽

박죽인 행렬 쪽을 향한다. 가까이서 보니 다수가 여전히 하와이안 셔츠를 입고 라스타 헤어스타일을 하고 있다. 파리의 포럼 데알 지하에서 알리스가 그들과 함께 살았던 시절처럼.

「알리스! 알리스!」

낯설지 않은 목소리다.

「프랑키……!」

활기 넘치는 마르세유인은 몸이 좀 불고 수염이 많이 희끗해졌다. 여전히 목에 큼직한 금색 목걸이를 걸고, 열어젖힌 꽃무늬 셔츠 사이로 드러난 털 많은 가슴팍에 드리우고 있다.

둘은 감격에 겨워 얼싸안는다.

「파리에서 이렇게 먼 여기까지 대체 무슨 일이야?」 알리스가 묻는다.

「방사능 수치가 낮아지자 우린 지상에 올라가기로 결심했어. 그런데 파리는 예전의 모습이 아니야. 당신의 꼬마 피보호자들이 전쟁을 벌이는 통에 우린 걱정이 태산이었어. 우리까지 위험해지기 시작했지. 특히 디거들이 사방에 통로, 터널, 구멍을 파서 약해진 지반이 발밑에서 무너져 내리고 사람까지 같이 빠지는 지경이었어. 떠나야 했지만, 어디로 가야 하지? 디거 한 명이 당신들이 발토랑에 있다고 알려 줬고, 그래서 난 적어도 거기는 전쟁이 없으니 괜찮은 목적지가 되겠다고 생각했어. 오는 길에, 보다시피, 야생마들을 사로잡고 길들여서 훈련시켰지.」

그는 다른 이들을 돌아본다.

「어이, 친구들, 여기서 밤을 보내자고! 여기가 딱 좋겠어!」

그 뒤로 늘어선 녹초가 된 여행자 전원이 찬성한다는 뜻으로 소리를 지른다.

얼마 후 그들은 모닥불 주위에 둥글게 둘러앉는다.

프랑키가 알리스에게 봉지 하나를 내민다.

「뭐야?」 알리스는 미심쩍어하며 묻는다.

「전쟁 통에 살아남은 감자칩이야.」

봉지에 손을 넣어 보고 알리스는 감자칩에 상하지 않을 만큼 방부제가 충분히 들어 있었음을 확인한다.

「그런데 당신은 여기 웬일이야?」 프랑키가 묻는다.

「퀴퀴파에 가. 하데스와 협상하고 형제 포세이돈과 평화로운 관계를 수립할 방법을 함께 논의하려고.」

「자기 자식들이 서로 미워하며 싸우는 걸 보는 건 가슴 아픈 일이야. 개인적으로 난 자식을 갖고 싶었던 적이 없어. 하지만…… 당신도 알다시피, 당신이 온 후로 우린 〈노 퓨처〉 규칙을 그만뒀고, 새로운 세대의 뉴 이비사 주민들이 태어났지. 우리 일행에도 애들이 많아. 그래, 애들이 좀 지나치게 많아.」

2세를 보기로 한 친구들의 선택이 그에겐 전혀 달갑지 않은 듯하다.

「오펠리는 어떻게 지내?」 프랑키가 묻는다.

「마침 오펠리도 애들을 낳으려는 참이야, 당신 말처럼. 그 애는 임신했어. 난 쌍둥이 할머니가 돼.」

「축하해! 그 행복한 아버지는 누구야?」

「헤르메스.」

프랑키는 방금 삼켰던 칩을 단숨에 뱉는다.

「농담이지? 그는…….」

「매력적인 청년이지, 내 생각도 그래.」

프랑키는 수통의 물을 마시고, 기분 나쁘게 들릴 수 있는 말이 입 밖으로 튀어나올 위험을 억누르려 칩을 마구 집어삼킨다. 그가 당황한 것을 보고 알리스가 대화를 이어 간다.

「두 종 간에 극복할 수 없는 장벽이 있는지, 아니면 이종 교배가 가능한지 드디어 알게 될 거야.」

프랑키는 그들 곁에 말없이 앉아 있는 에어리얼을 쳐다본다. 그의 일행 여럿이 도착한 후 줄곧 에어리얼을 뚫어지게 쳐다보고 있다.

「우리 제일 어린 친구들은 노틱과 디거는 봤지만 에어리얼은 본 적 없어서 놀라는 거야.」 프랑키가 말한다. 「한 번도.」

「솔랑주를 소개할게, 내…….」

알리스는 하마터면 〈탈것〉이라고 할 뻔했지만, 고쳐 말한다.

「여행 친구야.」

「에…… 반가워요, 솔랑주. 정말 반가워요.」

솔랑주는 손이 달린 다리를 내밀고, 프랑키는 그 손을 잡아 무척 귀족적으로 〈발등 키스〉를 한다. 솔랑주는 놀라서 손을 홱 잡아 뺀다.

「옛날식 정중함의 표현이야.」 알리스는 젊은 혼종에게 설명한다.

그런 다음 마르세유인을 보고 말한다.

「일이 마무리되면, 솔랑주에게 안겨 날아 보길 권할게. 나는 방식이 아주 부드럽거든. 이름과 딱 맞아. 솔-앙주.[3] 그리고 언젠가 하늘에서 솔랑주와 함께 춤추면, 그 기분이 얼마나 놀라운지는 겪어 봐야 알걸.」

「지금 당장 해봐도 될까?」 프랑키는 대담하게 묻는다.

솔랑주는 승낙한다. 그를 땅에서 들어 올려 공중에서 한 바퀴 빙 돌게 하더니 눈이 휘둥그레진 군중 앞에 내려놓는다.

「굉장해!」 땅에 내려온 그가 인정한다. 「이제 그…… 괴무…… 아, 아니, 키메라들을 창조한 이유를 알겠어.」

「마침내 이해했다니 기분 좋네. 하지만 그건 당신이 경험해 봤기 때문이야. 몸으로 직접 겪은 경험이 아닌 한, 완전히 이해한 게 아니지.」

그는 앉아서 감자칩을 집어 불안하게 삼킨다.

「발토랑 생활은 어때?」 그가 말한다. 「매일 에어리얼들과 날아다니는 거야?」

「우리 두 공동체 사이에 상호 이해관계가 성립됐어. 불신의 벽은 허물어졌어. 에어리얼들은 사피엔스가 연장이며 구세계의 복잡한 기계들을 제작하고 정비하는 솜씨에 감탄해. 단순한 전구나 냉장고도 그렇고, 특히 컴퓨터를 보면 그들은 몇 시간이나 넋을 잃지. 한편 우리는 공중에서 이동하고 아

---

[3] sol-ange. 프랑스어로 sol은 땅, 바닥, ange는 천사라는 뜻이다.

주 작은 소리와 냄새도 포착하는 그들의 능력을 높이 사고.」

「그리고…… 젊은이들, 그러니까, 솔랑주 같은 젊은 에어리얼 여자들이 많이 있고 같이 날 수 있을까?」

「솔랑주 같은 여자는 하나뿐인걸.」 과학자는 웃는다. 「솔랑주가 마음에 든다면, 우리가 평화 회복 임무를 마치고 돌아올 때까지 기다리는 게 좋을 거야. 하지만 벌써 경쟁자가 있는 것 같은데. 그리고 솔랑주의 마음을 얻는 데 성공한다 쳐도, 너무 독점적으로 굴지 않는 게 좋을 거야. 솔랑주는 애인 하나로는 성에 차지 않거든.」

알리스의 운반자는 자기들도 하늘을 한 바퀴 돌게 해달라고 조르는 뉴 이비사 주민 10여 명에 둘러싸여 있다.

62

 충분히 늦잠을 자기로 한 알리스의 눈꺼풀에 한 줄기 햇살이 닿는다. 물티슈로 재빨리 세수한 후, 솔랑주와 만난다. 사피엔스들을 날게 해주느라 바빠 솔랑주는 훨씬 늦게 잠들었다.
 「괜찮겠어?」 알리스가 묻는다.
 「푹 자게 해줘서 고마워요.」 에어리얼이 입이 찢어져라 하품을 하며 말한다.
 「나도 충분히 기운을 회복해야 했는걸. 하지만 이젠 가야 해.」
 두 여자가 준비를 마치자마자 남자 여럿이 다가온다.
 「네 숭배자들인가 봐, 솔랑주.」 알리스가 말한다.
 「어머니가 자러 간 후에 다들〈공기 세례〉를 받고 싶어 했어요. 재미있었지만 좀 피곤하네요.」
 프랑키가 다가와 솔랑주에게 입맞춤하려는데, 입술이 뺨을 향하는 듯하더니 마지막 순간 빗나가 목의 가장 섬세하고 예민한 부위에 부딪힌다. 에어리얼은 놀라 뺨이 발개진다.

그들이 날아올랐을 때도 그는 지상에서 계속 그들을 향해 정다운 몸짓을 해 보인다.

「이런, 저것 봐, 네가 무척 마음에 드나 봐.」

「어머니와의 임무를 끝내면 발토랑에서 만나기로 약속했어요.」

「그에게 관심이 간다는 거니?」

「굉장히 매력적인걸요. 게다가 그가 나를 바라보면 내가 세상에서 제일 아름다운 여자가 된 기분이 들어요. 제게 목걸이도 줬어요.」

솔랑주는 분홍색 보석을 엮은 장신구를 보여 준다.

「솔랑주, 충고 한마디 하자면, 반짝이는 선물에 넘어가선 안 돼. 그건 사피엔스들이 유혹하려고 쓰는 수법이야.」

「알아요. 하지만 에어리얼에 불과한 내가 작은 인간 공동체 우두머리의 마음에 든다니 기분 좋은걸요. 어머니의 딸처럼 우리 사이에 임신이 가능하다는 걸 알았으니, 저도 혼혈 아기를 갖고 싶어요.」

그렇구나. 혼혈 아기 유행이 시작됐어.

그들은 비행을 몇 시간 계속해, 파리 위를 날고, 파리를 지나쳐 마침내 쿼퀴파 숲 상공에 도착한다.

하늘에서 보니 두더지 둔덕 피라미드는 기억하던 것보다 훨씬 웅장하다.

예전 것 위에 더 크게 지은 게 분명해.

주변에는 그보다 크기가 작은 피라미드들이 연기를 피워 올린다.

다양한 농작물이 있는 밭들도 보인다.

저 분야를 잘 발전시켰군.

더 멀리에 축사가 있다.

사육하고 있어. 그런데 뭘 사육하는 거지?

가까이 가자 마침내 울타리 속 동물들을 알아볼 수 있다. 거대한 쥐들이다.

지하에서 기르다가 쥐들에겐 빛이 필요하다는 사실을 알아차린 모양이야.

거대한 풍력 터빈들이 빈터에서 돌아간다. 알리스는 그들이 전기를 얻기 위해 터빈들을 뽑아내고 옮겨서 근처에 재설치했다는 결론을 내린다.

에어리얼들이 산에 있는 것, 즉 물로 전기를 생산하는 것처럼, 디거들은 바람, 즉 공기의 힘으로 전기를 만들어.

두 여자는 기관총이 설치된 두더지 둔덕 입구 앞에 착륙한다.

내려서자마자 디거들이 그들을 둘러싼다. 알리스는 그들이 모두 검은색 바탕에 진회색이나 연회색 위장 무늬가 있는 군복 차림임을 눈여겨본다. 몇몇은 소총이나 석궁, 작살 같은 무기를 들고 주변을 돌아다닌다.

전령 말이 옳았어. 이들은 전투태세를 갖췄고 땅 위, 땅속, 물속에서 싸워.

가장 놀라운 것은 연못가에 있는, 뭍에 나온 잠수함 같은 기계인데, 앞부분이 굴착기로 되어 있다.

검은 군모를 쓴 군인 디거가 알리스에게 와서 손을 관자놀이에 갖다 대고 뒤꿈치를 착 부딪치며 경례한다.

먼저 말을 꺼내 주길 기다리는 것 같아 보여, 알리스는 자기소개를 한다.

「나는 알리스예요. 〈어머니〉라 불리는 사람이죠.」

「기다리고 있었습니다. 통로로 들어가셔도 좋지만, 저 에어리얼은 긴 날개 때문에 들어가기 쉽지 않을 것 같습니다.」

「상관없어요.」 솔랑주가 말한다. 「난 밖에 있을래요. 높은 나뭇가지에 부서지지 않은 둥지들이 남아 있는 걸 봤어요. 거기서 기다릴게요, 어머니. 휘파람 부시면 바로 올게요.」

알리스는 피라미드 안으로 초대받아 들어간다. 미로처럼 복잡한 터널들을 나아가니 지하 호수가 있는 널따란 동굴이 나온다.

천장을 보고 알리스는 감탄한다. 지금은 반딧불이 유충이 아닌 노랗고 하얀 전구 몇백 개가 전선에 매달려 빛을 밝힌다. 호숫가에는 가족이나 개인들이 사는 삼각형 거주지들이 있다.

한쪽 구석에서 검은 군복을 입은 디거 1백여 명이 사격 훈련을 하고 조금 떨어진 곳에는 앞머리가 뾰족한 나선형 드릴로 된 다른 지저함(地底艦)이 주차되어 있다.

모터 달린 고무보트 한 대가 지하 호수 위를 힘차게 달려와 알리스를 태우고 호수를 건넌다. 보트가 나아가면서 역시 피라미드 꼴인 왕궁이 보이는데, 기억하던 것보다 더 웅장하고 화려해진 것 같다. 장식은 주로 지도, 무기, 지저함 설계도다.

알리스는 계속 안내인을 따라 왕궁에 들어가고 넓은 홀에 이른다. 안쪽에 단상이 있고, 단상에 조각이 새겨진 나무 왕좌가 있으며 아들 하데스가 왕좌에 앉아 있다.

디거의 왕은 자신도 검은 군복을 입고 장군을 뜻하는 별 두 개가 달린 모자를 썼으며 훈장 여러 개를 가슴에 달고 있다.

좀 살찐 것 같아.

그는 왕좌에서 내려와 알리스 곁으로 와서는 사피엔스식으로 양 볼에 입을 맞춘다.

「이렇게 빨리 와주셔서 감사드려요, 어머니. 제가 어머니께 그 전령을 보내기까지 한 건, 오직 어머니만이 상황을 타개할 수 있을 거라 생각했기 때문임을 믿어 주세요. 여기는 전쟁이에요.」

「어쩌다 전쟁이 시작됐니?」

하데스는 숨을 크게 들이쉬고 설명한다.

「노틱과 에어리얼이 떠난 후, 우린 번영의 시기를 누렸고 그동안 디거 시티를 높이, 넓이, 깊이 면에서 확장했어요. 주변 지역으로 인구를 늘려 갔죠. 또한 지역 지도를 작성하고 어디에 식민지를 건설할 수 있을지 알아보려고 탐험대를 파견했어요. 그러다가 서쪽으로 탐험하던 중, 우리 개척자들이 포세이돈이 보낸 노틱들과 마주치고 말았어요. 아마 같은 의도였겠죠.」

「……그래서 너희 개척자들과 포세이돈의 개척자들 사이에 마찰이 생겼니?」 알리스가 묻는다.

「처음엔 그렇지 않았어요. 정반대로 그들은 아주 잘 지냈고, 개척자 디거와 노틱 들 사이에 순수한 사랑이 싹트기까지 했죠.」

「커플들이 생겼니? 굉장하구나! 그럼 왜 불화가 생긴 거야?」

「젊은이들은 잘 지냈지만, 그 부모들은 그렇지 않았어요. 옛 세대는 뼛속까지 종족 차별주의로 썩어 있고 그 사실을 숨기지도 않아요.」

「알겠다. 〈로미오와 줄리엣〉 현상이구나. 모든 사랑 이야기의 끝없는 반복. 연인들은 서로 사랑하지만 부모는 대대로 이어 온 역사적 이유로 서로 미워하고 그래서 반대하지.」

「상황이 워낙 긴박해서 두 공동체 사이에 언제라도 폭력 사태가 터질 것 같았어요. 그리고 연못 물을 넘쳐흐르게 한 마지막 물방울이 된 사건이 있었죠. 디거 하나와 노틱 하나가 싸웠어요. 둘 다 같은 디거 여자에게 반해서 경쟁하게 된 거예요. 디거가 노틱을 죽였죠. 포세이돈은 몸소 군대를 이끌고 와서 범인을 넘겨줄 것을 요구했어요. 우리는 재판을 하자고 주장했지만, 그들은 쓸데없는 짓이라고, 증거는 명백하다고 했어요. 그리고 그는 내가 공정하지 않다고 비난했죠.」

「생은 끝없는 반복이구나.」 알리스는 한숨을 쉰다.

「결국 양쪽 진영은 맞붙었어요. 우리 편에서도 그들 편에서도 많은 이들이 죽고 다쳤어요. 가장 힘든 건 타종 간에 맺어진 커플들이었죠. 서로 진심으로 사랑하는 이들도 있었는데 억지로 헤어져야 했어요.」

언제나 사랑과 공포 사이의 선택이야.

하데스는 접견실을 장식하는 나무 조각상들 쪽으로 걸어간다. 알리스는 그중 하나는 자기 조각상임을 눈치챈다.

「그다음은?」

「그다음은 휴전기가 왔고 우리는 서쪽으로 탐험대를 보내길 그만뒀어요. 하지만 몇몇 타종 간 커플은 몰래 서로 만나고 싶어 했죠.」

호르몬은 강력한 원동력이니까.

「대개 그들은 퀴퀴파와 도빌 중간에서 만났어요. 도빌은 노틱들이 도시를 세운 곳이죠. 솔직히 말씀드려, 포세이돈도 저도 우리 젊은이들을 통제하지 못했어요. 도시를 감옥으로 만들 수는 없잖아요. 그러다가 제가 두려워하던 일이 벌어졌죠. 불량배 노틱 패거리들이 특공대를 조직해 우리 쪽 사람들 일부를 기습 공격했어요. 디거들도 무리지어 반격했고요……. 주도자들은 외톨이인 개인들이고 대개 광신자였죠. 하지만 소규모 싸움은 갈수록 폭력적으로 변했고 양쪽 모두 피해자가 늘어 갔어요.」

에로스와 타나토스, 사랑의 에너지와 죽음의 에너지…….

「저는 더 이상 우리 종족 사람들을 말릴 수 없었고 포세이돈도 마찬가지였을 거라 생각해요. 실제로 저의 남작들은 전면전을 주장했고, 늘 상황을 진정시키려고만 한다는 이유로 저를, 이 하데스왕을, 나약한 자 취급했어요. 저는 제 손으로 뽑은 남작들에 의해 폐위될 위기였고, 전쟁을 부르짖는 그들의 인기는 날로 높아 갔죠. 더 이상 정치적으로든 외교적으로든 효과적인 탈출구가 보이지 않았고, 그래서 내 형제에게 공식 선전 포고를 하는 데 동의했어요.」

이들은 이전 인류와 똑같은 실수를 저지르고 있어. 어리석음이나 폭력의 유전자가 종에 내재해 있던 양.

하데스는 잠시 말을 멈추고 조각상을 하나하나 쓰다듬는다. 알리스는 그 틈을 타서 입을 연다.

「내가 보니 너희는 군복을 입었더구나. 무기도 보유했고. 앞부분을 드릴로 개조한 지저함들도 본 것 같아.」

「양측 다 상대를 자기가 편한 지형으로 끌어들이려 하다 보니, 우리는 땅속과 물속 전투에 익숙해졌어요. 이제는 우리가 개발한 무기들과 전쟁 기계들까지 제조하게 되었죠. 그들에겐 잠수함이 있고, 우리에겐 지저함이 있고요.」

「넌 스스로가 자랑스러운 기색이구나…….」 알리스는 가슴 아파한다.

「전쟁에는 흥분되는 면이 있어요. 아시잖아요.」 하데스는 자기 정당화를 시도한다. 「사람들을 단결시키고, 기술이든 전략이든 한계를 뛰어넘는 발전을 이루게 하죠. 로켓과 인터넷이 군사적 발명품이었다고 가르쳐 주신 분은 어머니잖아요.」

「처음의 열광이 지나고 나니 낙심하게 되었겠구나.」 알리스는 말대꾸를 무시하고 말한다.

「우리는 많은 젊은이를 잃었어요……. 그리고 전 우리가 어느 쪽도 눈부신 승리를 거둘 수 없는 지점에 다다랐다는 걸 깨달았죠. 이성을 되찾아야 했어요. 영원히 계속되는 전쟁보다, 완전무결하지 않더라도 평화가 나으니까요.」

「지금은 그렇게 생각한다니 다행이다.」

「포세이돈과 저는 전서구를 이용해 비밀리에 연락을 주고받아 왔어요. 하지만 제 남작들이 그 사실을 알아차려 전 그만둘 수밖에 없었죠. 반역자로 몰릴 위기였으니까요. 현재 우리는 연락을 아예 그만뒀어요. 사망자들이 쌓여 가고 누구도 이 수렁에서 벗어날 길을 알지 못해요.」

알리스는 접견실을 서성거린다.

「그리고 내 생각을 했구나. 잘했어. 내가 포세이돈과 얘기해 봐야겠다, 그것도 빨리.」

「어머니, 어머니는 지치셨고 솔랑주도 마찬가지예요. 오늘 밤은 여기서 쉬세요.」

「네가 말한 모든 내용으로 볼 때 긴급히 행동에 나서야 할 것 같구나. 네 전령도 빨리 와달라고 재촉했어.」

「어머니께 알리는 일은 급히 서둘러야 했지만, 이제 이렇게 오셨으니 내일까지 기다린다고 달라질 건 없어요. 제 말 믿으세요.」

그 말이 맞아.

「어머니께 사피엔스의 편의에 맞춰 개조한 큰 침실 한 곳을 내드릴게요. 도착하셨다는 걸 알았을 때부터 어머니를 위해 방을 준비해 놓으라 일렀어요. 하지만 그 전에 보여 드리고 싶은 게 있어요.」

그는 책이 가득한 서가로 간다.

「어머니는 종종 당부하셨죠. 〈문화적 성공이 따르지 않으면 군사와 경제 분야에서 성공해 봐야 소용없다.〉」

「그랬지, 기억난다.」

「자, 바로 디거 시티의 모습이에요. 우리는 조각을 하고, 그림을 그리고, 음악을 연주하고, 춤을 추고, 글을 쓰죠. 독서도 하고요.」

그는 서가 선반에서 책 한 권을 꺼내 표지를 어루만진다.

「한 권이 특별히 우리에게 참고가 되었죠.」

하데스는 빨간 표지를 보여 주는데, 표지에는 이렇게 쓰여 있다.

〈지구 속 여행, 쥘 베른 지음〉.

「제가 제일 좋아하는 책이에요. 어머니도 아시는지 모르겠네요. 지구 중심을 발견하러 떠나는 사피엔스들의 이야기죠. 이 책은 원본이지만, 우리는 복제해서 재인쇄했어요. 베스트셀러가 되었죠.」

「인쇄소가 있니?」 알리스는 놀란다.

「작은 공장에서 가져온 장비들로 차렸어요. 하지만 무엇보다도 우리에겐 우리만의 작가들이 있죠. 『지구 속 여행』은 젊은 디거 작가 한 세대 전체에 영감을 주었고, 그들은 우리가, 훨씬 더 적합한 신체 구조와 수단을 갖춘 우리가 실행했다면 그게 얼마나 궁극적인 탐험이 되었을지를 나름의 버전으로 썼어요.」

하데스는 알리스에게 표지가 더 새롭고 제목만 보아도 내용이 짐작이 가는 다른 작품들을 보여 준다. 『터널 끝에서』,

『행성의 심장』, 『모든 것의 중심』.

「에어리얼들은 가장 높은 산꼭대기에 매혹되었고 노틱들은 바다를 보길 꿈꿨지만, 우리가 추구하는 건 한층 야심 차요. 우리는 지구 중심에 실제로 무엇이 있는지 알고 싶어요. 디거 탐험대가 이미 가능한 한 깊은 곳까지 내려가려는 시도를 했었죠.」

알리스는 흥미를 느끼고 자신이 창조한 혼종들이 창작한 책들을 본다.

사실 우리 사피엔스가 관심이 없어 많은 에너지를 투자하지 않았던 영역에서 디거들은 큰 성공을 거둘 수 있어. 우리는 그저 물, 광석, 금속을, 이후에는 석유나 가스를 찾으려는 욕심에서만 깊이 파고들어 갔지. 하지만 그들은 정말로 지구 속에 무엇이 있는지 알고 싶어 해.

「몇 권 읽어 보세요. 어머니 의견을 듣고 싶어요.」

그리고 그가 손가락을 퉁기자 디거 하나가 나타난다.

「어머니를 사피엔스 손님을 위한 특별 방으로 모셔 가도록.」

시중꾼 디거는 미궁 같은 통로들을 지나 알리스를 왕궁의 널따란 방으로 안내한다. 녹초가 된 알리스는 침대에 쓰러져 책 한 권을 집어 훌훌 넘겨 보고, 이어서 다른 책을 집는다.

쥘 베른의 소설에서 시작해, 두더지 인간 작가들은 독창적인 줄거리를 창조하기에 이르렀다.

문학 그 자체에서도 부식토와 축축한 흙내가 나는 것 같아. 격하고 어두우면서도 몹시 시적이야.

에드거 앨런 포와 러브크래프트 중간쯤.

터널 끝에 보이는 빛을 찾는 이들의 이야기도 종종 있다. 그러나 마침내 나타난 빛은 그들을 눈멀게 한다.

발토랑에서 알리스는 최초의 에어리얼 작가들 데뷔를 목격했었다.

그들을 매혹한 것은 『지구 속 여행』이 아니라 『지구에서 달까지』였다.

계속 책을 읽고 있는데 한 여자 디거가 알리스를 데리러 온다. 의상 작업실에 와서 하데스가 특별히 주문 제작한 드레스를 입어 보라고 한다. 나무뿌리를 모티브로 한 지극히 섬세하고 부드러운 레이스로 지어진 드레스다.

저녁 식사는 왕궁 연회장에서 소수 인원으로 진행된다. 참석자는 스무 명 남짓한 남녀 디거가 전부로, 다들 회색 무늬가 있는 검은색의 디거 군복 차림이다. 가슴에 훈장들을 단 이도 많아, 고위 장교임을 알 수 있다.

신호에 맞춰 오케스트라가 연주를 시작한다. 연주자들은 속이 빈 나무를 두드리고, 또 건반이 나무로 된 실로폰도 연주한다.

하데스는 알리스에게 자기 옆자리에 앉으라고 권한다.

그 후 손님 전원이 일어서서 합창으로 노래한다.

왕은 알리스의 귓전에 속삭인다.

「우리 국가예요. 좀 군대식이긴 하지만, 전시인 만큼…….」

알리스도 일어선다. 가사에 귀를 기울인다.

〈……더러운 피가 우리의 밭고랑을 적시고, 우리의 터널에

호르고 우리의 호수에 물을 대도록.〉

조금 지나자 이런 가사도 나온다.

〈들리는가, 강과 호수에서, 흉포한 병사들의 휘파람 소리가? 그들은 우리의 지하까지 와서 너희 아들과 아내의 목을 베려 한다.〉

「라 마르세예즈」의 영향을 대단히 많이 받았다.

마침내 하데스왕은 모두 자리에 앉아도 좋다는 신호를 하고 커다란 손으로 손뼉을 친다.

시중꾼들이 쟁반을 들고 들어온다. 메뉴는 뿌리채소, 버섯, 채소 요리, 스파게티처럼 생긴 지렁이 구이다. 왕은 빵가루 입힌 민달팽이 튀김을 권하지만, 알리스는 지역 특산물 요리에 탐닉하는 건 피하기로 한다.

「사랑이냐 공포냐, 그게 어머니의 중심 사상이었죠, 안 그런가요, 어머니?」

「지금도 그렇단다.」

「그렇다면 마침내 어머니와 자리를 나란히 하게 된 기회에 고백할 게 있어요……. 전 늘 어머니를 원했어요.」

이건 예상 밖의 소린데.

「당연한 거야.」 알리스는 최대한 아무렇지 않은 척하며 대꾸한다. 「아들이 제 어머니를 사랑하는 것처럼. 결국 너희 모두를 창조한 건 나니까.」

하데스는 부루퉁한 낯을 한다.

「아뇨, 어머니를 반려자로서 원했다는 말이에요.」 그는 고쳐 말한다.

좋아, 단호한 태도를 유지해야 해.

「아무리 그래도 우린 나이 차이가 많이 나잖니. 너에겐 이미 꽉 찬 하렘도 있고.」

「디거 여자들은 다 똑같이 생겼어요. 어머니는 다르죠. 제 기억이 맞다면 성경에서 솔로몬왕은 규방에 1천 명의 여자를 두었지만, 그래도 시바 여왕과 위대한 사랑을 하는 데 아무 문제 없었죠. 이방인이고, 종교가 다르고 피부가 검은 여자였는데도요.」

「그건 전설이야. 실제 있었던 일인지는 알 수 없어.」 알리스는 회피한다.

「저는 종족 차별주의자가 아니에요. 어머니가 사피엔스라는 사실도 거리낄 게 없어요.」

「고맙구나. 칭찬으로 받아들일게.」

「제 제안을 어떻게 생각하세요?」

「하데스, 난 이미 짝이 있어. 발토랑의 사피엔스야. 뱅자맹이라는 이름이지. 뱅자맹 웰스.」

디거의 왕은 얼굴을 찌푸린다.

「뱅자맹 웰스, 그 유명한 웰스 가문인가요?」

「그는 나와 같은 나이야. 어릴 적 친구였고 최근 다시 만나 내 인생의 반려자가 됐어.」

「그와 계속 잠자리를 같이 하셔도 괜찮아요. 전 질투하지 않아요.」

「하지만 그는 질투해, 그것도 약간이 아니야. 넌 이미 디거와 노틱 타종 간 커플들 때문에 골치를 앓는데, 거기다 발토랑의 사피엔스들까지 적으로 돌리고 싶진 않겠지…….」

그는 알리스를 바라보고 웃음을 터뜨린다.

「어머니에 대한 존경이 너무 커서 고집부릴 수 없네요. 대신 절 기쁘게 해주는 셈 치고 어머니 몫의 민달팽이 튀김은 다 드셔 주세요.」

무사히 상황을 벗어난 게 다행스러운 나머지 알리스는 큰 마음 먹고 소름 끼치는 그 요리를 한 입 삼킨다.

「중요한 질문이 하나 더 있어요, 어머니.」 하데스가 다시 진지해져서 묻는다. 「혹시 어머니가 우리와 노틱 사이에 평화를 회복시키는 데 실패한다면, 어머니의 도움을 받아 디거, 사피엔스, 에어리얼의 군사적이고 경제적인 동맹을 기대할 수 있을까요?」

63

지상이 더워지는구나.

루앙 상공을 날아가던 중, 솔랑주와 알리스는 멀리서 솟아오르는 연기 기둥들을 목격한다.

「아래로 내려가 줄래?」 알리스는 솔랑주에게 부탁한다.

날개 달린 여자는 그 지역에 가까이 간다. 두 사람의 눈에 비친 것은 상상을 초월하는 광경이다.

수면 위로 올라온 잠수함과 강변에서 솟아난 지저함이 정면으로 맞서 동시에 포격을 퍼붓는다. 주변에서 검은색과 회색 군복의 디거 병사들과 군청색과 하늘색 군복의 노틱 병사들이 서로에게 발포한다. 높은 곳에서 보니 그들은 개미 같다.

어떤 디거 병사들은 땅속에서 솟아나 적을 급습하고 강변에서 백병전을 벌인다.

「올라가자, 솔랑주. 빗나간 총탄에 맞기라도 하면 안 되니까.」

솔랑주는 고도를 높이고 계속 나아간다. 센강을 따라가며 그들은 다른 전투 현장을 목격한다. 여기서도 지저함과 잠수함이 검은색이나 푸른색 군복의 보병 전선을 지원하고 있다.

마침내 멀리 영불 해협이 나타난다.

알리스는 어렸을 때 잘 알던 도시, 도빌까지 운반인에게 길을 안내한다.

도시는 많이 달라진 것 같다. 하늘에서 알리스는 곡식밭들과 태양광 패널에 덮인 구역들을 알아본다.

에어리얼은 댐의 물.

디거는 풍력 터빈의 공기.

그리고 노틱은 빛이군.

혼종들 모두 식량 조달과 전기 생산에 성공했어. 그들은 기술적인 면에서 자치적이야.

도빌 항구는 난리통이다. 수많은 선박과 잠수함이 부두에 정박해 있고 부두에도 폭이 좁은 부교 여러 개가 붙어 있다.

푸른 군복을 입은 군인들이 사방에 보인다. 지붕에는 기관총 포탑들이 빽빽하다.

알리스는 솔랑주에게 착륙을 위해 카지노 가까이 가라고 지시한다. 그러나 갈매기들의 공격으로 착륙이 난항을 겪는다. 토박이 새들에겐 이 미확인 비행 동물의 도착이 아니꼬운 게 분명하다.

무장한 노틱 보초병들이 방문자들을 알아보고 갈매기들에게 총을 쏴 공중을 터준다.

솔랑주는 해안에 내려앉는다. 이번에는 환영 위원회가 디거 때보다 훨씬 더 거창하다.

푸른 군복의 노틱 병사 10여 명이 그들을 둘러싼다. 다들 몹시 젊고 알리스를 알아보지 못한다.

　병사들은 한마디 말도 없이 노틱들이 궁전으로 개조한 카지노로 그들을 데려간다. 군사 지도로 장식된 접견실에서 윗도리에 훈장을 가득 단 장교 여럿이 왕을 둘러싸고 계속해서 논의 중이다.

　「안녕, 포세이돈.」 알리스는 그 자리의 사람들이 자기에게 관심조차 보이지 않는 것에 기분 상해서 인사한다.

　노틱의 왕은 주위에 침묵을 명한다.

　「여기는 무슨 볼일이세요, 어머니?」

　하데스보다 훨씬 냉담해.

　「날 만난 게 기쁘지 않니?」

　「여기서는 낯선 사람을 그리 반기지 않거든요.」 노틱의 왕은 뭔가 피하는 듯한 눈길로 말한다.

　살살 달래야 해. 당장 정면으로 맞서선 안 돼.

　「결국 넌 바다에 닿는 데 성공했구나. 네 종족의 꿈이 이뤄졌어. 축하한다.」

　「그건…… 감사해요.」 포세이돈은 허를 찔린 기색이 역력해서 말한다. 「어머니가 에어리얼들과 떠난 후 우리는 센강에 도달했어요. 짐배를 타고 강을 내려가 르아브르까지 갔죠. 그 후로는 해안을 따라 걸어서 도빌에 왔고요.」

　「정착하는 데는 별일 없었고?」 알리스는 지인과 가벼운 대화를 나누듯 말을 계속한다.

　노틱의 왕은 대화를 계속할지 말지 망설이다가 장교들에

게 물러가라는 신호를 한다.

「정말 알고 싶으시다면 말씀드릴게요. 그렇지 않았어요. 토박이 주민들과 몇 가지 문제가 있었거든요.」

「도빌의 생존자 사피엔스 주민?」

「아뇨, 돌고래요. 우리 노틱 무리 하나가 정어리 떼를 쫓다가 역시 거기 눈독 들이던 돌고래 무리에게 공격받았어요. 양쪽 모두 사망자와 부상자가 났죠. 돌고래들은 방해받으면 무시무시한 적이 될 수 있거든요.」

「그래도 너희 조상이잖니.」 과학자는 일깨운다.

「평화를 얻어 내기는 어려웠어요.」 노틱은 어머니의 지적에 대꾸하지 않고 말한다.

「그렇지만 넌 해냈구나.」

「노틱 하나가 상어에게 공격받는 새끼 돌고래를 구했어요. 그 행동으로 판세가 바뀌었죠. 노틱과 돌고래 사이에는 이 지역에 우글거리는 상어 떼와 맞서 싸우려는 자연스러운 동맹이 결성됐어요. 그 공동의 적이 우릴 단결시켰죠.」

「돌고래들과 협력하는 거야? 의사소통은 어떻게 하니?」

「우리가 그들의 언어를 배웠어요.」

그는 날카로운 소리를 몇 번 낸다.

「돌고래 언어에서, 처음 만난 사이는 누가 우위인지, 대등한지, 열위인지를 정하는 것부터 시작돼요. 정해진 영역에 나타난 낯선 존재는 당연히 열위죠. 우리가 거기 해당돼요. 몇 분 이상 숨을 참을 수 없는 어머니의 종족은 더더욱 그렇고요.」

그 말을 하는 경멸 어린 어조에 알리스는 언짢아진다.

「다음으로 우리의 정체성, 우리의 종으로 지칭되죠. 그러니까 중요한 순서대로 돌고래, 고래, 상어, 그다음이 우리, 그다음은 제대로 헤엄칠 줄 모르는 다른 종들 전체예요.」

무슨 의도로 이러는 거지? 날 모욕하려는 건가?

「그러고 나서야 비로소 개별적인 이름으로 자기소개를 할 수 있어요. 열위일 때는 복종의 의미로 숙이고 들어가야 해요.」

「전혀 몰랐구나.」 알리스는 그 말에 담긴 암시를 못 알아들은 척하며 정중하게 인정한다.

「솔직히 말씀드리자면, 돌고래들이 삶에서 주로 관심 있는 건 세 가지예요. 놀기, 사랑 나누기, 먹기. 꼭 그 순서대로는 아니지만요.」

「생명과 번식의 충동이지.」 알리스는 말한다. 「우리는 모두 그러도록 프로그래밍되었고, 그들은 나름의 방식대로 그러는 거야.」

「그야 그렇죠. 하지만 사랑 나누기에 있어서 그들은 정말 집착적이에요....... 옛날 사피엔스 사회에서였다면 그들은 성도착자에 성추행범으로 취급당했을 거예요. 우린 몇 번이나 노틱 여자들을 향한 그들의 열정을 진정시켜야 했죠.」

포세이돈이 돌고래들에 대해 말할 때 대단한 존중이 담긴 것을 알 수 있다.

그는 자신의 동물 혈통을 찾았고, 내 쪽보다 그쪽 조상들과 더 많은 공통점을 발견한 게 분명해.

「전 그들의 왕을 만나는 특권까지 누렸어요. 아주 위엄 있는 늙은 돌고래예요. 상상이 가시나요, 그는 1백 살이에요!」

돌고래는 임신 기간이 길고 따라서 수명도 더 길지. 뿌리를 깊게 뻗은 나무가 더 높이 자라는 것처럼. 무의식중에 포세이돈은 디거가 양의 종족이라면 노틱은 질의 종족임을 내게 이해시키려 하고 있어.

이런 임신 기간이 아마 그들 종이 장수하는 데 영향을 끼칠 거야. 박쥐는 최대 40년을 살지. 두더지는 20년. 우리 사피엔스조차 전쟁 전 기대 수명이 80세였고.

포세이돈은 말을 계속한다.

「예, 정말이지 그는 당신들 사피엔스는 물론 우리 혼종들조차 생각지도 못했던 많은 것을 이해하는 나이 든 현자예요. 그의 이름은 이래요. @#*.」

포세이돈의 입에서 나온 것은 이름이겠지만, 남아프리카 공화국 부시먼 언어의 흡착음과 비슷한 혀 차는 소리가 섞인 휘파람 소리에 가깝다.

「저는 그 @#*와 대화하는 특권을 누렸어요. 처음에 그는 저를 몹시 깔보았죠. 자기가 이전부터 이 영역에 있었음을 내세웠어요. 그는 제게 우리가 낯설 뿐 아니라 어리석은 존재라는 걸 주지시켰어요. 전 감내했어요. 그리고 우리가 그에게 유용할 수 있다는 점을 보여 줄 수 있었죠. 우린 협상을 했어요. 협력 협정을 맺었고요.」

「대단하구나……」

알리스는 성급해지기 시작한다.

「하지만 돌고래들과의 문제를 해결하기가 무섭게 영토 경계선에서 한층 더 골치 아픈 외부인들 문제를 처리해야 했어요.」

「디거를 말하는 거니? 그들은 외부인이 아니야, 너희 형제야.」

돌고래 인간은 일어서서 언성을 높인다.

「그들은 내 형제가 아니에요! 그들은…… 그들은…… 추해요! 게다가 작고, 더럽고, 근시죠. 그들은 야만적이에요. 자기들의 주식인 지렁이처럼 땅속에 살죠. 어머니는 그들에게 시간만 낭비하신 거예요. 그들은 결코 존재해선 안 됐어요.」

어떻게 이렇게까지 편협하게 변했을 수가 있지? 이게 1백 세 돌고래 왕이 가르쳐 줬다는 지혜인가?

「넌 무슨 말을 하는지도 모르고 지껄이고 있어.」 알리스는 쏘아붙인다. 「그 늙은 돌고래 왕 말이 맞아, 넌 어리석어.」

「하지만 그들을 보세요!」 포세이돈이 짜증을 낸다. 「아무 짝에도 쓸모없고 흉측해요. 우리의 육체는 이렇게 아름답고, 정신은 이렇게 명석한데! 언젠가 어머니는 자연의 진화는 어쩌면 아름다움이 목적일 거라 하셨죠. 우리가 제일 아름답다는 사실을 인정하세요. 매끄럽고, 유려하고, 유연하고, 윤기 흐르고, 푸르고…… 무엇보다 깨끗하고요. 그다음은 에어리얼이죠. 그들이 날아다니는 모습이 꽤 우아하다는 점은 인정하지만, 튀어나온 주둥이, 크고 둥근 검은 눈, 커다란 귀를 단 그들의 머리는 볼썽사나워요.」

그는 경멸 어린 표정으로 찡그린다.

「솔직히 디거들은 오소리를 닮았고 늘 모래나 진흙투성이여서 한층 혐오스러워요. 게다가 냄새도 난다고요! 그중에서도 제일 끔찍한 건 당연히 제가 추호도 형제로 여기지 않는 그 저질스러운 왕, 하데스, 지옥의 왕이에요! 잘 어울리는 이름이지 뭐예요.」

알리스는 화가 나서 한숨을 쉰다.

「충분히 들었다. 내가 여기 온 건 바로 하데스의 제안에 따라서고 내 창조물들이 서로 죽이고 있음을 알려 준 것도 그야.」

포세이돈은 어깨를 으쓱한다.

「우리에게 패배하리라는 걸 알았기에 어머니 도움을 받으려고 징징거린 거예요. 그리고 마땅히 우리 것인 승리를 빼앗긴다 해도, 우리는 바닷길을 장악하고 있으니 다른 대륙으로 떠나 새 도시들을 건설할 수 있어요. 그들은 어둠 속에서 터널을 파며 전진할 뿐이죠.」

「그렇다면 떠나거라! 너희는 섬들에 가서 발전하고 그들은 평화롭게 땅에 놔둬.」

포세이돈이 왕좌에서 내려온다.

「오랜 세월 이룩한 것을 우리가 왜 포기해야 하죠?」 그는 부르짖는다. 「우리 경계선을 무시하고 기어들어 온 건 디거들이라고요!」

「하데스 말로는 단순한 탐험이었다는데.」

노틱 왕은 유쾌하지 않은 웃음을 터뜨린다.

「그렇겠죠! 그들은 사방으로 탐험대를 보내 마을을 세우고 토끼처럼 번식해요! 우리가 한 아이를 낳아 교육할 때, 그들은 넷씩이나 낳아서 방치하고 총알받이로 쓴다고요!」

그래, 내가 생각하던 대로 그는 자기들이 수가 적고 따라서 질적으로 우월한 종이라 여겨. 왕성하게 번식하는, 어떤 의미로는 양에 의존하는 종과 비교해서 말이야.

「그리고 너희는 그들과 싸웠지.」 알리스가 말한다.

「잡초는 퍼지기 전에 잘라 버리는 게 좋아요.」

「끝없는 전쟁에 빠질지라도 말이냐?」

「우리는 스스로를 지킬 뿐이에요, 어머니. 그건 우리의 권리예요.」

그는 이 마지막 말을 난폭하게 내뱉었고 알리스는 그 점을 놓치지 않는다.

알리스는 카지노의 창밖을 내다보다가, 잠시 침묵 후에 제안한다.

「난 그래도 해결책은 있다고 믿는다. 각자의 영토 경계를 더 확실히 정하고, 에어리얼과의 경계 지대도 정하는 거야. 네 말이 맞아, 디거들의 번식 속도는 너희와 에어리얼보다 빨라. 결국 그들은 헤르메스의 종족과도 분쟁을 빚게 될 거야.」

「어쨌든 우리 세 종족의 전쟁은 불가피해요.」 포세이돈은 운명론적으로 힘주어 말한다. 「단 하나의 혼종만이 살아남아야 해요. 최고의 종이. 그리고 그건 우리일 겁니다.」

도를 넘는 어리석은 오만함 앞에서 알리스는 할 말을 잃는다.

「강한 자가 약자들을 제치고 살아남는다, 이건 어머니의 라마르크적 신념과 충돌하는 다윈주의적 성찰이로군요.」 노틱이 덧붙인다.

「난 생명체는 환경에 적응하기 위해 변화할 수 있다고 그 어느 때보다도 굳게 믿고 있다.」 알리스는 선언한다.

「라마르크는 비참하게 죽었어요.」

「하지만 그는 옳았어! 그의 사유를 주창한 내 조상 파울 카메러도 마찬가지고!」

평소에는 침착한 과학자가 갑자기 언성을 높이자 돌고래 인간은 놀란다.

「정말로 그 동물들과 논의할 수 있다고 생각하세요?」

이거야말로 화룡점정이군. 다른 혼종들을 동물 취급하고 있어.

「무엇보다도 너희가 전쟁을 계속하면 모든 걸 잃을 거라고 생각한다. 사피엔스가 3차 세계 대전을 벌였고 모든 걸 잃었듯이. 처참한 경험을 얼마나 계속해야 전쟁은 반드시 엔트로피로 이어진다는 것을 이해하겠니?」

「너무 늦었어요!」 노틱은 화를 낸다. 「여기서 멈추거나 돌아서기에 우리는 디거와의 싸움에 너무 많은 에너지를 쏟았어요.」

「너무 늦은 때란 없어.」 알리스는 한결 차분한 목소리로 말한다. 「내가 각 종족의 왕들끼리 회담을 열어 너희가 교섭할 수 있도록 하마.」

포세이돈은 창가의 알리스 곁으로 온다. 그도 멀리 보이는 풍경, 바다와 하늘을 바라본다.

「그 교섭의 목적이 뭐죠?」

「아이들을 살리는 것.」

그는 어깨를 으쓱한다.

「그런다고 달라질 건 없어요.」

「내가 제안하는 건, 각자 자기 관점을 설명하고 남들의 관점을 듣자는 거야.」

「하지만 그들은 우리처럼 생각하지 않아요, 어머니!」

「그게 바로 협상의 목적이야. 관점이 다른 사람들과 의견을 나누는 것. 넌 인간다운 면이 전혀 없는 돌고래들과도 협상에 성공했으니, 신체적이고 심리적으로 너희와 훨씬 가까운 혼종들과도 성공할 거야.」

포세이돈은 고집스레 대답이 없다.

「그 침묵은 긍정적인 답으로 받아들이겠다. 이해해 줘서 고맙구나. 이 회담이 열려 너희가 논의할 수 있도록 중립 지대를 찾아보마. 너희 셋에게는 공통분모가 있어. 인간성이라는 면이지.」

알리스는 작별 채비를 하지만 포세이돈이 붙잡는다.

「떠나시기 전에 말해 두고 싶은 사소한 일이 있어요, 어머니.」

시선을 회피하는군, 이번엔 또 뭘 통보하려는 거지?

「얘기하렴.」

「그러니까, 돌고래 말고도 우린 사피엔스와도 접촉했어요. 방사능이 견딜 만한 수준이 되자 은신처에서 나온 3차 세계 대전 생존자들이죠. 그들은 서쪽에서 왔어요.」

「그럼 채널 제도, 어쩌면 영국에서 왔을지도 모르겠구나.」 과학자는 자기 생각을 말한다. 「거기서는 충분히 고립된 지역을 찾아 살고 번식할 수 있었을 거야……. 그 만남이 어땠는데?」

「바로 그 부분을 말씀드리고 싶은 거예요. 그들은 큰 그물로 고기를 잡고 그들 역시 돌고래와는 경쟁 관계죠. 그 사피엔스들이 전에는 상어가 그랬듯 돌고래들을 공격했고 죽였어요. 외교적 동맹의 관점에서, 우리는 새 이웃과 옛 이웃 사이에서 선택해야만 했죠.」

「그래서 너희의 선택은…….」

「돌고래예요. 돌고래 왕과 저는 사피엔스가 너무 둔해 대화가 불가능한 동물이라는 결론에 이르렀어요. 우리는 그들과 싸워 이겼고…… 없앴죠.」

알리스는 경악한다.

「생존자 사피엔스들을 죽였다는 거야?」

불안한 표정으로 포세이돈을 뚫어지게 쳐다본다.

「그런 나무라는 표정으로 보지 마세요, 어머니. 살아가며 자기가 어느 편에 속할지 택해야 한다고 알려 주신 분은 바로 어머니세요. 우리에겐 돌고래가 미래의 동물로 여겨져요…….」

64

백과사전: 돌고래의 의사소통

 돌고래는 세 가지 방식으로 소통한다. 첫 번째로 돌고래는 분수공 아래 위치한 막을 진동시켜 휘파람 소리를 낸다. 이 막은 인간의 성대에 해당한다. 이 초음파 소리는 25만 헤르츠의 고음까지 올라갈 수 있고, 2만 헤르츠까지밖에 듣지 못하는 인간은 일부만 지각할 수 있다. 동물 행동학자들이 휘파람 소리 대화를 분석해 보니, 돌고래는 자기의 〈서명〉을 발신해 주변 돌고래들에게 자기를 알리는 것부터 시작한다. 그다음에는 매우 복잡한 문장들을 발화하는데 과학자들은 아직 이를 이해하는 데까지 가지 못했다. 그러나 캘리포니아의 스크립스 해양 연구소와 스톡홀름 왕립 공과 대학교에서 돌고래 언어를 인간 언어로 번역하는 사전을 편찬하는 특별한 알고리즘을 개발했다.
 두 번째 소통 수단은 흡착음을 내는 것으로 이는 주로 반향 위치 측정에 쓰인다. 이 소리는 5만 헤르츠대 음역에서 난다. 그렇게 해서 돌고래는 장애물이나 먹이가 있는 쪽으로 음파를 보낸다. 장애물에 부딪혀 반향된 음파를 아래턱뼈가 분석하고, 진동을 통해 속귀까지 전달한다. 이런 음파는 물고기들이 방향을 잃거나 죽을 수 있을 만큼 강력하게 발신되기도 한다.

마지막으로 돌고래는 서로 지느러미를 만져서 소통하기도 한다. 인간이 악수하면서 인사하는 것과 좀 비슷하다.

최근 연구에서 돌고래 무리마다 고유한 언어와 부모에게 배운 지식을 바탕으로 한 특정 문화가 있음이 밝혀졌다. 인간처럼, 돌고래는 매우 수다스러우며 먹이와 생존 문제 외의 다른 주제로도 대화를 나누는 듯하다.

에드몽 웰스, 『상대적이며 절대적인 지식의 백과사전』

65

파리.

멀리서 보자, 식물에 점령당한 수도는 정글 같다.

어디를 보아도 다채로운 꽃들, 새들, 곤충들이 가득하다.

가장 먼저 도착한 건 알리스다. 솔랑주는 그를 에펠탑 2층에 내려 준다. 전쟁 전에 르 쥘 베른 레스토랑이 있던 곳이다. 알리스는 자기 종의 색인 연분홍색 옷을 입었다. 이제 희끗희끗한 머리는 느슨하게 틀어 올렸다.

세 혼종 왕은 각자 병사 서른 명의 호위대를 거느리고 나왔다.

이 장소를 떠올린 것은 알리스다.

쥘 베른……. 『지구 속 여행』, 『해저 2만 리』, 『지구에서 달까지』……. 결국, 이 선구안 있는 작가의 작품을 좋아한다는 것부터 그들의 공통점이다.

그래서 알리스는 기분 좋은 장소를 만들기 위해 무성한 수풀을 제거하고 세 왕이 둘러앉도록 정사각형 테이블을 설치했다.

이 자리에 하데스는 퀴퀴파에 아직 남아 있던 얄타 체스를 가져왔다. 검은색, 하얀색, 파란색 세 진영으로 나뉜 육각형 체스 판은 앞으로 일어날 일의 상징인 듯 테이블 한가운데를 차지했다.

포세이돈은 군청색 장교 제복, 계급장 달린 모자, 군 훈장들을 단 차림이다. 하데스 역시 검은 군복과 모자에 훈장들을 달았다. 헤르메스만이 새하얀 평상복을 입었다. 군대 표시는 아무것도 달지 않았다.

논의가 시작되기 전 참석자들은 한참을 서로 바라본다. 알리스가 선언한다.

「너희 셋이 다 국제 우주 정거장의 투명한 실린더 속 실험적인 태아였던 때부터 오늘까지, 얼마나 많은 세월이 흘렀는지! 너희는 도시를, 왕국을, 군대를 탄생시킬 수 있었고 각자 야망들이 있지. 그 야망들이 때로 상충하더라도 말이다.」

알리스는 얄타 체스를 가리킨다.

「하데스, 이 게임을 가져오길 잘 했다. 너희는 분명 이 게임 판에서 벌였던 승부들을 기억할 거야.」

세 왕은 서로에게서 눈길을 떼지 않는다.

「그 시절에 게임은 직접적인 분쟁을 피하게 해주는 배출구였지.」 알리스는 계속한다.

잠시 사이를 둔다.

「혹시 잊어버렸을까 봐 말하는데, 나는 너희를 창조했고 내 동족들의 뜻을 거스르며 너희를 키웠어. 시간이 걸리고 에너지가 드는 일이었지. 난 너희를 교육하고, 언어를, 글쓰기를, 과학을, 내 종족의 역사를 가르쳤어. 너희가 사피엔스와 동일한 실수를 되풀이하지 않게 하기 위해서야. 요컨대, 난 너희를 사랑했어. 창조주가 제 피조물들을 사랑하듯. 어머니가 자식들을 사랑하듯.」

알리스는 그들을 지켜보다가 덧붙인다.

「그런 이유에서, 나는 너희 셋에게 책임을 느낀다. 내가 너희의 존재를 착상하게 된 단순한 아이디어를 한 문장으로 요약하고 싶구나. 미래의 시련들에 대처하기 위해 인류는 형태를 바꾸고 다양화되어야 한다는 거야. 나는 재난이 터졌을 때 물속에서, 공중에서, 땅속에서 살아갈 수 있는 새로운 인간을 창조하고 싶었어.」

그는 알타 체스의 세 왕, 하얀 왕, 검은 왕, 파란 왕을 양손으로 집어 삼각형으로 놓는다.

「내 동시대인들이 인류를 구하기 위해 모색했던 다른 해결책은 지구를 떠나는 거였어. 그 프로젝트의 이름은 〈파피용〉이었어. 태양계 밖의 행성을 개척하려는 거였지. 나는 혼종이라는 해결책이 더 마음에 들었어. 이쪽이 더 유연하게 적응하리라고 보았거든. 내 신념은 떠나선 안 된다는 거였어. 살아남기 위해서는 변모해야 해.」

왕들은 다시 세 개의 체스 말을 움직이는 알리스를 지켜본다.

「나는 우리가 이 행성에서, 함께, 그리고 이전과는 다르게 살아남을 수 있다고 믿어. 나에게 인류의 미래는 너희 셋이야. 그렇기에 이 회담이 중요한 거야.」

그는 하얀 왕을 판에 놓는다.

「그런데 내가 발토랑에서 사피엔스와 에어리얼이 화합하고 협동하는 공간의 탄생을 목격하고 있을 때…… 그건 참, 완벽한 성공인데 말야……, 근데 그때 노틱과 디거가 형제끼리 서로 죽이는 전쟁을 벌이고 있다는 전갈이 왔어.」

파란 왕과 검은 왕이 서로 마주보게 한다.

「내 아이 둘이 서로 싸우고 있어. 수많은 피해자를 남기며.」

앨리스는 검은 왕을 놓고 파란 왕을 손에 쥔다.

「그 후에는 포세이돈과 그의 무리가 채널 제도의 사피엔스 생존자들을 학살했음을 알게 되었지.」

「우리 입장을 변호하자면,」 노틱 왕이 끼어든다. 「사피엔스를 전부 제거하자고 강하게 주장한 건 돌고래들이었음을 분명히 해두고 싶군요. 그물 때문이었죠. 낚시 그물은 그들의 숙적이에요. 그리고 그들이 말해 줬는데 사피엔스는 돌고래를 먹는대요! 〈자연산 다랑어〉라고 쓰인 통조림 깡통에 담는다고요! 제대로 장례 치를 권리조차 없도록!」

앨리스는 대꾸하지 않는다.

「맞아, 우리 에어리얼은 사피엔스와 완벽한 통합을 이뤘지.」 헤르메스가 뽐낸다.

「우리 디거는 말하자면 적절한 거리를 두고 있어.」 하데스가 설명한다. 「우리가 목격한 떠돌이 인간 무리는 대개 넋이 나가 보여. 병든 것 같고. 그래서 우린 거리를 두지. 〈무접촉〉 정책이야.」

모두의 시선이 포세이돈에게 꽂히고, 그는 자신을 향한 질책을 분명히 느낀다.

「글쎄, 우리는 접촉 정책이고, 그것이 우리가 만난 인간 무리와의 치열한 전쟁과 철저한 제거로 이어진 것은 사실이지만, 난 이 선택을 밀고 나가겠어.」 돌고래 인간이 말한다. 「쉽지 않은 승리였고 난 이 승리가 자랑스러워. 너희의 수작은 빤히 보여. 감히 사피엔스를 죽였다고 내게 죄책감을 지우려는 거지. 그들은 신성한 종족이니까. 하지만 어떻게 신성하다는 거야? 힌두교도에게 암소가 신성한 것처럼?」

그가 손으로 테이블을 세게 내리치는 통에 체스 말 몇 개가 뒤엎어진다.

「난 사피엔스는 네안데르탈인과 똑같다고 생각해. 구식이고 시대에 뒤진 인간종. 공룡이 소행성 충돌로 멸종했다고? 사피엔스에겐 멸종의 계기마저 필요 없었어, 알아서 파멸했으니까!」

다른 두 혼종 왕은 조롱 섞인 웃음을 참지 못한다.

「내가 돌고래 친구들의 도움을 받아 그들과 싸우고 그들을 없앤 것은, 가장 약하고 덜 적응된 동물을 자연 도태시키는 진화의 과정에 박차를 가한 데 불과해. 그리고 죄송하지만, 어머니, 저는 제 선택을 고수해요. 전 라마르크보다 다윈 쪽이에요.」

다른 두 왕은 이 마지막 말이 앨리스에게 얼마나 상처일지 잘 알고, 그래서 난감해한다.

「포세이돈, 정말로 사피엔스를 제거하고 싶은 거냐?」 하데스는 알리스가 포세이돈에게 등 돌리게 할 기회라 여기고 묻는다.

「그들이 지구라는 무대에서 빨리 퇴장할수록, 이 행성의 모든 생물종의 삶이 더 나아질 거라고 생각해.」

다른 두 왕은 차마 알리스의 눈을 바라볼 수 없다.

「솔직해지자고.」 포세이돈이 제 형제들을 둘러보며 말한다. 「너희도 나와 같은 생각이잖아. 그걸 입 밖에 내지 못하는 단 한 가지 이유는…….」

「어머니에 대한 감사함이지.」 헤르메스가 분명히 밝힌다. 「안 계셨다면 지금 우리가 이렇게 존재하지도 못했지.」

「위선 떠는 건 그만둬! 어머니는 늙으셨어. 언젠간 돌아가실 거야. 그러면 어떻게 될까?」

헤르메스는 발언하려고 일어선다.

「어머니에겐 딸 오펠리가 있어. 내 반려자이고 곧 내 자식들을 낳아. 오펠리가 어머니 뒤를 이을 거야.」

이 선언에 다른 두 왕은 말이 없어진다.

박쥐 인간은 말을 계속한다.

「내가 내다보는 최상의 미래는 이래. 혼종들은 번성하며 각자의 문명을 건설해. 한편으로는 사피엔스와, 다른 한편으로는 혼혈들과 더불어 말이야. 이 아름다운 세상 전체가 서로 뒤섞이고 서로 도우며 사이좋게 살아가.」

포세이돈은 어이없다는 듯 시선을 하늘로 향하고, 하데스는 회의적인 표정이 된다.

「내가 바라는 미래이기도 하다.」 알리스가 동의한다.

「그렇겠죠, 어머니 사위니까요!」 포세이돈이 벌컥 화를 낸다. 「우리 제발 이런 가면무도회는 집어치우죠. 이 회담에서 바라는 게 뭔가요? 날 설득해 앞으로 만날 사피엔스들에게 잘 대해 주고, 어머니와 같은 종을 그토록 싫어하는 돌고래들과의 동맹을 깨게 하려는 건가요?」

그는 다시 주먹으로 테이블을 친다.

「내가 죽인 사피엔스들을 되살릴 수는 없어요. 마찬가지로, 사피엔스에게 품은 원망을 잊으라고 돌고래들을 설득하는 건 무리예요. 매일 돌고래의 왕은 내게 당신들이 저질렀던 참혹한 짓들을 얘기해 줘요, 어머니. 예전에 그들이 돌고래를 수족관에 가뒀다는 사실을 아시나요? 그 좁은 수조 속에서 돌고래들은 자기가 발신한 음파가 내벽에 부딪쳐 되돌아오는 걸 들으며 미쳐 갔다고요! 사피엔스들은 돌고래들이 그들 보는 앞에서 치욕적이고 수치스러운 행동을 하며 공연하도록 강제했죠.」

「하지만 먹여 주고 돌봐 줬잖아.」 헤르메스가 일깨운다.

「그 따위 것! 사피엔스들을 포획해 귀를 먹먹하게 하고 온갖 우스꽝스러운 곡예로 우리 아이들을 즐겁게 해주라고 명령하면 어떨 것 같아? 먹을 것과 보살핌을 받는 걸 특권이라 여길까?」

헤르메스는 체스 판에서 파란 폰을 집어 든다.

「그 정도인 줄은 몰랐어……. 이제는 돌고래들이 사피엔스에게 적의를 품은 게 이해가 간다.」

포세이돈이 논의의 주도권을 잡게 해선 안 돼. 대응해야 해, 그것도 빨리.

「전 모두에게 도덕적 설교나 비난을 들으러 여기 온 게 아니에요.」 포세이돈이 말을 잇는다. 「제멋대로 내 영토를 침범한 하데스의 디거들과 전쟁을 끝내러 온 거죠.」

「잘 알겠어, 그렇다면 협상을 시작하자.」 알리스는 그 말을 기회 삼아 말한다. 「내 제안은 이래. 가장 아이를 많이 낳고, 따라서 가장 널리 퍼지며 번식하는 디거가 해안에서 120킬로미터, 산에서 120킬로미터 이내에는 접근하지 않는 거야.」

「전 찬성이에요.」 포세이돈이 말한다.

「저도요.」 헤르메스도 말한다.

「전 아니에요! 절대 안 되고말고요!」 하데스가 노발대발하며 거부한다. 「결국 산과 바다 사이에 샌드위치처럼 낀 건 저예요. 그러니 저야말로 이해 당사자죠. 전 80킬로미터 거리를 제안해요.」

세 왕의 어조가 격해진다. 그러나 기나긴 토론과 논박이 오간 끝에 그럭저럭 만족스러운 타협안이 나온다. 디거는 해안과 산에서 1백 킬로미터 이내에는 개척지를 세우지 않고, 노틱은 강을 거슬러 올라가지 않는 것으로 한다.

「다른 나라, 다른 대륙은 어떻게 하죠?」 하데스가 묻는다. 「언젠간 우린 틀림없이 거기까지 가게 될 거예요.」

「같은 규칙을 적용하자.」 알리스가 제안한다. 「너희가 해안과 산기슭에서 1백 킬로미터 이내에 도시를 건설하지 않는 한 아무 데나 갈 수 있는 것으로.」

「대양을 건너고 산을 넘는 일은요?」하데스는 재차 묻는다.

「노틱이나 에어리얼에게 도움을 청해야지.」

「바로 그거야, 이제 가능한 협력 이야기를 하자. 우린 기꺼이 너희가 이주하는 걸 도울 거야.」헤르메스가 말한다.「하지만 우리도 거기서 얻는 이익이 있어야지.」

「나도 마찬가지야.」포세이돈도 거든다.「반대급부 없이는 안 돼.」

「어떤 반대급부를 원하는데?」두더지 인간의 왕은 긴 콧수염을 쓸어내리며 말한다.

「산에 터널을 뚫는 데 너희 도움이 필요할 수 있겠다.」헤르메스가 제안한다.

「아니면 관개 수로를 파거나.」포세이돈이 말을 받는다.

「그런 경우, 상황에 맞춰 외교관들의 중재로 개별 협상을 해야겠지. 그러니 각 공동체에 대사관을 창설하는 게 좋겠다.」

규칙은 최종 투표를 거쳐 승인된다. 그 후 노틱 왕이 말을 꺼낸다.

「그럼 사피엔스는 어떻게 하지?」

알리스는 날카롭게 대꾸한다.

「그야 우리는 사방에 있지. 우리는 전부터 여기 있었고, 내 말은, 여긴 우리…….」

「우리 행성이라고요? 그렇게 말씀하시려는 건가요?」헤르메스가 말을 끊는다.

「그 말대로야, 여긴 우리 행성이야.」

세 왕은 회의적인 표정으로 알리스를 본다.

아무리 그래도 그 점을 문제시하려 들지는 않겠지!

「우리 호모 사피엔스는 30만 년 전부터 있었어.」 알리스가 일깨운다.

「그래서요?」 포세이돈이 묻는다.

알리스는 자기가 그 정당성을 입증해야 한다는 게 믿어지지 않는다.

「그래서 우리는 모든 걸 발명했어. 불, 도구, 농업, 축산업, 언어, 문자, 숫자, 책, 전기, 컴퓨터 기술…….」

「그렇다고 해서 당신들에게 어디에나 있을 권리가 생기는지는 모르겠는데요.」 돌고래 인간이 반박한다. 「당신들은 과거예요. 우리는 미래고요.」

세 혼종은 반응을 기다리며 알리스를 주시한다.

이젠 거리낌조차 없군. 이들이 내가 약해진다고 느끼게 해선 안 돼. 강하게 보여야 해.

「정말 그런 얘기로 날 끌어들이고 싶니? 그래라. 너희가 진정 누구인지 일깨워 줘야 할까? 너희는 내…….」

「예, 알아요. 피조물이죠…….」 하데스가 말을 맺는다. 「하지만 이제 그럴 때는 지났어요. 사피엔스의 세력권을 정하는 게 어때요?」

「그건 우리 회담의 주제가 아니야.」 알리스는 강경하게 말한다.

세 왕은 더 이상 부모의 말을 두려워하지 않는 아이들처럼 저희끼리 통하는 눈짓을 주고받는다.

「지구에 살아남은 다른 사피엔스들이 분명 있을 거예요.」 하데스가 계속한다. 「우리끼리 조약을 체결해 그들과 원만하게 살아갈 방안을 마련해야 해요.」

무거운 침묵이 자리 잡는다.

「그래서 너희가 원하는 게 뭐냐?」 알리스는 짜증을 낸다.

「사피엔스 종족의 입장도 포함해 협상을 계속하는 거죠. 지구에 사는 다른 세 종족과 동등한 지위에서.」 하데스가 말한다. 「마침 여기 계신 김에요. 결국 사피엔스종의 대표로 어머니보다 나은 사람이 있겠어요? 우리도 어머니를 말이 통하는 협상 파트너로 받아들이고요.」

다른 둘도 동의한다.

「그런 논의에 참여하는 건 거부한다. 회담은 끝이야.」 알리스는 기막혀하며 내뱉는다. 「중요한 건 디거와 노틱의 전쟁을 끝내고 에어리얼에게까지 피해가 가지 않게 하는 거였어. 우린 평화를 회복했다. 너희 각자의 영역을 정하는 데도 합의를 이끌어 냈어. 이 모임의 논의는 끝났다. 조심히 돌아가거라, 얘들아.」

더 이상 그들에게 신경 쓰지도 않고 맞인사를 기다리지조차 않은 채 알리스는 일어선다. 초조하게 움직이다가 체스 말을 몽땅 엎고는 발코니로 나가 손가락을 입에 넣고 휘파람을 분다. 솔랑주가 나타난다.

솔랑주는 알리스의 겨드랑이를 붙잡고, 긴 날개를 펼치고 날아오른다.

66

「어떻게 됐어?」

「임무 완료야. 4차 세계 대전은 막았어.」 그들이 사는 넓은 산장 테라스에 착륙한 후 알리스는 뱅자맹에게 선언한다.

「그런데 무척 화가 나 보여.」

「아니야, 아무렇지 않아.」

뱅자맹은 그 말이 전혀 진실이 아님을 잘 알지만, 더 캐묻지 않는다. 알리스는 솔랑주에게 감사 인사를 하고, 배낭을 내려놓고 위층 욕실로 가서 틀어박힌다. 거기서 뜨거운 물로 목욕을 한다.

스트레스를 풀기에는 이만한 게 없지.

그런 다음 티셔츠와 청바지의 편한 차림으로 아래층에 내려간다. 피노 누아를 큰 잔에 따르고 굵은 장작이 타오르는 벽난로 앞 안락의자에 앉아, 발치에 병을 둔다.

뱅자맹이 맞은편 안락의자에 와서 앉아 말을 붙여 보려 한다.

「〈백과사전〉에, 이체 체계는 예측 가능하지만 삼체 체계는 예측 불능이라는 이론이 나온 장이 있어······.」

「개인적으로 내게 충격이었던 건, 엔트로피가 언급되는 대목이야. 방치된 상태에서 만물은 자연스럽게 혼돈을 향해 간다니······.」

알리스는 긴 한숨을 쉬고 포도주를 한 잔 더 따르더니 덧붙인다.

「내 창조물들이 이제는 자기들이 세상의 주인인 줄 알아. 우리를 빼고 저희끼리 협상하려고 해.」

알리스와 뱅자맹은 말없이 불 앞에 앉아 있다. 몇 분 후 조나탕이 거실에 들어온다.

「안녕하세요, 새엄마. 돌아오신 줄 몰랐어요. 그럼, 그 평화 회담이 성공리에 마무리됐나 보군요?」

알리스는 포도주를 한 모금 더 마시고 말한다.

「최악은 피했다고 해두자.」

조나탕은 눈빛으로 아버지에게 질문하지만, 아버지는 어쩔 도리 없다는 몸짓을 한다. 뱅자맹은 화제를 바꾸기로 한다.

「헤르메스가 한참 전에 너보다 먼저 돌아왔어. 내가 오늘 저녁 8시에 가족끼리 식사하자고 했어. 얼마 안 있으면 그와 오펠리가 올 거야.」 그가 손목시계를 들여다보며 말한다.

그러나 시간이 가도 아무도 오지 않는다. 뱅자맹은 그들에게 연락해 보지만 답이 없다. 그는 부엌에서 요리의 국물을 확인하더니, 먼저 식사를 시작하자고 한다.

「오르되브르를 먹고 있으면 곧 오겠지.」

뱅자맹은 전형적인 에어리얼 요리를 준비했다. 독수리 푸아그라에 드라이한 백포도주와 양파 조림을 곁들여 낸다.

알리스는 평소처럼 애인의 요리 솜씨에 대해 칭찬을 늘어놓지도 않고 한 입 한 입을 삼킨다.

「정말 괜찮은 거 맞아?」뱅자맹은 걱정한다.

「응, 그렇다니까, 다 괜찮아.」

아무렇지 않은 척하려고 알리스는 대화 주제를 찾는다.

「뉴 이비사 사람들의 도착은 어떻게 됐어?」

「꽤 잘 됐어요.」조나탕이 대답한다.「혼종과 섞여 사는 우리 사회가 어떻게 돌아가는지 이해하려면 시간이 걸리겠지만, 프랑키는 농담과 음악으로 분위기를 누그러뜨릴 줄 알더라고요. 약간 경직된 우리 사회에는 그들 같은 명랑한 파티광 무리가 꼭 필요했던 것 같아요. 이곳 사람들이 목에서 힘을 좀 빼는 것도 괜찮을 거예요.」

두 남자가 온갖 노력을 다하는데도 알리스는 독수리 푸아그라를 얹은 오픈 샌드위치를 급하게 삼키기만 한다.

「뭐가 걱정돼서 그래, 자기야?」뱅자맹이 중얼거린다.

「오펠리와 헤르메스는 왜 이렇게 늦지? 평소에는 이러지 않잖아. 헤르메스가 오늘 저녁엔 내 얼굴을 보고 싶지 않은지도 모르지만, 그래도 미리 알려 줄 수는 있잖아.」

「제가 가서 보고 올게요.」조나탕이 나선다.

「아니야, 그럴 거 없어, 분명 결국 올 거야.」

뱅자맹이 주요리를 가지러 간다. 쌀을 넣은 야생 염소고기 스튜인데, 알리스는 눈썹을 찌푸리고 기계적으로 먹는다.

「좋아, 참을 만큼 참았어.」뱅자맹이 식탁에 냅킨을 던지며 말한다.「무슨 일인지 말해 주지 않으면 내 스튜 도로 빼앗을 거야!」

알리스는 생각에 빠져 있다가 깨어난 것처럼 소스라치게 놀란다.

「미안해……. 네가 만든 스튜는 늘 그렇듯 정말 맛있어. 하지만 내 피조물들이 하는 짓 때문에 피곤해. 세상을 바꾸고 싶어 하는 게 무슨 소용이고, 남들에게 자기 관점을 이해시키려 애쓰는 게 무슨 소용이고, 미래를 계획하는 게 무슨 소용이지? 창조하는 게 다 무슨 소용이야?」

「왜 그러는 거야?」뱅자맹은 놀란다.

「내가 늙나 봐. 초기의 열정을 잃었어. 어쩌면 모든 어머니가, 자식들이 자라면, 그들의…… 결점 앞에서 분통 터지는 기분이 드나 봐.」

「넌 오펠리의 어머니기도 하잖아.」

「그것도 그래. 오펠리가 안 왔다는 게 짜증 나. 어쩌면 내가 물러나고 그 애에게 자리를 내줘야 할 때인지도 몰라.」

「쌍둥이를 낳으면, 오펠리에겐 사피엔스와 에어리얼의 동맹을 굳건히 할 정당성이 생길 거예요.」조나탕이 말한다.

뱅자맹은 알리스에게 포도주를 따라 주고 그의 뒤로 가서 어깨를 주무른다. 알리스는 뱅자맹의 손에 자기 손을 얹는다.

「넌 굉장해, 뱅자맹. 오늘 저녁 밝은 모습 보이지 못해서 정말 미안해. 하지만 파리에서의 회담이 씁쓸한 앙금을 남겼어. 프랑키를 초대해 분위기를 띄워 달라고 할 걸 그랬나 봐.」

갑자기 누군가 문을 거세게 두드린다.

놀란 뱅자맹이 가서 문을 연다. 완전히 정신이 나간 헤르메스가 거기 있고, 뚝뚝 끊어지는 소리로 외친다.

「와주세요, 빨리······. 큰일······ 났어요!」

알리스, 뱅자맹, 조나탕은 발토랑의 거리를 달려 헤르메스의 산장으로 간다.

비명 소리가 들린다.

오펠리!

알리스가 뛰어들어 가자 딸은 침대에 누워 고통으로 신음하고 있다. 얼굴에 손을 대본다. 이마가 불타는 듯하다.

「아파요, 엄마! 배가 너무 아파요!」

「진정해라, 얘야, 태아들의 건강을 위해서는 네가 침착해야 해.」

「지금 분만할 수는 없어요, 엄마, 너무 일러요! 너무 심하게 이르다고요!」 오펠리는 운다.

그 이후로 일어난 일은 젊은 여자의 걱정을 사실로 확인시켰을 뿐이다. 오펠리는 하혈을 하고, 고통으로 울부짖는다.

알리스, 뱅자맹, 조나탕은 번갈아 가며 오펠리의 곁에서 도움을 주려 애쓴다.

갑자기 쌍둥이 태아가 밖으로 나온다. 그러나 온갖 정성을 다 쏟았음에도 태아들은 움직임이 없다.

오펠리는 눈물에 젖어 있다. 뱅자맹은 두 조산아의 작은 시신을 내간다. 알리스는 딸을 품에 안는다.

「나 여기 있단다, 네 곁에 있어, 내 딸 오펠리…….」

하지만 젊은 여자는 심하게 몸부림치고 알리스는 물러날 수밖에 없다.

「헤르메스, 헤르메스, 어디 있어?」 오펠리는 부르짖는다.

헤르메스는 반려자의 손에 발을 얹는다.

「나 여기 있어, 내 사랑.」

그는 오펠리를 껴안고는 참지 못하여 가늘고 끝이 뾰족한 긴 혀로 눈물을 핥는다.

뱅자맹이 알리스의 어깨를 잡아 방 밖으로 데려가고, 조나탕도 뒤를 따른다.

「잠시 둘만 있을 시간이 필요할 거야, 가자…….」

67

 이후 며칠간, 이 고통스러운 상실을 극복하도록 도우려고 알리스는 딸의 곁을 지킨다. 딸을 뱅자맹의 산장으로 데려와 자기 옆방에 눕히고 침대 발치에 있는 안락의자에 앉아 매일을 보낸다.

 오펠리는 잠들어 있다. 알리스는 딸을 지켜본다. 방 창문으로 발토랑을 물끄러미 바라본다. 인접한 세 개의 산이 이루는 우묵한 분지에 자리 잡은 마을은 그가 온 후로 많이 변했다. 이제는 에어리얼들이 여행 가방이나 장바구니, 사피엔스 승객을 붙들고 하늘을 누빈다.

 버스 정류장 비슷한 이륙 플랫폼이 몇몇 산장 지붕에 세워졌고, 거기까지 올라가는 외부 계단도 지어졌다.

 색채도 변했다. 〈키메라 동네〉라 불리는 구역에는 모든 집이 온통 하얗게 칠해졌다. 그걸 보고 에어리얼이 사는 곳임을 알 수 있다.

 때때로 하늘에 혼종들이 긴 현수막을 휘날리며 지나간다. 그들 뒤로 나부끼는 광고는 에어리얼 맛집 식당의 장점을 늘어놓거나 날개를 빼낼 수 있게 특별 디자인된 옷 판매를 알린다.

오펠리가 침대에서 뒤척인다. 갑자기 악몽을 꾼 것처럼 소스라치게 놀라며 깨어난다.

「헤르메스!」 그가 외친다. 「헤르메스 어디 있어요? 왜 여기 없나요?」

「그는 아주 바쁘단다, 알잖니.」 어머니가 대답한다.

젊은 여자는 침착을 되찾으려고 집중한다. 알리스는 환자의 창백한 이마에 맺힌 땀을 닦아 준다.

「기분은 좀 어떠니?」

「전…… 텅 빈 기분이에요. 쓸모없는. 헤르메스는 늘 여기 없고…… 내가 유산한 뒤로 그는 달라졌어요. 더 냉담해요. 날 원망하고 유산이 내 책임이라 여기는 것처럼.」

「아가, 분명 그도 낙심했을 거야. 불행하기도 하고. 일에 몰두해서 그 생각을 하지 않으려 애쓰는 거지. 에어리얼의 왕으로서 그는 해야 할 일이 많단다. 개인적으로 아무리 슬픈 일이 있더라도 말이야.」

젊은 여자는 긴 한숨을 쉰다.

「엄마, 엄마는 저 때문에 많이 실망하지 않았어요?」

「바보 같은 소리! 그렇지 않아, 내 딸, 반대로 내게 없던 중대한 정보를 알게 됐잖니. 이제 네 덕에 사피엔스와 에어리얼의 이종 교배는 가능하지 않다는 걸 알게 됐어. 우리와 혼종 사이에는 종의 장벽이 확실히 존재하는 거야.」

「난 정말로 아이들이 태어나길 바랐어요…….」

젊은 여자는 다시 눈물을 흘린다.

내가 그 점을 생각해 보고 미리 언질을 줬어야 했어. 이 새로운 존재들은 어떤 모습이었을까? 그들은…… 반쪽 날개를 달고 태어났을까? 그러면 어떻게 날 수 있겠어? 뱅자맹이 내게 닭은 날개가 퇴화되어 날아오르지 못하게 됐고 모든 포식자의 먹잇감이 되었다고 일러 줬지.

「다른 타종 간 커플들에게 아이를 가질 수 없을 거라고 경고해 줄 수 있을 거야.」

젊은 여자의 흐느낌이 격해진다. 알리스는 딸을 품에 안는다.

「사랑이 반드시 출산으로 이어져야 하는 건 아니야. 그건 인간으로서 누리는 특권이지. 꼭 아이를 가질 계획이 없더라도 우리는 사랑할 수 있어. 나도 자궁 내막증 때문에 결코 2세를 가질 수 없을 거라 생각했단다……. 그런데 네가 생겼잖니!」

오펠리는 창밖의 하늘을 바라본다. 멀리서 뭔가가 관심을 끈다. 그는 눈을 가늘게 뜨고, 팔꿈치를 괴고 몸을 일으킨다. 여전히 하복부에 통증이 느껴지는데도 어찌어찌 일어서고, 알리스의 부축을 받아 창문까지 걸어가 양쪽 덧문을 연다.

마을 위에 떠 있는 헤르메스가 구름에 앉은 것처럼 보인다. 이 재미있는 우연에 오펠리는 웃고 애인 쪽으로 명랑하게 팔을 흔든다. 박쥐 인간은 연달아 공중회전을 하고, 잠시 정지 상태를 유지하다가 비행을 재개해 하트를 그린다. 곧장 오펠리도 손가락으로 공중에 하트를 그리고 입김을 불어 그에게 날려 보내는 시늉을 한다.

그때 두 여자는 공중에서 한 사람의 모습을 더 발견한다. 역시 공중에 하트를 그리는 에어리얼 여자다.

두 혼종은 이내 복잡한 공중 곡예를 연달아 펼치더니 서로의 날개에 안겨 포옹한다.

오펠리의 얼굴이 대번에 변한다. 그는 비틀거린다. 알리스가 부축한다.

「아니야……」 젊은 여자는 망연자실해서 중얼거린다.

알리스는 딸을 안고는 하늘에서 벌어지는 광경을 더 이상 보지 못하게 억지로 돌려세운다.

「난…… 난 이해할 수 없어요!」 오펠리는 회색 눈에 눈물이 글썽해서 더듬더듬 말한다.

「헤르메스는 혼종이야. 혼종들은 습성이 달라.」

「그렇지만……」

알리스는 딸을 달래려 한다.

「그들은 아직 젊은 종이고, 번식 충동이 추상적인 사랑의 감정보다 아마 훨씬 강할 거야. 우리 사피엔스종에서도 사랑이라는 감정은 매우 늦게야 나타났으니까.」

「추상적이요?」

「그래, 우리의 사랑의 감정은 때로 비합리적일 수 있어.」

오펠리는 침대에 앉아 가시 돋친 어조로 말한다.

「그럼 그가 벌써 다른 여자를 만나는 게 더 합리적인 일이란 말인가요?」

「같은 종의 암컷을 만나는 거지.」 알리스가 정정한다. 「그리고 그건 네가 어떻게 할 수 있는 게 아냐.」

충격을 받은 오펠리는 마취된 것처럼 도로 누워 베개에 머리를 파묻고 뜨거운 눈물을 흘린다.

얼간이 자식! 다른 여자와 있는 꼴을 자랑하기 전에 적어도 좀 기다려 줄 수는 있잖아. 정말이지 남자들은 이해할 수 없어, 혼종이든 사피엔스든. 그보다, 이해는 가지만 그들의 행동은 너무 이기적이야! 가엾은 내 아가, 넌 너희 커플이 현대성의 본보기라 믿었지만 아주 오래된 도식을 되풀이했을 뿐이었구나.

누군가 문을 두드린다. 알리스가 문을 열자 눈앞에 꽃다발을 든 조나탕이 있다.

「좀 어때요?」 그가 낮은 소리로 묻는다.

「그럭저럭.」

「아직도 배가 아프대요?」

「아니야, 지금은 그보다 가슴이 아파 큰일이야…….」

조나탕은 눈썹을 찡그린다.

「심장 문제요?」

「아니…… 감정 문제. 들어오렴.」

조나탕은 오펠리 곁으로 가서 손을 잡고 속삭인다.

「네가 그런 비극을 겪었다는 게 마음 아파. 나는…… 나는 날개가 없지만…… 그래도 네가 날 원할 때 난 여기 있어.」

젊은 여자는 흐느낌을 그치고 조나탕에게 가만히 손을 맡기고 있다.

그러더니 베개에서 고개를 들고 웃음 지으려 애쓴다.

「난 날아다니는 사람들은 좀 넌더리가 난 것 같아.」

그 말장난의 기만을 이렇게 뼈아프게 느꼈던 적이 없어. 나는 voler 왕이자 나는 자들voleurs의 왕 헤르메스.[4] 딱 맞는 이름이야.

연보라색 머리의 젊은 여자는 눈물을 닦고 웰스 청년의 눈을 들여다본다.

「내게 조금만 시간을 줘, 조나탕.」

「고난도 코스에서 스키 타는 것도 에어리얼과 나는 것 못지않은 즐거움을 안겨 줄 거야.」 젊은이는 상냥한 미소를 지으며 말한다.

대답 대신 오펠리는 그의 손을 조금 더 꼭 잡는다.

그러면서도 자기도 모르게 눈길은 자꾸만 창문으로 가고, 창밖으로는 아직도 헤르메스와 그 새 애인이 보인다.

조나탕은 이를 눈치채고 젊은 여자의 손을 조금 더 힘주어 쥔다.

두 젊은이는 다정한 시선을 주고받는다.

알리스는 훼방꾼이 되는 것 같아 둘만 남기고 방을 나온다.

거실로 내려가는 계단에서 뱅자맹과 마주친다.

「오펠리는 좀 어때?」

「여기 데려오길 잘한 것 같아. 네 아들이 그 애에게 크게 위안이 돼.」

알리스는 벽난로에 불을 지피고, 피노 누아 한 잔을 따라 안락의자에 앉는다.

---

[4] 프랑스어에서 날다/훔치다의 철자가 voler로 같으므로, 이 문장은 〈훔치는 왕이자 도둑들의 왕 헤르메스〉로도 해석 가능하다.

「다른 생각을 하고 싶어. 오펠리 일로 나도 몸과 마음이 상했어.」

「네 말이 맞아. 그리고 내가 좋은 생각을 해낸 것 같아…….」

뱅자맹은 기분 좋은 소리를 내며 타오르는 불을 마주하고 알리스 곁에 앉는다.

「네 변신 프로젝트는 세 원소를 기초로 했지. 에어리얼은 공기, 노틱은 물, 디거는 흙. 그런데 빠진 원소가 하나 있어. 전부 4원소니까…….」

「불?」 알리스는 난로에 장작을 하나 더 넣으며 말한다.

「공기의 하얀색, 물의 파란색, 흙의 검은색으로 이루어진 이 삼각형에 불의 노란색을 더해 안정시켜야겠다는 생각이 들지 않아?」

「새 혼종을 만들어 낼 장비가 없어.」

알리스는 다시 자리에 앉아 포도주가 든 다리가 긴 잔을 돌린다.

「그렇지 않아.」 뱅자맹이 받아친다. 「난 허가를 받아 짐 속에 세균전에 대비한 최신 장비를 챙겨 왔어. 시청 창고에 보관되어 있지.」

알리스는 잠시 생각하다가 말한다.

「실험에 필요한 특수 장비가 있더라도, 대체 불가능한 필수 재료가 없어. 불과 관련된 동물의 유전자 말이야.」

「그게 말이지…… 네 다음번 혼종에 필요한 생식 세포를 제공해 줄 동물이 있어. 여러 전설에서 불과 연관이 있기도 하고.」

「불사조?」 알리스는 농담조로 말한다.

「실제 존재하는 동물이야······.」

뱅자맹의 수수께끼 같은 태도에 알리스는 속이 터진다.

「모호한 말투는 그만둬! 어떤 실존하는 동물이 불과 연관 있는지 모르겠단 말이야. 신화 속에서도.」

「도롱뇽[5]이야.」 장관이 대답한다.

알리스는 놀라움을 감추지 못한다.

「네 번째 혼종으로 도롱뇽 인간을 창조하라는 거야?」

「그러면 4원소가 다 갖춰져. 물, 공기, 흙, 불. 넷으로 돌아가는 체계가 더······ 딱 떨어지고, 따라서 더 안정적이라는 건 말할 것도 없지.」

과학자는 벽난로 속 불꽃들의 춤에서 눈을 떼지 못한다.

뱅자맹은 계속해서 내 길잡이가 되어 줘. 박쥐 인간에 더해 두 혼종을 더 발명한다는 통찰력을 보였던 것도 그였어. 지금은 그들이 분쟁을 일으키고 있지만, 난 그 점을 고맙게 여겨.

「어머니 자연은 그르쳤거나 가망 없는 계획안을 폐기하는 게 아니라 거기에 새로운 점을 더한다고 말했던 건 바로 너잖아.」 그는 논리를 펼친다. 「도롱뇽 인간 혼종이 우리가 오늘 맞닥뜨린 문제에 해결책이 될 수도 있어.」

알리스는 불길을 응시한다.

---

[5] 도롱뇽을 뜻하는 프랑스어 살라망드르salamandre는 불 속에서도 살고 무시무시한 독을 지녔다고 믿어진 전설 속 상상의 동물을 뜻하기도 한다. 편의상 실제의 동물을 가리킬 때는 도롱뇽, 가공의 존재를 가리킬 때는 샐러맨더로 옮겼다.

그의 말이 맞아. 어쩌면 위대한 사유란 그것일지 몰라. 지나간 실수를 두고 자기 연민에 빠지는 대신 계속 앞으로 나아가는 것. 네 번째 원소인 불의 정복에 나서지 못할 것도 없잖아? 난 은퇴할 나이가 아니고, 아직 저력이 있어. 자연이 그 피조물들을 다양화하도록 돕는 데 내가 유용할 수 있어.

뱅자맹이 일어나 자기 서재에서 『상대적이며 절대적인 지식의 백과사전』을 가져오더니 펼친 채로 내민다.

「도롱뇽이 왜 불과 결부되었는지 알 수 있을 거야.」

알리스는 읽는다. 그 장에서는 도롱뇽과 속 빈 나무 그루터기에서 즐겨 동면하는 그들의 습성이 언급된다. 그런데 그 나무가 장작용으로 수거되는 일이 종종 있었다. 난로에 들어간 장작은 불타오르고, 그러면 깨어나서 기어 나오는 도롱뇽들은 불 속에서 솟아나는 것처럼 보였다. 도롱뇽과 불의 연관성은 또 하나 있다. 검은색에 선명한 노란색 반점이 있는 프랑스 도롱뇽은 침에 독이 있어 만지려는 이의 피부를 타는 듯 쓰라리게 했고, 그래서 민간전승에서는 도롱뇽을 불과 연관 짓게 되었다.

계속 읽으면서 알리스는 1510년 식물학자이자 의사인 요아힘 카메라리우스[6]가 〈도롱뇽은 불 속에서 살아남을 수 있는 유일한 동물이다〉라고 언급했음을 알게 된다. 『백과사

---

[6] 1534~1598, 독일 뉘른베르크 출신. 같은 이름의 아버지(1500~1574)가 저명한 루터파 신학자였으므로 아버지를 대카메라리우스, 아들을 소카메라리우스로 구분해 부르기도 한다. 그런데 그가 도롱뇽을 언급한 것은 1590년으로 보인다.

전』에 따르면 그런 이유에서 프랑수아 1세는 샐러맨더를 문장으로 택했는데, 모든 시련을 극복하고 살아남으리라는 메시지를 전하는 것이었다. 그리고 그가 문구로 택한 〈Nutrisco et extinguo〉는 〈나는 [좋은 불을] 키우고 [나쁜 불을] 멸한다〉는 의미였다.

다음으로 알게 된 것은 1565년 스위스의 철학자, 의사, 연금술사인 파라셀수스가 네 원소를 특정한 마법적 피조물과 연결했다는 사실이다. 흙은 산의 땅속에 사는 난쟁이, 물은 호수와 강에 사는 여자 정령 운디네, 공기의 정령은 실프, 그리고…… 불은 샐러맨더. 프랑스 포병대 역시 불길에 둘러싸인 샐러맨더를 문장으로 삼았고, 〈우리 역시 불의 시련을 겪는다〉는 문구가 새겨졌다. 마지막으로 앨리스는 1750년 피에르 루이 모로 드 모페르튀이[7]가 도롱뇽이 불에서도 죽지 않는다는 전설의 사실 여부를 확인하려 했음을 알게 된다. 그는 도롱뇽 수십 마리를 난로에 던졌고 〈과학적으로〉 그 전설이…… 거짓임을 확인했다.

「발토랑 어디에서 도롱뇽을 찾지?」 앨리스는 책을 무릎에 내려놓으며 말한다.

「크뢰제 자연 동물원을 한 바퀴 둘러보자. 난 이미 여러 번 가봤는데, 아직 거긴 동물이 많아.」

「그 오랜 세월 우리나 수족관 속에서 살아남은 거야?」 과학자는 놀란다.

---

7 1698~1759, 프랑스의 수학자이자 천문학자. 뉴턴의 만유인력 법칙을 프랑스에 처음 소개했고 최소 작용의 원리를 발견했다.

「야외에 조성된 자연 서식지에 사는 동물도 있거든. 그들은 계속 거기 살면서 인간의 개입 없이 번식했어.」

「그래서 도롱뇽이 있다는 거지?」

「정확히 말하면 아홀로틀 도롱뇽이야. 늪처럼 꾸민 작은 연못에서 살아.」

「아홀로트가 뭐야?」

「〈아홀로틀〉이라고 발음해. 끝이 〈틀〉이야. 아즈텍에서 유래한 멕시코 단어야.」

알리스는 눈앞의 잉걸불에서 시선을 떼지 못한다.

「아홀로틀?」

「여길 봐.」 뱅자맹은 연인의 무릎에서 『백과사전』을 집어 다시 펼치며 말한다. 「이 몹시 독특한 도롱뇽에 대한 항목이 있어.」

68

백과사전: 아홀로틀

아홀로틀(암비스토마 멕시카눔)은 몸길이 25센티미터의 도롱뇽으로 손상되거나 절단된 기관을 끝없이 재생하는 놀라운 능력이 있다.

아홀로틀이 다리 한 짝이나 꼬리나 어느 부위든 신체 일부를 잃으면 — 눈, 척추, 척수, 신경, 심지어 뇌까지 포함된다 — 그 부위는 다시 자라난다.

〈유형 성숙(幼形成熟)〉이라 불리는 이 놀라운 능력은 아홀로틀이 물속에 있는 동안은 양수 속 태아처럼 유생 상태에 머무르기 때문이다.

즉 모든 세포가 동물 전체의 종합 설계도를 지니고 있다. 세포 한 무리가 파괴되면, 상처가 그대로 아무는 것이 아니라 절단된 부위가 자라나 사라진 세포와 똑같이 재생된다.

이런 자기 재생 능력을 지녔기에 아홀로틀은 노화할 수 없고 따라서 이론적으로 불멸이다.

아홀로틀의 다른 놀라운 능력은 〈커다란 태아〉 상태임에도 수컷과 암컷 아홀로틀이 번식할 수 있다는 점이다.

그러나 물에서 나오는 순간 아홀로틀 도롱뇽은 완전 변태를 겪는다. 아가미 호흡을 그만두고 폐가 발달한다. 피부는 불투명하게 변하고 색이 더 짙어진다. 생물학적 시계가 작동을 시작해 아홀로틀은 다른 모든 동물처럼 노화한다. 기관이 잘리면 더 이상 재생되지 않고 그대로 아문다.

아홀로틀은 멕시코 산속의 큰 호수에 살며 2006년부터 멸종 위기 종으로 분류된다. 지금은 호히밀코호와 할코호, 두 호수에서만 찾아볼 수 있으며, 둘 다 멕시코 중부 고도 2천 미터에 있다. 멸종 위기를 맞은 건, 섬세한 풍미의 맛이 있어 이들 호수 근처 주민들이 즐겨 먹는 요리 재료가 되기 때문이다. 그들의 장수 비결을 향한 과학자들의 끝없는 관심도 다른 이유다. 다들 인간의 자기 재생을 가능하게 할 그 미스터리를 파헤치려 혈안이다.

아홀로틀이 천적들이 입힌 상처와 세월의 흐름은 이겨 왔어도, 식도락과 불멸 가능성에 대한 인간의 호기심은 어쩌면 그들에게 치명적일지 모른다.

에드몽 웰스, 『상대적이며 절대적인 지식의 백과사전』

69

인간과 도롱뇽 혼종은 세상에 눈을 뜬다.

마치 형식상, 주변을 안심시키기 위해 그런다는 듯 첫울음을 터뜨리고 약간 울더니, 자기 탄생의 자리에 참석한 이들을 하나씩 바라본다.

현장은 뱅자맹의 산장 거실로, 이 일을 위해 실험실로 개조되었다.

이 새로운 혼종을 탄생시키기까지 3년이 필요했다.

알리스는 하얀 가운 차림이다. 막 60대에 들어선 그는 이제 이런 식의 실험 조작에 경험이 많고, 뱅자맹이 제공한 최신 장비 덕분에 큰 어려움 없이 이 새 개체를 창조하는 데 성공했다.

심장이 뛰고 호흡이 규칙적이라는 것을 확인하자 그는 새로 태어난 존재를 붉은 벨벳으로 된 요람에 넣는다.

이렇게 사랑스러운 존재는 처음 봐. 과학자의 머릿속에 처음 떠오르는 생각이다.

첫 세 혼종 신생아와 달리 이번에는 암컷이다. 몇 가지 사소한 차이를 제외하면 사피엔스 여자와 굉장히 닮았고, 알리스는 즉시 그 점들을 관찰 노트에 적는다.

4. 파이어
학명: 호모 이그니스

개별 특성
출생 시 신장: 30센티미터.
예상되는 성체 신장: 호모 사피엔스보다 작음.
색: 노르스름한 투명 비닐이 여러 겹 포개진 것 같은, 반투명한 여러 층으로 이루어진 노란 피부.
황금빛 큰 눈이 있는 둥근 머리.
끝으로 갈수록 거무스름하게 짙어지는 빨간색의 아주 굵은 머리카락.
꼬리 흔적 존재.

「이름을 뭐라고 짓지?」 어깨 너머로 알리스의 기록을 읽던 뱅자맹이 묻는다. 「이번에도 올림포스의 신 이름?」
「〈악셀〉이 좋겠어.」
「아홀로틀인 악셀…….」 뱅자맹이 되풀이한다. 「어감이 좋은데.」
「그리고 내 기억으로는 히브리어로 악셀은 〈평화를 가져오는 자〉라는 뜻이야. 그거야말로 우리에게 가장 필요한 거잖아.」

「꼭 일본 애니메이션 캐릭터 같아요.」 임신 7개월인 오펠리가 의견을 말한다.

뱅자맹 웰스는 아기를 들어 올려 무게를 가늠해 본다.

「그런데 악셀은 무척 가볍네…….」

「정상적인 거야.」 알리스는 설명한다. 「도롱뇽은 뼈 밀도가 인간보다 낮거든.」

알리스는 내친김에 다른 세 혼종 때처럼 144명의 도롱뇽 인간 혼종 한 세대를 탄생시키고 싶었다. 하지만 유전자 조작에 필수적인 기구 하나가 고장 났고, 뱅자맹은 복잡한 전자 부품으로 이뤄진 그 기구를 고칠 방법을 찾지 못했다.

「다른 혼종들을 만들 수 없으니, 악셀은 유일무이한 도롱뇽 여자가 되는 거야…….」 요람에서 몸을 비트는 신생아를 보며 과학자는 말한다.

뱅자맹이 옳았어. 네 원소, 공기, 물, 흙, 그리고 불. 즉 네 혼종, 네 가지 색.

몇 주 후, 이번에는 오펠리가 생명을 탄생시킨다. 신생아는 순수한 사피엔스로, 다갈색 머리의 사내아이이고 오펠리와 조나탕은 자샤리라는 이름을 짓는다.

인류를 구하겠다는 내 원대한 프로젝트는 다른 식으로 다시 시작돼.

악셀과 자샤리는 다음 세대의 상징이고, 이미 많은 희망을 안고 있어.

70

그는 찾아내지 못한다.

악셀과 자샤리 웰스가 남매처럼 나란히 자란 지도 이제 10년이다.

그날 오후, 속이 빈 나무 그루터기에 틀어박혀 있던 소녀는 자샤리가 자기를 찾지 못하리라는 것을 알아차린다. 숨는 장소를 너무 잘 골랐다.

그래서 소녀는 기다림을 그만두고 모습을 드러내기로 한다.

「자샤리! 내가 이겼어! 나 여기 있어!」

아무도 대답하지 않는다. 한층 큰 소리로 외친다.

「이번에도 내가 숨바꼭질에서 이겼어!」

대답이 없다. 남동생은 거기 없다. 악셀은 주위를 둘러본다. 눈 덮인 숲 한복판에 자기 혼자다. 발토랑으로 돌아가기로 마음먹는다.

그러나 흰 가루에 뒤덮여 똑같아 보이는 풍경과 **빽빽**한 전나무들 사이에서는 더 이상 아무것도 분간할 수 없다.

악셀은 이따금 멈춰 서서 소리친다.

「자샤리! 자샤리! 나 숨바꼭질 그만할래! 나 여기 있어!」

어떤 때는 이기는 게 지는 것보다 고생스럽다고 악셀은 생각한다.

「어어이, 자샤리!」

갑자기 뒤에서 무슨 소리가 들린다.

「자샤리? 너니?」

소리가 뚜렷해진다. 육중한 발소리 같다.

악셀은 뒤를 돌아본다. 눈앞에 있는 모습은 자샤리보다 훨씬 덩치가 크고 훨씬 털이 많으며, 요란한 숨소리를 내며 주둥이 속 거대한 송곳니를 드러내고 있다.

큰곰이다.

몇 미터 떨어진 곳에 있다.

곰은 때로는 두 발로, 때로는 네발로 움직인다.

곰은 둥근 눈으로 악셀을 관찰하고 냄새를 잘 맡으려고 주둥이를 벌름거린다. 그리고 냄새가 전혀 마음에 들지 않는 듯하다.

「진정해…… 진정해…….」악셀은 두려움을 내보이지 않으려 애쓰면서 뒷걸음질 치며 말한다.

하지만 곰은 계속 다가온다.

악셀은 달리기 시작하고, 거대한 동물은 먹잇감이 달아나는 것을 보고 성나서 으르렁거리며 뒤쫓는다.

육중한 덩치가 눈 속을 가르고 땅을 뒤흔들고 덤불을 짓밟는다.

악셀은 살려 달라고 외치지조차 않는다. 이렇게 거대한 짐승 앞에서 어린 여자아이가 무얼 할 수 있겠는가?

점점 빨리 달리지만 소용없다. 더 힘세고 빠른 곰이 가까워진다.

별안간 악셀은 나무뿌리에 발부리가 걸려 눈 속에 고꾸라진다.

고개를 들자 짐승의 숨소리가 아주 가까이서 들린다. 곰의 냄새까지 맡을 수 있다.

천천히 일어선다. 땅바닥에서 나뭇가지 하나를 찾아, 움켜쥐고 투창처럼 던진다. 하지만 곰은 힘센 앞발로 그것을 잔가지처럼 날려 버린다.

악셀은 뒷걸음질 친다.

「안 돼.」악셀은 단호한 투로 말한다.「더 가까이 오지 마…….」

곰이 이빨을 드러내는데, 소녀의 뒤에서 누군가 속삭인다.

「네가 이긴 것 같아.」

등 뒤에, 자샤리가 한 손에 큰 돌을, 다른 손에 막대기를 들고 있다.

「네가 어디 숨었을까 하면서 여기저기 다 찾았는데, 네가 멋지게 날 이겼어…….」그는 분위기를 누그러뜨리려 애쓰며 말한다.

「그러니까…… 저 녀석이 너보다 날 먼저 찾았다는 거지.」

「가만히 내 뒤로 와…….」

떨리는 목소리에서 그 역시 겁에 질렸음이 드러난다.

악셀은 곰에게서 눈을 떼지 않고 그 말을 따른다.

그때 자샤리가 온 힘을 다해 돌을 던져 곰의 눈에 상처를 입힌다. 격분한 곰은 입을 벌리고 빨간 머리 소년에게 달려든다. 악셀이 다른 돌을 주워 던져 곰의 턱을 맞추는 데 성공한다.

곰은 턱에서 딱딱 소리를 내며 앞발로 세게 후려치고 두 아이는 가까스로 피하지만, 길고 날카로운 발톱이 목표물에 맞아 악셀의 팔을 어깨에서 뽑아낸다.

자샤리는 잠시 멍해진다.

「별거 아냐!」 소녀가 말한다. 「계속해!」

소년은 길고 뾰족한 나뭇조각을 주워 단검처럼 쥔다. 그것을 곰의 경정맥 깊이 박아 넣는 데 성공한다. 피가 솟구친다.

동물은 울부짖는다. 이 틈을 타 자샤리는 악셀을 일으킨다.

두 아이는 도망친다.

충분히 떨어진 곳까지 가자, 둘은 숨을 고르려고 멈춰 서고 곰이 더는 따라오지 않는 것을 확인한다.

「네 팔!」 소년이 놀란다. 「피가 나지 않잖아……」

두 아이는 악셀의 다친 어깨를 본다. 뼈가 드러났지만 출혈은 없다. 조금 투명한 노란 살은 젤리 같다.

「기다려.」 자샤리가 말한다. 「네 팔을 찾아올게.」

그리고 소녀가 말리기도 전에 온 길을 되돌아가, 곰이 더이상 주변에 어슬렁거리지 않는 것을 확인하고 절단된 팔을 주위 든다.

그런 다음 악셀에게 돌아가 함께 뱅자맹과 알리스의 산장까지 길을 찾아간다.

이제 70세가 넘은 알리스는 안경을 끼고 상처를 살펴본다.

「우린 숨바꼭질을 하다가 곰을 만났어요. 하지만 다행인 건 제가 팔을 찾아왔다는 거예요.」

자샤리는 잘린 팔을 보인다.

알리스는 거칠게 뜯긴 어깨와 몸에서 분리된 팔을 살펴본다. 자기 존재를 알리려는 듯 손가락이 아직도 꿈틀거린다.

부모님 댁 정원에서 고양이 발에 맞아 잘린 도마뱀 꼬리를 본 적 있었지. 똑같이 신경 경련으로 움찔거렸어.

「아프니?」 뱅자맹이 묻는다.

「아뇨. 잘린 데가 조금 쿡쿡 쑤실 뿐이에요.」

이제 머리가 잿빛이 된 뱅자맹도 잘린 팔을 들여다본다.

알리스는 투명한 노란 피부와 황금빛 눈과 끝이 검은 빨간 머리칼을 지닌 아이의 어깨를 유심히 살핀다.

그렇다면 악셀은 정말 불멸인 거야…….

「악셀에겐 아홀로틀의 유형 성숙 능력이 있어.」 알리스는 설명한다.

뱅자맹은 팔을 거실의 낮은 테이블에 내려놓는다. 잘린 팔은 버림받아 실망한 듯 팔꿈치께가 구부러진다.

「저건 어떻게 돼요?」 자샤리가 묻는다.

「이론적으로는 몸 전체를 다시 자라나게 할 수 있어. 세포에 악셀 전체의 프로그래밍이 들어 있거든. 하지만 저기엔 심장이나 뇌가 전혀 들어 있지 않으니, 내 생각엔 결국……시들 것 같구나.」 알리스가 대답한다.

「왜 어떤 부분은 계속해서 자라고 다른 부분은 그렇지 않아요?」 자샤리가 묻는다.

악셀이 설명한다.

「내 느낌으로는, 몸에서 완전히 재생되는 부위는 의식이 가장 많이 자리하는 부위야. 그리고 엄마 말대로 사실상 그건 뇌가 더 많이 있는 부분이지.」

「그럼 만일 네 머리를 둘로 잘라서, 뇌를 정확히 반으로 나누면 딜레마가 생기겠네. 의식이 한쪽 반에 많은가 다른 쪽 반에 많은가?」 자샤리가 흥미로워하며 묻는다.

그 생각은 한 번도 안 해봤군…….

「어느 쪽에 깃들고 싶은지 정하는 건 내 정신이야.」 악셀이 말한다. 「정신이 어느 부위에 뇌가 가장 많은지 선택하는 거야. 거기서 가장 신속하게 작동할 수 있을 테니까.」

「굉장하다.」 자샤리가 감탄한다. 「그럼 다음에는?」

「여전히 유형 성숙 원칙에 따라, 악셀은 팔이 다시 자라나길 기다려야지.」 알리스가 안경을 이마로 올리며 말한다. 「한 가지 의문만 남았어. 손, 손가락, 손톱을 갖춘 완전한 팔이 자라나려면 시간이 얼마나 걸리는가…….」

대답을 얻은 것은 5주 후, 아홀로틀 소녀 악셀의 팔이 온전히 재생되었을 때다.

도롱뇽 아이의 능력들은 나날이 계속해서 두 노과학자를

놀라게 한다. 자샤리와 노는 악셀을 멀리서 바라보다가, 알리스는 말한다.

「악셀은 단 하나뿐인 존재지만, 저 혼자만으로 생태계에서 세 혼종 사촌에 맞먹는 영향력을 발휘해. 마치 우리가 양을 질로 대체한 것 같아.」

「손상 입은 신체 부위가 재생되는 경험, 그리고 죽도록 프로그램되지 않았다는 사실이 새로운 지평을 열어 주는 거야.」뱅자맹이 생각에 잠겨 말한다.

그는 동반자의 팔꿈치를 잡고 정원과 산장 사이 계단을 오르도록 도와준다. 알리스는 류머티즘 발작을 앓고 있어 때때로 거동이 불편하다. 너무나 활동적인 알리스로서는 몹시 짜증스러운 일이다.

「악셀은 저 혼자서 우리 문화, 우리의 과학적 발견들, 우리 가치들의 보고 역할을 할 수 있어.」알리스는 머릿속의 생각을 입 밖에 낸다. 「40년 전 우리가 겪었던 세계 대전 같은 사태가 다시 닥쳐도, 그 애는 문명을 재탄생시킬 수 있을 거야……..」

실제로, 이 무렵 두 아이가 동시에 학생이 되었음에도 악셀이 받는 교육은 자샤리와는 다르다.

알리스의 말에 따르면 악셀은 문학에 출중하면서 동시에 수학에도 출중해야 한다. 예술과 과학을 알아야 한다. 최대한의 지식과 최대한의 예지를 축적해, 상처 입거나 절단된 신체 부위가 그러하듯 구세계가 그에게서 재생될 수 있게 하는 일종의 보증이 되어야 한다.

이 폭넓고 깊은 교육은 그만큼 전폭적이라 악셀에게는 고

되다. 어머니의 한없는 기대를 잘 알기에, 악셀은 수업을 자기가 만들어 낸 게임으로 바꾸자고 제안했다. 역사와 지리는 기억력 게임, 화학과 물리는 수수께끼, 체육은 재주 부리기가 된다. 악셀은 실패에 대한 두려움이 아닌 발견하고 체험하는 즐거움을 통해 배운다.

기분 전환을 위해 알리스는 종종 오펠리에게 산으로 장거리 산책을 가자고 권한다. 두 여자는 소란스러움에서 멀어진 이 순간을 함께 즐기길 좋아한다. 두툼한 분홍색 파카를 입은 어머니는 연보라색 파카를 입은 딸과 팔짱을 끼고 발토랑 중앙로를 걸어간다.

고령에 때때로 류머티즘으로 골치를 앓으면서도 여전히 적극적으로 스포츠를 즐기고, 여행을 하고, 새로운 일들을 벌이는 어머니의 활기참이 오펠리는 놀랍다. 역설적으로, 오펠리는 겨우 마흔 살 가까이 된 자기가 어머니보다 더 집에 틀어박혀 지내는 것 같다고 느낀다. 그는 반려자 조나탕과 아들 자샤리와 함께 집에서 조용히 지내는 게 좋다. 오펠리에게 이상적인 저녁 시간은 불가에서 클래식 음악을 듣고 차를 마시며 책을 읽는 것이다. 그 일상에서 벗어나도록 매번 등을 떠미는 것은 어머니다.

둘은 오르막길을 올라간다. 알리스는 전혀 숨찬 기색 없이 이야기를 계속한다. 입술에서 구름처럼 입김이 피어오른다.

「악셀은 정말 놀라운 아이지만, 그 애 때문에 걱정되기도 해.」알리스가 말한다.

「그래도 그 애는 날 줄도, 헤엄칠 줄도, 땅 팔 줄도 모르잖아요……. 엄마의 다른 피조물들과는 또 다르니 걱정하실 필요 없어요…….」

「사유할 줄 알지. 그 애가 모든 논리 게임에서 얼마나 뛰어난지 봤지? 그리고 그 애는 계속해서 앞서가길 즐거워해. 지식에 목말라 있어.」

「확실히 악셀은 자샤리보다 훨씬 성숙해요.」 오펠리가 말한다. 「자샤리도 악셀이 보여 주는 재빠른 두뇌 회전의 덕을 보지만요. 더 빨리 배우려는 동기 부여가 되거든요.」

둘은 눈과 자갈밭 사이 한결 평탄한 지형에 다다른다.

「나 역시 그 애들을 지켜보고 있어.」 알리스가 말을 받는다. 「둘은 함께 온갖 전략 게임, 기억력 게임, 수수께끼 풀이를 하며 놀지……. 둘의 마음을 서로 통하게 묶어 주는 놀이들이야. 자기 〈남동생〉이라 부르는 이에게 창피 주지 않기 위해 악셀이 지는 척할 때가 많다는 걸 자샤리도 잘 알지만 말이야.」

「정말 대단해요.」 오펠리가 인정한다. 「그 둘은 서로 영향을 주고받으며 발전하는 두 영혼의 시너지를 이상적으로 보여 줘요. 그렇게 잘 통하는 한 쌍은 거의 없죠.」

내 어머니. 내 딸. 내 손자. 각자 전 세대와 똑같은 도전에 맞서고 있어. 자기들의 사랑을 살리는 것.

알리스는 걷기 좋은 리듬을 찾지만, 딸로서는 조금 **빠른** 속도라 따라가기 힘에 부치기 시작한다.

「우리가 쏟은 교육 그 이상으로, 악셀에겐 제 종 특유의 사고 방식이 있어서 독창적인 해결책을 찾을 수 있지.」

「어떤 해결책요?」 오펠리가 조금 숨이 차서 묻는다.

「예를 들어 그 애는 대화 상대를 분석해서 늘 상대가 듣고 싶어 하는 말을 내놓아.」

「정말 그래요.」

「그리고 그걸 일부러 하려는 생각도 없이 해내지. 마찬가지로 말이 잘 통한다는 느낌을 주려고 상대가 쓰는 어휘에 맞추기도 해.」

「그건 도롱뇽보다 카멜레온의 습성인데…….」

둘은 웃는다.

「그건 전략적인 거야.」 알리스는 다시 진지해져서 말을 잇는다. 「그렇게 해서 모두에게 호감을 사게 됐지. 에어리얼의 은어를 완벽하게 말할 줄도 알아.」

「그쯤 되면 유혹인데요.」 오펠리가 짚는다.

「열 살이라는 나이에 벌써 굉장한 유혹자지, 맞아. 그 애가 빨간색과 검은색의 기묘한 머리칼로 눈길을 사로잡을 줄 아는 거 봤지?」

「앞날이 기대되네요!」

「아무튼, 이 네 번째 유일한 혼종으로 우리는 변신 경험을 한 바퀴 일주했다는 기분이야.」 알리스가 결론 짓는다.

모녀는 크로스컨트리 스키 코스를 벗어나 점점 가팔라지는 오르막길을 나아간다. 고산의 신선하고 맑은 공기를 들이마신다. 아래쪽으로 스키어들을 붙들고 나는 에어리얼 몇 명이 보이는 발토랑 정경이 눈에 들어온다.

이제부터, 앞으로 일어날 모든 사건은 우리가 뿌린 씨앗에서 난 열매에 지나지 않을 거야. 공기와 연관된 하얀 씨들, 물과 연관된 파란 씨들, 흙과 연관된 검은 씨들, 그리고 불과 연관된 노란 씨 단 하나.

그들이 녹은 눈 속에서 추위에 그대로 보존된 곰 시체가 드러났음을 알아차린 건 그때다.

제6막　　　　　　　　　　열매

71

사실, 세상은 선적으로가 아니라 순환하며 발전해.

지속적 성장이라는 개념은 남성적 사고야.

반복되는 순환의 개념은 보다 여성적인 사고지. 난자의 창조와 변모와 배출 혹은 파괴의 과정이 우리 몸에 새겨져 있으니까.

우리 여자들은 출생, 성숙, 노화, 죽음, 재탄생 개념이 연쇄적임을 받아들였어.

봄이 가면 여름, 가을, 그리고 겨울, 그리고 다시 봄이 오지.

낮이 밤에 이어져.

빛이 어둠에 이어져.

추위가 더위에 이어져.

마찬가지로 우주도 순환체일 수 있지. 빅뱅 이후 팽창, 분산, 엔트로피, 그리고 다시 수축하여 마침내는 아주 작은 공간으로 융합되는 빅 크런치. 그리고 거기서 새로운 폭발.

우린 마치 동일한 과정을 되풀이하기만 하는 가솔린 자동차 엔진 속에 있는 것 같아. 불씨, 폭발, 팽창. 수축하고 점차 꺼져 들어가다가 다음번 불씨가 되어 우주에 빛과 에너지와 물질을 퍼뜨리는 과정을 다시 시작하는 세상.

라이터가 딱딱 소리를 내며 아름다운 불꽃을 만들어 내고 샐러맨더 모양의 생일 케이크에 꽂힌 초 스무 개에 불을 붙인다.

모두 뱅자맹의 산장, 넓은 거실에 모여 있다.

80세 가까운 알리스는 백발에 주름진 얼굴이다. 그 오른쪽에 앉은, 알리스와 나이 차이가 거의 없는 뱅자맹은 백발이 된 지 오래다.

뱅자맹 오른쪽에는 거의 50세인 오펠리, 반려자 조나탕과, 키가 크고 잘생긴 스무 살 청년이 된 둘의 아들 자샤리가 있다. 다들 악셀의 스무 살 생일을 축하하러 모였다.

불을 상징하는 혼종의 반투명한 피부에서 아이라이너로 강조한 커다란 금빛 눈이 경이롭게 돋보인다. 길고 굵으며 끝부분이 검은 빨간 머리칼을 어깨에 드리웠다.

목에는 자신의 상징 동물인 아홀로틀 펜던트를 걸었다.

활활 타오르는 불꽃을 떠오르게 하는 검은색, 노란색, 빨간색의 아름다운 드레스 차림이다.

곰과 마주친 후 흐른 10년 동안, 도롱뇽 소녀는 수없이 신체 일부를 잃었다. 그 부위들은 모두 다시 자라났다.

양파를 저미다 손가락 하나가 잘렸고, 스키 사고로 다리 하나가 절단되었다. 아이들을 위해 마술 쇼를 하다가 반 고흐에게 경의를 표한다며 한쪽 귀를 자르기까지 했다. 그리고 자른 귀를 자랑스레 내보였을 때의 반응에 신나게 웃었다. 남들에게 다시 자라난다는 것을 보여 주려고 노상 제 몸 일부를 자르려 드는 데는 병적인 면이 있지 않나 하고 알리스가 한동안 걱정했을 정도였다.

제 생일날 한쪽 눈을 파내서 우리에게 놀라움을 선사하려 하지는 말았으면.

악셀은 칼과 케이크 더는 도구를 들고 샐러맨더 케이크의 가슴, 정확히는 심장 부위를 섬세하게 잘라내 자샤리에게 내민다.

「이것은 내 살이고, 이것은 내 피이니.」 농담 삼아 이렇게 말하고는 그에게 샴페인 한 잔을 따라 준다.

그런 다음 케이크의 다른 부분들을 잘라 손님들에게 나눠 주고 자기 몫으로는 머리를 남긴다.

「한마디 해! 한마디 해!」 다갈색 머리 젊은이는 여전히 누이처럼 여기는 악셀을 놀리려고 외친다.

「한마디 할 거지만, 일단 우리의 최고 요리사 뱅자맹이 준비한 이 굉장한 케이크를 맛있게 먹도록 해요. 그다음에 깜짝 놀랄 일이 있어요.」

걱정하던 대로군……. 깜짝 놀랄 일? 또 몸 어디 한 군데를 잘라내는 마술 쇼는 아니어야 할 텐데.

다들 케이크를 먹으며 그 감미로운 맛을 음미하는 동안 알리스의 시선은 창밖을 향하고, 창을 통해 마을 전체가 눈에 들어온다.

지금껏 걸어온 길과 지금의 상황을 돌이켜 본다.

발토랑에서 보낸 세월 동안 에어리얼 인구는 크게 늘어, 사피엔스 인구와 수적으로 동일해졌다. 그건 몹시 늙은 레지티뮈스 대통령의 바람이었고 헤르메스왕도 동의했다. 두 수장은 출생률이 언제나 완벽히 일정하게 조정되도록 각자가 거느린 주민의 인구 성장에 신경을 썼다. 그리하여 이 훌륭한 균등함을 얻었다. 마찬가지로 두 종족 간 상호 존중과 상호 보완 관계를 유지하는 데도 성공했다.

뱅자맹 말처럼, 〈마요네즈가 됐어〉.

까다로운 이 소스를 성공적으로 만들려면 달걀과 기름을 섞는 기적적인 유화제가 필요하다는 의미지.

사피엔스는 손재주가 더 섬세한 손으로 에어리얼을 돕는다. 에어리얼은 어느 지역이든 상공을 날며 관찰할 수 있는 날개로 사피엔스를 돕는다. 그렇게 하여 사피엔스와 에어리얼은 주변의 다른 도시와 마을들을 개척할 수 있었다. 자리를 잡으면 커플들이 아이를 낳고 도시가 발전했다. 그런 식으로 그들이 다스리는 영토가 넓어졌다.

매번의 협동 작업에서, 마을이든 도시든 언제나 사피엔스 수만큼 에어리얼도 있어야 한다는 원칙이 지켜지고, 이는 알리스가 〈하늘과 땅의 균형〉이라 부르는 균형을 유지하기 위함이다.

그리고 에펠탑 협정에서 규정된 것처럼 그들은 절대 평원에서 1백 킬로미터 제한선을 넘지 않았다. 디거들이 세운 이주지와 마찰을 빚지 않기 위한 것이었다.

알리스는 악셀을 바라본다. 불 원소의 유일한 대표자인 도롱뇽 소녀는 사피엔스와 에어리얼 두 공동체 모두에서 굉장한 인기인이 되었다.

언제나 생글생글 웃고, 무엇이든 농담 삼고, 올이 굵은 붉은 머리를 우아하게 흔들고, 남들의 기분을 맞추려고 신경 써.

다들 케이크를 더 먹고 나자, 자샤리가 다시 들볶는다.

「이제는 도망갈 수 없을걸! 네 생일맞이 연설을 듣고 싶어! 그리고…… 네 깜짝 선물은 사양하겠어.」그는 놀리며 덧붙인다.

「좋아, 내빼지 않을게. 제일 먼저, 강조하고 싶은 게 있는데요. 불 원소의 어엿한 대표자로 간주되는 저인데, 매년 생일이면 촛불을 불어 작은 불꽃들을 꺼뜨려야 하죠. 제 친구들인데……. 너무하지 않아요?」

잠시 말을 멈췄다가 계속한다.

「어찌 됐든, 이 자리를 빌려 엄마에게 감사드리고 싶어요. 이렇게 말씀드리고 싶네요. 절 창조해 주셔서 감사합니다.」

이 칭찬에 당황한 알리스는 겸손하게 시선을 떨군다.

악셀은 말을 잇는다.

「어떤 인간이 제 설계자와 식사를 함께 하며 편하게 이야기하는 행운을 누렸겠어요? 어떤 인간이 창조자에게 직접 교육과 가르침을 받았겠어요?」

「모세는 그러지 않았을까? 하느님이 시나이산에서 십계명이 새겨진 석판을 주었을 때 말이야.」자샤리가 교양을 자랑해 보인다.

「그 역사적인 면을 상기시켜 줘서 고마워, 친구. 하지만 난 매일 백계명을 받는다고! 〈네 방을 치워라〉에서 〈숙제 끝내라〉, 〈설거지 좀 해주면 고맙겠다〉까지! 십계명은 이 정도로 구체적이진 않지……. 그러니까, 다시 한번 말씀드릴게요, 고마워요, 엄마.」

웃음이 터진다. 악셀은 도로 진지해진다.

「그렇지만 전 책과 영화와 남들 이야기를 통해 배우는 것만으로 만족할 수 없어요. 제 눈으로 주변에서 일어나는 일들을 보러 가야 해요. 여러분이 모두 모인 이 자리를 기회 삼아 중요한 고백을 하고 싶어요.」

「그만 좀 애태우고 어서 말해!」 자샤리가 재촉한다.

「따라서 제가 잘라 내려는 것은…….」

이런, 또 시작이군. 발가락? 코? 혀?

「……여러분이에요.」

식탁을 둘러싸고 침묵이 흐른다.

「네, 제대로 들으신 거 맞아요. 전 여길 떠나기로 결심했어요.」

「발토랑을 떠나겠다는 거야?」 오펠리가 놀란다.

「전 스무 살이고 제가 넓은 세상을 탐험하려는 걸 누구도 막을 수 없을 거예요. 그러니 당장 시작해야죠!」

「디거와 노틱의 영토를 지나가게 된다는 거 알고 있어? 어딘가에 다른 사피엔스 생존자들이 있을지도 모른다는 건 말할 필요도 없고.」 자샤리가 경고한다.

「바로 그게 내가 알고 싶은 거야. 내가 아는 경계선 너머의 세상은 어떨까? 내 원동력은 호기심이야. 우리 조상들을 진화시킨 게 그거 아냐? 뭍에 오르려고 지느러미로 기어서 바다에서 나온 이를 시작으로 말이야.」

「디거도 노틱도 네 존재를 모른단다.」 조나탕이 일깨운다.

「뭐, 알려 줄 때도 됐다고 생각해요. 네 번째 원소를 대표하는 여동생이 있다는 걸 그들도 알아야죠.」

「그들이 새로운 경쟁 혼종의 출현을 기꺼워할지 모르겠구나. 특히 자기들끼리도 경쟁하고 있는 판이니.」 알리스가 끼어든다.

「혼자 다니면 전 그들에게 걱정거리가 될 리 없어요. 게다가 그들은 제 유형 성숙 능력을 모르고요.」

알리스는 말해 두는 게 좋겠다고 여긴다.

「지난번 내가 갔을 때 외교적 상황이 굉장히 긴박했었고…….」

「엄마, 그건 20년도 더 전이에요!」 악셀이 말을 자른다. 「엄마는 그들이 어떻게 변했는지 궁금하지 않으세요?」

물론 알고 싶어 죽을 지경이지. 하지만 내가 물러나 있는 건 세 나라의 미묘한 균형에 영향을 줄까 두려워서야.

뱅자맹은 긴장이 고조됨을 느낀다. 하지만 식탁에 둘러앉은 이들 전부가 예감하는 바를 확실히 못 박는 것은 자샤리다.

「우린 악셀을 붙잡을 수 없을 거예요. 도롱뇽은 쉽게 길들여지는 동물이 아니니까요.」

「같이 갈래, 남동생?」 빨간 머리 소녀는 다갈색 머리의 형제에게 묻는다.

「언젠가는 같이 여행할게, 약속해. 하지만 난 너처럼 성숙하지 않아. 너 같은 재생 능력도 없다고, 누이. 곰을 마주쳤다가 놈이 날 앞발로 갈기면, 내 몸은 다시 자라나지 않는단 말이야…….」

그는 옛날에 잘린 팔을 가리킨다. 악셀이 별난 기념품으로 그 팔을 큰 포르말린병에 담아 보존해 달라고 했고, 사고 이후 줄곧 병은 벽난로 위에 트로피처럼 얹혀 있다.

「지금으로서는 무엇보다 웰스 가문의 『상대적이며 절대적인 지식의 백과사전』의 집필과 완성을 계승할 증인이 되어야 한다고 느껴.」 자샤리가 덧붙인다. 「그게 내 영혼의 사명이야.」

알리스는 참견하지 않고 대화를 듣는다. 이제 중요한 결정은 모두 그 없이 이뤄진다.

이 나이가 되었으니, 이제 그들에게 내 의견이 중요하지 않다는 사실을 받아들여야겠지.

「좋아, 그러렴.」 알리스는 마침내 입을 연다. 「악셀, 네 바람이 그러하다고 하니까. 그리고 광활한 세상을 누비러 떠나는 너를 말릴 수 없으니까. 우리 없이 말이야.」

「고마워요, 엄마! 제게 최고의 선물을 주신 거예요. 신뢰를요.」 악셀은 일어서서 알리스를 껴안으며 말한다. 「벌써 다 준비했어요. 식사가 끝나면 떠날 거예요.」

「오늘 저녁? 밤에 말이야?」 조나탕이 놀란다.

「도롱뇽들은 밤에 여행하는 게 더 편해요.」 누이를 잘 아는 자샤리가 말한다. 「아홀로틀이 무엇보다 야행성이라는 거 잊지 마세요.」

식탁에 둘러앉은 모두가 조용해져 악셀이 곧 떠난다는 소식을 곱씹고, 분위기는 조금 침울하다. 파티에서 남은 것은 샐러맨더의 발에 해당하는 생일 케이크 한 조각, 거기 꽂힌 반쯤 녹은 초, 그리고 손님들 모두가 이해하지 못한 뭔가 중요한 일이 일어났다는 느낌뿐이다.

「힘을 실어 줘서 고마워, 동생.」

식사가 끝나자 웰스 가족 전원이 발토랑 출구까지 가서 악셀을 배웅한다. 악셀은 노란 파카에 같은 색 털모자를 썼고 끝부분이 검은색에 가까운 긴 빨간 머리가 모자 밑으로 삐져나왔다.

젊은 여자는 짐이라곤 배낭 하나뿐이다. 안에는 얇은 두루마리 매트리스, 옷가지, 연장, 동결 건조 음식 몇 봉지를 넣었다.

「여행 소식 전하려고 노력할게요. 하지만 지금은 저 자신을 찾고 더 잘 알 수 있도록 절 혼자 놔두셔야 해요.」

가족 한 명 한 명을 껴안은 후, 악셀은 발토랑 성문을 나선다.

「그 애 말이 맞을지 몰라.」 뱅자맹과 나란히 산장으로 걸어 돌아오며 알리스는 선언한다. 「나도 세월이 흐른 지금 디거와 노틱 공동체가 어떻게 되었는지 보러 가고 싶어.」

「그 방랑벽이 또 도졌군!」 뱅자맹이 탄식한다.

「엄마, 그 연세에…….」 오펠리도 거든다.

「날 노인네 취급하려거든 해봐라!」 알리스는 쏘아붙인다.

「하지만 류머티즘이…….」

「……요즘은 날 괴롭히지 않아. 난 최상의 컨디션이야. 아직 여행할 수 있다고!」

「아무튼 혼자 가는 건 너무 위험해. 나도 같이 가겠어.」 뱅자맹이 말한다.

「말도 안 돼. 넌 남아 있어야지. 넌 우리가 여기서 구축한 모든 것의 공고함을 보증하는 사람이니까.」

전 장관은 다정하게 동반자의 뺨을 어루만진다.

알리스는 말한다.

「악셀은 결단력과 용기로 내 안에서 너무 오랫동안 억눌려 있던 욕구를 일깨웠어. 깨어 있기 위해 일상에서 벗어나려는 욕구야. 난 주행성 동물이니 내일 아침에 떠나겠어. 솔랑주가 분명 기뻐하며 서쪽 땅으로 향하는 일상 탈출에 동행해 줄 거야.」

72

퀴퀴파의 피라미드는 20년 전 알리스가 마지막으로 방문했을 때보다 높아졌다. 하늘에서 보니 위압적인 언덕 도시 옆에서 연못은 손거울 같은 작은 물웅덩이로 보인다. 웅장한 검은 두더지 언덕은 이제 에펠탑만큼 높아 보인다.

3백 미터까지 도달했을 수도 있을까?

주위를 둘러싸고 경작된 밭, 도로, 풍력 터빈, 크기가 더 작은 다른 흙 피라미드들이 끝없이 펼쳐져 있다.

알리스가 솔랑주의 도움으로 아주 사뿐히 착륙하자마자, 이 기묘한 한 쌍을 보러 나온 다양한 나이대의 두더지 인간들이 주위를 에워싼다. 몇몇 디거는 레이스로 장식된 겹겹의 의상을 입고 있다.

다들 내가 지난번 왔을 때보다 배가 더 나온 것 같아…….

여자 디거 한 명이 다가온다.

루이 14세 왕궁 사람 같은 옷차림을 했네. 디거 디자이너들이 옛날 그림에서 착상을 얻었나 봐.

이 사람은 중요 인물이 틀림없어.

「왕께 당신의 도착을 알리겠습니다.」 여자 디거는 대단히 격식 차린 절을 해 보이며 말한다.

「그보다 왕궁으로 직접 가서 만나고 싶은데요.」

여자 디거는 망설이다가 승낙하고 알리스를 피라미드 입구로 안내한다. 미로를 따라 도시 아래로 내려가면서, 알리스는 통로들이 베르사유와 비슷한 스타일로 장식되었음을 알아본다.

마침내 지하 연못 앞에 당도한다.

여전히 17세기 성 분위기를 자아내며, 무수히 많은 유리 보석으로 이뤄진 샹들리에 수백 개가 그곳에 빛을 밝힌다. 알리스는 곤돌라를 타고 왕궁으로 인도된다. 왕궁 역시 피라미드 꼴임에도 혁명 전 프랑스 건축물 같은 외양을 하고 있다. 정교한 쇠시리와 나체 디거 여인상들이 파사드를 장식한다. 수많은 하인과 경비병이 이 방 저 방을 성큼성큼 오간다.

알리스는 금박과 그림들로 장식된 접견실에 들어간다.

50세가 넘은 하데스는 군살이 붙었다. 비만 수준이다. 목이 보이지 않을 정도로 의상에 푹 파묻힌 게 가발만 있으면 태양왕과 똑같은 모습이다. 그는 안락의자에 앉아 포즈를 취하고, 화가가 그를 미화해서 그리고 있다.

루이 14세 역시 비만했고 화가들에게 돈을 지불해 공식 초상화에는 운동선수 같은 체격으로 그려지게 했다는 얘기가 기억나.

「어머니, 다시 뵙게 되다니, 이렇게 반가울 데가! 이 영광과 기쁨에 비할 것이 있을까요?」

하데스는 거대한 덩치를 힘겹게 일으켜 알리스 곁으로

온다.

그는 힘세고 굵은 팔로 창조자를 껴안는데, 커다란 손에 달린 손톱에는 검은 매니큐어가 발렸다.

비만은 호모 사피엔스 특유의 병이지. 체중이 과도하게 느는 건 그들뿐, 다른 동물들은 배고플 때만 먹고 에너지 소모가 크기에 지방이 축적되지 않아.

「또 해결해야 할 정치적 위기가 생겼나요?」 왕은 손짓으로 화가에게 화구를 챙겨 물러나라고 명하며 묻는다.

화가는 군말 없이 명을 따른다.

「그냥 안부차 온 거란다, 그리운 하데스. 내 눈으로 직접 너희 문명의 발전 상태를 확인하고 싶었지.」

하데스가 작은 종을 울리자 시종 둘이 나타나 왕의 명을 받는다. 알리스와 하데스는 탁자를 둘러싸고 배치된 화려한 안락의자에 앉는다. 이내 두 시중꾼이 마실 것과 먹을 것을 내온다.

이어서 옆문으로 악사들이 들어온다. 그들은 비발디와 디거의 타악기가 혼합된 기묘한 음악을 연주하기 시작한다.

「하늘에서 오셨으니 우리의 경작지, 풍력 터빈, 도로 들이 많이 확장된 것을 보셨겠군요, 그렇죠? 우리 의복과 건축도 발전했음을 알아보셨을 거예요. 이제 우리 문화의 가장 세련된 정수를 맛보실 때예요. 미식과 음악이죠. 한 문명을 규정하는 것은 그 예술이라고 가르쳐 주신 것은 어머니 아니던가요? 어머니가 곁에 계시지 않아도, 전 계속해서 사피엔스 역사를 공부했답니다. 아마 기억하실 거예요, 언젠가 어머니는 말씀하셨죠. 〈과거를 알지 못하는 자는 그것을 되풀이할 운명에 처해.〉 정말 지당하신 말씀이에요. 사피엔스의 과거를 접하면서 저는 문화적 섬세함이라는 면에서만큼은 감탄할 만하다는 점을 깨달았어요. 전 사피엔스 도서관에서 구한 역사 자료들을 읽으며 시간을 보낸답니다. 그 많은 위인들…….」

「루이 14세?」

「예, 루이 14세, 뿐만 아니라 나폴레옹, 스탈린, 마오쩌둥도 그렇고요……. 정말 매혹적인 인물들이에요! 하지만 결국 제가 최고의 모델이라 여기는 건 루이 14세예요. 가장 세련된 군주……. 전 그를 모범으로 삼았죠. 어머니도 보셔서 아시겠지만요.」

하데스는 전제주의의 범죄들이 실린 장을 읽지 않은 게 분명해……. 베르사유 건축 때 노동자 수천 명이 사망했고, 바로 그 루이 14세가 영토 확장의 야욕에서 벌인 무익한 전투들에서 수만의 희생자가 나왔고, 1693년 대기근 때는 수백만이 목숨을 잃어, 스스로를 태양왕이라 칭한 이 전제 군주가 파티를 벌일 때 인구의 1퍼센트가 굶어 죽고 식인이 행해졌다는 기록이 있을 정도였는데.

「영토 정복은 어떻게 되어 가니, 하데스?」

왕은 작은 종을 흔든다. 시중꾼 하나가 잰걸음으로 나타난다. 하데스는 그에게 귓속말로 명을 내린다. 몇 분 후 시종 한 무리가 지도가 붙은 큰 판을 가져온다.

디거의 왕은 지도 여기저기 흩어진 검은 점을 가리킨다.

「이젠 다양한 크기의 두더지 언덕이 프랑스에만 4백 개 이상, 주변 유럽 땅에도 그 정도 있을 거예요.」

그런 다음 푸른 점들을 가리킨다.

「이곳들은 노틱들이 관리하는 지역이에요. 보시다시피 우리 영토와는 사이가 떨어져 있죠.」

알리스는 디거 수도를 나타내는 듯한 크고 검은 동그라미 근처의 분홍색 점 하나를 가리킨다.

「저건 뭐니?」

하데스가 갑자기 불편해하는 게 느껴진다.

「분홍색요……? 그야…… 그건 사피엔스의 피부색이죠.」

「이곳에?!」

디거 왕은 캐러멜 입힌 지렁이가 가득 든 그릇으로 손을 뻗어 한 줌 집더니 요란하게 씹는다. 불안한 눈빛이다.

「처음으로 접촉한 건 벌써 오래전의 일이었어요. 지난번 오셨을 때 얘기했었죠. 그 후로 우리는 타협안을 찾았죠. 하지만 뭐랄까, 그들에겐 전쟁 전만큼의 활기가 없어요.」

난처함이 깊어갈수록 하데스는 달콤한 지렁이를 마구 집어삼킨다. 한 사발을 동내고 나자 그는 마침내 털어놓는다.

「어쨌든, 어머니는 아실 권리가 있다고 봐요. 따라오세요.」

하데스는 주머니에서 레이스 손수건을 끄집어내 향수에 적셔 냄새를 들이마시더니 알리스를 데리고 성을 나선다. 그들은 곤돌라를 타고 지하 호수를 건너 지상으로 올라간다.

양옆에 호위병들이 서지만, 왕은 손짓으로 혼자 가고 싶다는 뜻을 전한다.

가는 길에 〈어머니〉를 직접 보려고, 구경하기 좋아하는 디거들이 잔뜩 몰려든다. 흙길을 걸어가며 알리스는 묻는다.

「어디로 가는 거니?」

하데스는 숨이 턱에 차서 힘겹게 말을 늘어놓는다.

「어차피…… 말씀드릴…… 작정이었어요. 어머니도…… 아셔야죠.」

「대체 무슨 소리를 하는 거냐?」

좁은 길을 걸어 나무로 된 산울타리를 지나자, 널따란 빈터가 나온다. 그 중앙에 철조망까지 설치된 철책으로 둘러쳐진 마을 같은 것이 있다. 일정 간격으로 감시탑이 서 있다.

알리스는 불길한 예감이 든다.

「이게 뭐지?」

「수용소예요…….」 하데스는 기어들어 가는 소리로 털어놓는다. 「하지만 안심하세요. 2차 대전 때 사피엔스가 중부 유럽에 세웠던 식의 강제 수용소는 아니에요. 그보다…… 1900년대 초 미국의 인디언 보호 구역에 가깝다고 할까요.」

경악에 휩싸인 알리스의 눈에 철책 뒤로 빈민굴 같은 것과 일상의 일에 열중한 듯한 인간 주민들이 보인다.

「설명 좀 해줘야겠다, 하데스. 지금 이 광경은…… 당황스럽구나.」

하데스는 숨을 크게 들이쉬고 설명한다.

「에펠탑 협정 2년 후, 사피엔스들이 사방에서 몰려들기 시작했어요. 유랑민들이었고, 더러는 혼자, 더러는 무리 지어 다녔죠. 대부분 병들고, 굶주리고, 기진맥진한 채였어요. 핵

방공호, 지하철, 방사능 오염이 덜한 고립된 지역, 어쩌면 자기 집 지하실 같은 데 숨어서 살아남은 게 틀림없었죠. 방사능 수치가 떨어지자 그들은 결국 모두 나왔어요. 이들 이주민 대부분은 지상에 처음으로 나온 아기 두더지 같았어요. 얼이 빠져서 부들부들 떨고 겁에 질려 있었죠. 우린 그들을 어떻게 대하는 게 최선일지 고민했어요. 그러다가 전 최소한의 도움은 주어야 한다고 결정했어요. 우릴 창조한 게 어머니, 그러니까 그들과 같은 사피엔스라는 사실을 봐서라도요. 그래서 우린 그들을 치료하고, 먹이고, 머물 곳을 주었죠.」

그들은 철책을 따라 걷는다. 알리스는 눈앞의 광경을 믿을 수 없다.

「절 가장 당혹스럽게 하는 건 그들의 슬픔이에요.」 하데스가 말한다. 「3차 세계 대전에 대한 자책감에서 언제까지나 벗어나지 못하는 것 같아요. 아무튼 제가 느끼기엔 그렇더군요. 자기들 문명의 종말을 지켜봐야 했고 그 집단적 비극을 계속 가슴에 품었던 아즈텍족이나 잉카인들의 반응과 비교할 수 있을 것 같네요.」

앞으로 나아갈수록 알리스는 넓은 빈민촌을 접한다.

「처음에 사피엔스들은 우리에게 구걸하며 살았고, 비 가림도 제대로 되지 않는 판잣집에서 살았어요. 물론 우리 지하 도시에 받아들일 수는 없었죠. 그들은 너무 크고 지하 세계에는 거의 적응되지 않았으니까요.」

「왜 빈집들에 자리 잡고 살게 하지 않았니?」

「여기 모아 두는 편이 낫다고 보았어요.」

「잘 감시하려고 말이냐?」 알리스는 신랄하게 묻는다.

「잘 도와주려고요.」 하데스는 단호하게 답한다.

알리스는 철책 뒤에서 크고 파란 슬픈 눈을 한 사피엔스 아이가 철사에 손을 얹고 그들을 뚫어져라 쳐다보고 있는 것을 알아챈다. 아이는 먹을 것을 구걸하듯 철창살 사이로 손을 내민다.

「이 철조망은 왜 설치했니?」

「어쩔 수 없었어요.」 왕은 변명한다. 「술을 마시거나 약을 하면 사피엔스는 통제력을 잃고 무척 위험해질 수 있거든요.」

이 주장을 확인이라도 해주듯, 그때까지 피해자 같은 모습을 보이던 파란 눈의 아이가 순식간에 낯을 바꾸더니 미친 개처럼 위협적으로 이를 드러낸다.

알리스는 놀라 멈칫한다.

그러자 금세 검은 군복을 입은 디거 하나가 나타나 긴 곤봉으로 위협하여 말썽꾼 아이를 멀리 물리친다.

「수용소 안에 무장한 디거들이 있니?」

「그렇게 처리할 수밖에 없었어요. 역시 술과 약 문제 때문이죠. 몇몇은 하도 세게 물어서 우리 디거 여럿이 다쳤어요. 상처가 꽤 깊어서 전 이 〈감시 경비병〉 시스템을 도입했죠.」

그는 덧붙인다.

「게다가 제 백성 중엔 아직도 사피엔스의 침에는 독이 있다고 믿는 이가 많아요. 하지만 전 그건 전설일 뿐이라고 그들에게 말했답니다, 어머니, 정말이에요…….」

알리스는 고개를 젓는다.

「철책, 무장한 경비병들, 곤봉······. 인디언 보호 구역 분위기와는 거리가 먼데.」

「하지만 경비병들은 사피엔스가 저희끼리 싸우는 걸 막는 목적이에요. 철책은 보호하는 역할이죠. 퀴퀴파 숲에는 늑대와 들개 떼가 많아요. 놈들은 감히 우리를 공격하진 못하죠, 우린 건장하니까. 하지만 허약한 사피엔스에게는 달려들어요.」

변명을 늘어놓고 있어, 딱하군.

그들은 계속해서 걸어간다.

「보시면 알겠지만, 어머니, 수용소는 무척 넓어요. 그들은 돌아다닐 수 있어요.」

「너희와 그들이 직접 접촉하는 일은 전혀 없니?」

「정해진 시간에 중앙 출입문을 열어······ 관광객들을 들여보내죠. 이리 오세요, 보시면 알아요.」

알리스와 하데스는 중앙 출입문 쪽으로 향하고, 거기엔 이미 디거 관광객 일행이 기다리고 있다.

두더지 인간 대부분은 배가 불룩하다. 알리스는 젊었을 때 모두가 비만인 폴리네시아 관광객 일행을 보고 어떻게 한 민족 전체가 과체중일 수 있는지 그 이유를 찾아보았던 기억이 난다. 서구인들이 폴리네시아의 섬들에 들여온 정제 설탕이 결정적 원인이었다. 그 이후 달콤한 과자와 사탕에 끌리는 입맛이 라마르크의 변이론에 따라 그들 유전자에 새겨졌고, 여러 세대에 걸쳐 후손에 전해진 것이었다.

디거들은 폴리네시아인의 전철을 밟고 있어.

「이리 오세요, 어머니.」

하데스는 주머니에서 향수병을 꺼내 레이스 손수건을 한 번 더 적셔서 코에 갖다 댄다. 알리스는 관광객 디거 일부가 주둥이에 필터 달린 마스크를 착용한 것을 눈치챈다.

「내 동족들의 냄새가 너희에겐 그렇게 거슬리는 거니?」

「우릴 창조하실 때 사피엔스보다 훨씬 발달한 후각을 주셨다는 거 잊지 마세요.」

수용소 문턱을 넘자, 흙길로 된 넓은 대로가 나오고 잉크가 덕지덕지한 글씨로 〈샹젤리제〉라고 쓰여 있다. 거리 양편으로 구멍가게에 가까운 상점들이 늘어서 있고 물건과 음식이 진열되었다.

〈사피엔스 기념품〉이나 〈사피엔스 수공예품〉이라 쓰인 팻말들이 보인다.

「들어오세요! 들어오세요! 대표적인 사피엔스 공예품이 많이 있답니다! 아주 예쁘고 저렴해요!」 사근사근한 젊은 남자가 호객한다. 「자, 자, 들어와서 보세요, 구경만 하셔도 괜찮아요.」

그들은 비좁은 가게에 들어간다. 가게에는 기하학적 무늬를 넣어 짠 이불, 버들가지 바구니, 판초, 사피엔스 삶의 전형적인 장면들을 묘사한 조각품 등이 있다.

이곳은 뉴멕시코의 나바호족 보호 구역이나 다코타의 수족 보호 구역과 비슷하군.

하데스는 상인을 기쁘게 해주고 알리스에게 자기가 사피

엔스에게 잘 대한다는 것을 보이려고 몇 개를 산다.

그리고 그들은 가게를 나온다.

알리스는 입을 꼭 다물고 아무 말 하지 않는다.

밖에서 젊은 인간들이 비참한 꼴의 어느 오두막집 그늘에 앉아 멍한 눈으로 원뿔꼴로 만 종이를 피운다. 좀 떨어진 곳에서는 더 나이 든 남자들이 투명한 병에 든 호박색 액체를 마시고 이유 없이 히죽거린다.

「보시다시피, 여기선 술과 마약이 법이에요. 우린 그들이 중독에서 벗어나게 하려고 애썼지만 제 발로 도로 걸어 들어가요. 그들은 설득이 통하지 않아요. 이런 타락한 사피엔스들이 우리 자녀들까지 오염시킬까 봐 많은 이가 걱정하죠.」

「부디 자비를 베풀어 주세요!」

어린 사피엔스 소녀가 알리스의 옷자락을 잡아당긴다.

하데스가 대신 대답한다.

「돈을 주고 싶지만 마약 하는 데 써선 안 돼, 잘 알겠니?」

소녀는 끄덕이더니, 돈을 받자 웃음을 터뜨리며 뛰어간다. 이내 다른 사피엔스 소녀 10여 명이 손을 내밀고 몰려든다.

「저에게도 자비를 베푸세요! 디거 나으리, 제발요! 우린 불쌍한 사피엔스일 뿐인걸요! 돈을 좀 주세요!」

하데스가 아이들에게 동전 몇 개를 나눠 주자마자 다른 아이들이 뛰어온다. 경비병 하나가 와서 곤봉을 휘둘러 아이들을 쫓는다.

「이게 문제라니까요. 한 명에게 주면 자동으로 열 명이 몰려와 돈을 구걸하죠.」

알리스는 구토가 치밀어 오를 지경이다.

「정말 여기서 내보낼 수는 없는 거니?」

「어떻게 하길 바라세요? 이들 사피엔스는 모두, 어머니께 이렇게 노골적으로 말하긴 죄송하지만, 어느 정도…… 퇴화했는걸요.」

「분명 뭔가 너희에게 유용한 일들을 맡길 수 있을 텐데…….」

「이미 그들을 우리 사회에 받아들이려는 시도를 해봤어요. 처음에는 그들을 직공으로 썼죠. 우리보다 손가락이 가늘고 긴 날렵한 손이 있어서 자잘한 물건을 더 정교하게 다룰 수 있거든요. 하지만 그들은 믿을 수 없어요. 재료를 훔쳐서 암거래를 해요. 게으름뱅이기도 하죠. 감시하지 않으면 끝없이 낮잠만 자거든요. 게다가 봉급을 술 사는 데 쓰고……. 우린 포기할 수밖에 없었어요.」

계속해서 수용소를 돌아보던 중 건물 하나가 특별히 알리스의 관심을 끈다. 반듯하게 정렬된 시멘트 블록으로 지어진 대형 건물로, 벽에는 벽화가 가득하다.

지붕 꼭대기에 놀라운 상징이 붙어 있다. 핵폭발의 버섯구름을 연상시키는 꽃양배추 모양 조형물이다.

「저건 뭐니?」

「그들이 종교 생활을 하는 장소예요.」 하데스가 설명한다. 「제가 알기로는 〈마침내 진실로 체험하는 종교 Religion Enfin Vraie à Experimenter〉의 줄임말로 〈꿈RÊVE〉이라고 부르는 종교일 거예요.」

「그런데 왜 버섯구름을 상징으로 삼았지?」

「우리 민속학자들이 이해한 바에 따르면, 사피엔스는 3차 세계 대전이 세상을 정화하는 필연적인 사건이었다고 여겨요. 성경 속 대홍수처럼 말이죠.」

마침내 진실로 체험하는 종교라고? 이건 집단적 차원의 스톡홀름 신드롬이잖아! 한 종족 전체가 자기들을 몰살한 대상을 경배하다니.

「설마 그들이 원자 폭탄을 숭배하는 종교를 믿는다는 말이니?」 알리스는 갈수록 기가 막혀서 묻는다.

하데스는 난처한 미소를 띤다.

걸어가면서, 알리스는 행동거지로 보아 뭘 하는 여자인지 의심의 여지가 없는 사피엔스 여자들을 본다. 몇몇은 목에 꽃양배추 모양 목걸이를 걸고 있다.

「저 여자들은 매춘하는 거지?」 알리스가 말한다.

「그들은 우리 돈이 필요하고 일부 변태 디거들은 사피엔스 암컷과 사랑을 나누는 데만 끌려요. 코를 톡 쏘는 그들의 냄새가 좋은 모양이에요. 저는 그렇지 않지만요.」

하데스는 손수건에 향수를 조금 적혀 주둥이에 갖다 댄다.

「이 수용소에서 사피엔스의 이미지가 좋게 보이지 않는다는 거 알아요. 하지만 어머니가 오시니 좋은 생각이 나네요. 그곳 발토랑을 돌아보는, 뭐랄까…… 순례 여행 같은 걸 계획해서 여기 사피엔스들에게 동족들이 점잖고 바르게 살아가는 세상을 보여 주는 건 어떨까요? 물론 가장 덜 공격적이고, 덜 타락했고, 제일 깨끗하고, 교육을 많이 받은 이들로 엄선할 거예요. 비용은 당연히 제가 대고요.」

「여기서 나가고 싶구나.」 알리스는 모욕으로 다가오는 그 말에 대꾸하고 싶지 않아 그렇게 말한다.

그들은 수용소를 나와 두더지 언덕 피라미드 입구로 돌아온다.

하데스 말이 옳은 건 아닐까? 언젠가 이곳 공동체를 발전시키고자 한다면, 그들에게 사피엔스로 태어났더라도 극복할 수 있음을 보여 줘야 할 거야. 그건 저주가 아니라고.

솔랑주가 두 디거 여자와 이야기 나누며 알리스를 기다린다. 하지만 알리스는 아직 하데스에게 질문이 남았다.

「노틱과의 관계는 어떠니?」

「지도에서 보셨잖아요. 그들은 에펠탑 평화 조약을 쭉 지켰어요. 어차피 우린 평원에도 갈 곳이 많아서 이젠 해안 쪽을 정복하고 싶은 마음도 없어요······.」

「그래? 그런데 어딘지 석연치 않은 기색이구나.」

「포세이돈과 제가 살아 있는 한은 각자 종족의 전쟁 충동을 다스릴 거예요.」 디거 왕은 인정한다. 「어머니에 대한 존경 때문에서라도요. 하지만 미래 세대를 생각하면 최악의 사태가 걱정돼요. 숨김없이 터놓자면 어머니가 과거 이미 목도하셨던 종족 간 차별주의가 아직 많은 이에게 남아 있어요.」

「양측 다?」

「유감스럽게도 젊은이들끼리 맞붙어 패싸움이 날 때가 있지만, 아직까지 큰일은 없어요. 우리 관계는 대체로 무탈해요. 노틱 관광객들이 놀러 오기도 하죠. 상업 교류 쪽은 잘되고 있고요.」

「노틱과 사피엔스 관계에 대해서는 아는 거 있니?」

디거 왕은 회의적인 표정으로 입을 비죽인다.

「우리 쪽 관광객 몇 명이 노틱 지역에서 며칠 휴가를 보냈어요. 그들 말로는 우리보다 사피엔스를 강경하게 대한다더군요.」

그는 한숨짓는다.

「제 의견을 말씀드리자면, 노틱들은 자기들이 우월한 존재라고 여겨요. 더 키가 크고 힘이 세서이지만, 그들이 자칭 돌고래 혈통에 속하기 때문이기도 하죠. 그들은 그게 두더지나 박쥐나 원숭이 혈통보다 고귀하다고 보거든요.」

뭔가 숨기는 게 있어.

「진실을 말해 주렴, 하데스.」

두더지 인간은 한쪽 발에서 다른 쪽 발로 체중을 기울인다.

「그러시다면……. 그들은 사피엔스를 정말 싫어하는 것 같아요. 들은 얘기인데, 아마 소문일 뿐이겠지만, 노틱과 사피엔스가 전쟁을 벌였다는 말이 있던데요.」

내가 두려워하던 대로야. 너무나 순진하게도 난 에어리얼과 우리 사이가 평온해졌으니 다른 혼종들과도 마찬가지일 거라 믿었어.

「잘 알겠다. 거기 가봐야겠구나.」 그는 솔랑주에게 손짓하며 말한다.

73

백과사전: 바이러스 명언

「너를 죽이지 못하는 것은 너를 더 강하게 한다.」 철학자 프리드리히 니체는 말했다.

바이러스에 한해 이 명언은 약간 다를 것이다. 이렇게 말할 수 있겠다.

「너를 죽이지 못하는 것은 변이하고, 그 후 조금 다른 방식으로 다시 시도한다.」

에드몽 웰스, 『상대적이며 절대적인 지식의 백과사전』

74

 한참 아래, 그들 발밑으로 은빛 광채를 띤 군청색의 긴 혈관, 센강이 흘러간다.

 알리스 카메러는 친구 솔랑주에게 붙들려 디거와 노틱 영토 경계선을 넘는다.

 하늘에서 내려다보는 80세의 과학자 눈에 굴뚝에서 연기가 피어오르는 마을들이 보인다. 노틱들이 전후 버려진 집들을 이용해 다른 개척지를 세웠다는 표시다.

 곡식밭과 태양열 패널이 들어선 구역이 크게 늘었다.

 의심할 여지 없이, 그들은 굶주리지 않고 에너지 공급원도 잘 관리하고 있어.

 마침내 멀리 노틱의 수도 도빌이 보인다.

 거기도 역시 지난번 방문 때와는 풍경이 많이 달라졌다.

 도시는 바다에서는 물론 육지에서도 훨씬 넓어졌다. 부두가 열 배로 늘었다. 갖가지 크기의 선박이 나뭇가지에 달린 열매처럼 줄지어 있다. 바닷가에는 높은 파도를 두려워하지 않는 듯한, 필로티 위에 세워진 큐브형 큰 집들 수백여 채가 건설되었다.

「어디에 착륙할까요?」솔랑주가 묻는다.

「20년 전 포세이돈의 궁전은 도빌 옛 카지노에 있었어. 아직도 거기 있는지 가보자!」

에어리얼은 장중한 건물 입구 앞 넓은 광장에 착륙한다. 두 여자가 서자마자 돌고래 인간 한 무리가 그들에게 그물을 던진다. 강제로 붙들어 그들을 갈라놓는다.

「놓아줘요!」알리스가 외친다.

그들은 인정사정없이, 알리스가 고령이라는 것도 감안하지 않고 끌고 간다.

「난 〈어머니〉예요! 내 아들 포세이돈과 이야기하게 해줄 것을 요청해요!」

하지만 그를 붙잡은 노틱 중 누구도 그 외침에 신경 쓰지 않는다. 그들은 그를 철창살 달린 트럭에 태우고 출발한다.

30분 정도 달리던 차는 평행육면체 꼴의 초현대적 건물에서 멀지 않은 곳에 주차하고, 알리스는 그 건물을 알아본다. 팔레오스파스, 도빌의 이웃 도시 빌레르쉬르메르에 있는 유명한 고생물 박물관이다.

「당신들 왕과 이야기하고 싶어요! 난 그의 어머니예요!」 알리스는 노틱들에게 다시 말하지만, 그들에겐 들리지도 않는 것 같다.

그들은 알리스를 강제로 박물관에 밀어 넣는다.

두 노틱에게 팔을 잡혀 걷는 동안 팔레오스파스의 내부 장식이 눈에 들어온다.

대형 패널들이 걸린 벽을 조명이 비춘다. 첫 번째 사진은 지구로, 검은 우주를 바탕으로 온통 푸른색인 원이다. 안내판에는 이렇게 써 있다.

〈첫 번째 에피소드: 물. 최초 원소 출현: 물, 43억 년 전. 지구 표면은 무한한 대양으로 덮여 있다.〉

두 번째 사진에는 푸른 원 한가운데 베이지색 반점이 있다.

〈두 번째 에피소드: 땅. 40억 년 전, 대륙의 형성. 두 번째 원소 출현: 흙.〉

알리스와 그를 에워싼 두 호송인은 계속 나아간다.

〈세 번째 에피소드: 생명. 38억 년 전, 물에서 단세포 생물의 탄생: 남조류(藍藻類).〉

이번에는 사진 아래 조명이 설치된 어항이 있고 부유하는 가루 같은 것이 보인다.

〈네 번째 에피소드: 공기. 35억 년 전. 조류가 산소를 만들어 내고, 대기가 구성된다. 세 번째 원소 출현: 공기.〉

이 〈에피소드〉에 딸린 사진은 여전히 푸른 원인데, 구름을 뜻하는 하얀 띠들이 산재한다.

〈다섯 번째 에피소드: 어류. 5억 3천만 년 전. 캄브리아기. 연한 몸을 지녔으나 척추가 있는 이들 어류는 물속을 이동하고 단세포나 다세포 조류를 먹이로 삼는다. 처음에 이들에겐 턱도 이빨도 없다. 가장 진화된 물고기들은 이동을 위한 지느러미와 물속에서 호흡하기 위한 아가미가 있다.〉

조금 더 가자 수면 위로 솟아난 육지가 표시된 지도가 있는데, 현재의 대륙과는 형태가 다르다. 지도 밑에 어항이 놓였고 안에는 열 개쯤 되는 두툼한 지느러미와 넓은 꼬리가 달리고 비늘이 커다란 물고기가 들어 있다. 물고기에는 학명이 붙어 있다. 〈실러캔스(라티메리아 칼룸나이).〉 그리고 이런 설명이 있다.

〈4억 년 전 출현해 형태를 바꾸지 않고 오늘날까지 살아 있는 종의 희귀 표본.〉

〈여섯 번째 에피소드: 포유류. 2억 년 전. 물 밖으로 나온 최초의 어류가 양서류, 파충류, 이어서 최초의 지상 포유류를 탄생시켰다. 포유류 가운데서 영장류가 나타났고, 영장류 가운데 한 종이 급격히 발전한다. 사피엔스다.〉

옆에는 다섯 개 대륙이 있는 지구의 모습이 걸려 있다.

바닥에 문을 지나 다음으로 넘어가라는 화살표가 있다.

문턱을 넘자 복도가 나오는데, 오른쪽 벽면이 통유리로 되어 있고 유리 안쪽에 조명이 비추는 방이 있다.

첫 번째 안내판에는 〈호모 사피엔스〉, 두 번째 안내판에는 〈30만 년 전 출현한 이 종은 50년 전부터 멸종 일로에 들어섰다〉라고 쓰여 있다. 밑에는 또 이렇게 적혔다. 〈생존한 암수 한 쌍 표본, 전성기 때의 자연 서식지를 배경으로 구현.〉 조금 더 가자 자그마한 바닥 문이 있고 〈먹이를 주지 마시오〉라고만 적혀 있다.

앨리스는 유리에서 눈을 떼지 못한다. 안쪽에는 인간 부부가 모델 하우스에 살고 있는 것 같다. 베레모와 콧수염과 가발을 착용하고 분홍색 운동복 차림에 같은 색의 털 실내화를 신은 노인이 의자에 앉아 신문을 읽으며 파이프를 피운다. 곁에 여자 노인이 앉아 있다. 드레싱 가운을 입었는데, 이것도 분홍색이다. 헤어 롤러를 달고 화장을 아주 진하게 한 얼굴로 빨강과 하양 바둑판무늬 식탁보가 덮인 식탁 앞에 앉아 있으며 식탁에는 포도주 한 병, 바게트 하나, 스테이크와 감자튀김이 담긴 접시가 얹혔다.

구석에 꺼진 텔레비전이 있다. 오른쪽 벽에 빨간 커튼이 달린 가짜 창문이 있고 유리창 너머에는 세피아빛 파리 사진이 붙었는데, 에펠탑과 사크레쾨르 대성당과 노트르담 대성당이 오스만 양식 건물들 가운데 서로 붙어 있는 정경이다.

안쪽 벽에는 신문에서 오려 낸 듯한 축구 경기, 전쟁 장면, 왕실 결혼식 등이 담긴 사진들이 붙어 있다. 왼쪽에 세면대와 화장실, 거울 하나가 있다.

충격에 빠진 앨리스는 아무 말도 하지 못하고 그 장면을 바라본다. 팔을 붙든 두 노틱이 그를 유리문 앞에 세우고 한 명이 잠긴 문을 열자 다른 한 명이 앨리스를 붙잡고 억지로 방 안에 밀어 넣는다.

유리문이 도로 잠긴다.

앨리스는 잠시 얼이 빠진 채 상황을 이해하려 노력한다.

헤어 롤러를 단 여자가 먼저 말문을 연다.

「지옥에 온 걸 환영해요.」그는 냉소적인 투로 말한다.

앨리스는 포도주병과 빵과 스테이크가 모조품임을 눈치챈다.

「난 프랑신이에요.」나이 든 여자는 어딘지 슬프고 환멸에

찬 목소리로 말한다.

알리스가 입을 열기도 전에 벨 소리가 울린다.

유리 밖의 복도 끝 문이 열린다. 어른 노틱 한 명이 스무 명 가량의 노틱 아이들에게 둘러싸여 들어온다. 알리스는 반사적으로 가짜 창문가의 빨간 커튼 뒤에 숨는다.

어른과 아이 노틱들이 분리된 유리벽 앞에 선다. 투명한 벽에 얼굴을 짓누르는 아이들도 있다.

「지금부터가 견학의 하이라이트예요.」 노틱이 엄숙한 목소리로 선언한다. 「여러분, 이것이 구인류랍니다. 여러분이 때로 애정 어렸으면서도 너무나 의미심장한 〈공룡〉이라는 별칭으로 부르는 이들이죠. 옳게 본 거예요. 왜냐하면 이 구인류는 공룡과 같은 운명을 맞았거든요. 다른 종들을 지배하던 시기를 누린 후, 사피엔스는 더 이상 적합하지 않았기에 급속히 수가 줄었죠. 지금은 장기적인 관점에서 언제가 됐든 완전 멸종할 운명이랍니다. 하지만 기적적으로 표본 몇 개를 보존해 두었어요. 새로운 세대인 여러분이 그들을 살아 있는 모습으로 접할 수 있도록 말이죠. 방금 전에 본 실러캔스처럼요.」

그는 자부심에 찬 태도로, 방과 모조 배경 안에 있는 입주자들을 가리킨다.

「그들의 생활 양식을 한층 사실적으로 보여 주기 위해, 보다시피 우리 고생물학자들은 당대 사진을 바탕으로 3차 세계 대전 이전 그들의 자연 서식지를 재현했어요.」

노틱 아이들은 감탄하며 유리 우리 안을 열심히 살핀다.

「질문 있나요?」 어른 노틱이 묻는다.

「정말 플라스틱을 먹었어요?」 학생 하나가 질문한다.

「아니에요. 그건 그냥 식사 때 어떻게 생긴 것을 먹었는지 보여 주는 모형일 뿐이에요.」

한 아이가 정어리 한 마리를 꺼내 바닥 문으로 방 안에 던져 넣으려 한다.

「피에로, 안 돼! 안내문 못 읽었니? 대체 어떻게 말해야 알아들을래? 어차피 사피엔스는 날정어리를 좋아하지 않아요. 저것 보렴, 주우려 하지도 않잖니.」

「그럼 먹이로 뭘 줘요? 저 빵과 스테이크는 플라스틱이잖아요.」 학생이 묻는다.

「아침저녁 수의사 선생님이 와서 진찰하고 영양사가 단백질, 비타민, 그리고 숯이 풍부한, 특별히 그들을 위해 개발한 음식을 줘요. 털에 윤기 나게 하는 데 좋고 숯은 가스 배출을 막아 주지요. 사피엔스는 방귀를 잘 뀌는데 이 밀폐된 공간에서는 질식할 수도 있거든요.」

「어떤 단백질요?」 제일 열정적인 듯한 그 학생이 묻는다.

「주로 생선 찌꺼기죠. 뼈, 대가리, 내장. 분쇄해서 짧은 막대 모양으로 가공한 후 오렌지색과 흰색으로 물들인 거예요.」

아이들이 비위 상한다는 듯 웅성거린다.

「그들에겐 맛있는 간식이랍니다. 게다가 그 개념을 처음 고안한 건 사피엔스지요. 그들은 그걸 연육(練肉)이라고 불러요. 아주 좋아하죠.」

노틱 아이들은 선생님이 방금 한 설명이 굉장히 인상적인 듯하다.

「그렇지만 너무 기운 없어 보여요.」한 노틱 소녀가 지적한다.

「그들은 갇혀 있는 걸 잘 못 참거든요. 산책하고자 하는 욕구를 포기하기 힘들어요. 우린 그들에게, 뭐라고 해야 하나…… 작은 알약을 주어 진정시켜야 하죠.」

어른 노틱은 아이들의 질문에 점점 더 난처해진다. 때마침 흰 가운을 입은 노틱이 등장해 구세주가 된다.

「여러분, 수의사 선생님이에요. 여러분에게 여기 있는 두 표본이 참여할 중요 프로젝트에 대해 설명해 주실 거예요.」

흰 가운의 노틱이 말을 시작한다.

「그래요, 여러분이 보시는 것은 프랑스형의 순수 사피엔스 표본이랍니다. 프랑스 모델은 콧수염, 베레모, 바게트빵, 빨강과 하양 바둑판무늬 식탁보, 머리에 헤어 롤러라는 것을 단 암컷으로 알아볼 수 있지요. 여러분이 보듯이 아주 훌륭한 표본이랍니다. 머지않아 교미도 할 거라 기대하고 있어요.」

「언제요?」아이들이 합창으로 묻는다.

「지금까지는 안타깝게도 우리의 노력에 아무런 성과가 없었어요. 하지만 격려의 노력을 아끼지 않고 있으니 조만간 성공을 기대하고 있어요.」

아이들은 점점 흥미로워한다. 갑자기 한 아이가 소리친다.

「아니에요! 성공했어요! 보세요, 아기를 낳았잖아요! 여기 커튼 뒤에 숨어 있어요.」

 젠장, 애가 날 봤잖아.

 알리스는 숨었던 곳에서 나와 친근하게 손을 흔들어 보인다.

 교사는 무척 놀란 기색이다.

「아니에요, 여러분, 이건 아기가 아니라 새로운 성인 암컷 표본이에요. 내가 보기에는 나이가 꽤 많군요. 잘 봐요. 늙은 사피엔스는 머리가 하얗고 주름이 있고 피부에 혈관이 도드라졌답니다.」

 알리스는 음식을 전달하는 통로 역할을 하는 바닥 문 쪽으로 가서 외친다.

「당장 내보내 줘요! 난 당신들의 창조자고 내 아들을 보길 원해요!」

 교사는 처음에는 당황하다가 웃음을 터뜨리고, 아이들도 뒤따라 웃는다.

「자, 이리 오세요, 여러분. 이번에는 박물관의 다른 구경거리를 보러 가는 거예요. 개들이죠. 개 역시 퇴화된 동물로, 사피엔스에 기생해서 살았어요. 여러분이 아는 야생 개와는 전혀 닮지 않았답니다. 여러분이 보게 될 개들은 사피엔스에게 먹을 것과 잠잘 곳을 얻고 씻는 것까지 그들 손에 맡겼던 집짐승이에요. 주인 없이는 아무것도 할 줄 몰랐죠. 이렇게 오래 살아남은 개들 표본을 찾아낸 건 기적이에요. 치와와라는 이름의 아주 작은 개들도 있답니다. 보면 알겠지만 아주 놀랍죠.」

학생과 교사 일행이 복도로 사라진다. 열린 문을 통해 높고 낮은 개 짖는 소리가 들린다.

알리스는 다시 바닥 문에 입을 갖다 댄다.

「여기서 내보내 줘요! 포세이돈과 얘기하고 싶어요!」

헤어 롤러를 단 여자가 알리스를 향해 말한다.

「목이 쉬어라 외쳐 봐야 소용없어요. 그들은 우리를 정말 동물원의 동물로 취급하거든요.」

큰 콧수염을 단 남자가 눈썹을 찌푸리며 알리스를 바라본다.

그는 일어서더니 얼굴을 가까이 들이대고 알리스를 뜯어본다. 양 볼을 만져 본다.

「누군지 알겠어……. 당신은…… 당신은 알리스 카메러 교수죠, 그렇죠?」

신문에서 내 사진을 보았을 거야. 난 이 사람을 전혀 모르겠어.

「당신은, 날 알아보시겠습니까?」 그의 말에서 알리스는 위험한 기미를 눈치챈다.

알리스는 티 나지 않게 약간 물러난다.

「미안합니다. 하지만 유감스럽게도 누구신지 모르겠는데요.」

「그렇지만 우리의 운명은 연결되어 있지.」 그가 갑자기 극적인 어조로 말한다.

알리스는 찬찬히 그를 살펴본다.

그는 베레모와 가발과 가짜 콧수염을 벗고, 행주를 집어 뺨의 화장을 지운다. 노인의 얼굴에 Y 자의 큰 흉터가 나타난다.

디에고 마르티네스!

그는 한층 가까이 다가와 얼굴에 침을 튀기며 말한다.

「그러니까 당신이군, 엉? 바로 당신이야! 모든 게, 이 모든 게 당신 탓이야, 그렇지?」

「들어 봐요……」 알리스는 뒷걸음질 치며 중얼거린다.

그는 눈살을 찌푸리고 공격적으로 주먹을 휘두른다.

「50년 전 연구부 기자 회견장에서 당신에 대한 제거 시도가 실패로 돌아간 게 얼마나 아쉬운지! 당신 탓에 어떤 일이 벌어질지 알았다면, 내가 직접 당신을 제거하려 나섰을 거요. 그러지 않은 게 천추의 한이지…….」

그는 알리스에게 다가온다. 엄청나게 화가 났다.

「생각해 보니 지금도 늦지 않았을지 모르지. 당신이 불러온 모든 해악에 대가를 치를 시간이오!」

알리스는 겁에 질려 물러나 가짜 창문에 몸을 바싹 붙인다.

「3차 세계 대전은 내 책임이 아니에요.」 알리스는 단호하게 들리길 바라는 목소리로 반박한다.

「그럴지도 모르지. 하지만 당신이 창조한 괴물들이 우리를 동물이나 되는 것처럼 사냥해 그들 동물원에 가뒀잖소.」

그는 더 참지 못하고 알리스에게 덤벼들어 목을 조르려 한다.

헤어 롤러를 단 여자가 손을 써야겠다고 생각하고는 프라이팬으로 마르티네스의 머리를 내리친다.

「디에고! 그만둬!」

「아야! 왜 그러는 거야, 프랑신? 이 여자가 모든 우리 불행의 근원이라고…….」

「안 그래도 몇 명 안 되는 우리인데, 우리끼리 싸우는 건 안 될 일이야.」

마르티네스는 머리를 더듬거린다.

「혹까지 났잖아!」

「가발이랑 콧수염 도로 달아, 디에고. 안 그러면 경비병들이 우릴 처벌할 거야. 굶고 싶지 않으면 우린 장단을 맞춰야 하고, 소멸 직전에 노틱들 덕분에 구조된 구인류로서 행복한 척해야 한다고.」 프랑신이 일깨운다.

「하지만 알리스 카메러라고! 이 악몽의 발단인 그 〈알리스 카메러〉야! 모든 게…… 이 여자…… 이 여자…… 이 여자 잘못이야!」

그는 격분해서 말을 더듬는다.

「진정해, 디에고!」

「진작, 그 시절부터, 나는 느꼈고, 알았고, 모두에게 말했어. 아무도 내 말을 듣지 않았지!」

노인은 좁은 방 안을 서성대며 돌아다닌다. 알리스는 넋이 나가 꼼짝 못한다.

「그만둬, 디에고.」 프랑신이 거듭 말한다. 「우린 이 감옥에서 함께 살아야 할 테니, 당신이 좀 참아.」

알리스는 한숨을 쉬고 말한다.

「아주 틀린 말은 아니에요. 지금 우리가 처한 상황에 내 책임도 어느 정도 있거든요. 나는…… 정말 미안해요.」

새로 온 사람을 때리려다 저지당해 실망한 디에고는 유리 감옥 한구석에 틀어박혀 두 여자로부터 등을 돌린다.

「걱정할 것 없어요. 그는 토라지길 잘하지만 오래가지는 않아요.」 프랑신이 말한다. 「기다리기만 하면 돼요. 노상 불평만 늘어놓는 투덜이 노인네와 함께 갇히는 신세만큼 불행한 게 있을지! 저 사람을 보면 내 전남편이 생각나요. 그 양반도 기분 좋을 때가 없었죠.」

갑자기 텔레비전이 저절로 켜진다. 화면에 사랑을 나누는 인간 커플이 나온다.

「저게 뭐예요!?」 알리스가 소리친다.

「포르노 영화요. 설마 저게 뭔지 모른다는 소리는 아니죠?」 프랑신이 무심한 어조로 빈정거린다.

알리스는 두 몸이 뒤엉켜 있고 이내 여러 다른 파트너가 그에 가세하는 장면을 넋이 빠진 채 지켜본다. 스피커에서 영화 속 쾌락의 헐떡거림이 나온다. 프랑신이 설명한다.

「노틱들이 우리에게 이 비디오를 보여 주는 건, 미디어실에서 발견한 다큐멘터리를 통해 옛날에 우리 인간이 역시 멸종 위기 종인 판다에게 이런 식으로 갇힌 상태에서 번식욕을 부추겼다는 걸 배웠기 때문이에요.」

배우들의 거친 숨소리가 쾌락의 신음으로 변한다.

「소리를 줄일 수 없어요?」 알리스가 신경이 거슬려서 묻는다.

「안 돼요, 전부 자동 조정되거든요.」

관리 팀 소속 노틱 하나가 큰 냄비를 들고 복도에 들어와 바닥 문으로 오렌지색 맛살들을 던져 준다.

「연육이 입에 맞았으면 좋겠네요.」 프랑신이 말한다. 「매일 같은 메뉴거든요.」

두 여자는 맛살들을 접시에 담는다. 디에고는 계속 구석에서 토라져 있다.

알리스는 불안해하며 합성 식품의 맛을 본다. 맛은 꽤 괜찮다.

또 한 차례 벨이 울린다.

「다른 학생 단체가 우릴 보러 오는 거예요.」 프랑신이 분주하게 움직이며 말한다. 「빨리, 제자리로 돌아가야 해요. 안 그러면 그들이 우릴 벌해요.」

「어떻게요?」 알리스는 묻는다.

「며칠씩 먹을 것을 주지 않아요. 더 지독할 때는 2020년대 랩 음악을 반복해서 틀죠. 장담하는데 그걸 듣고 있으면 얌전하게 말 잘 듣고 싶은 마음이 솟아나요.」

디에고와 프랑신은 각자 소품을 걸치고 맛살을 찬장에 숨긴다.

프랑신은 담배 한 대에 불을 붙인다. 디에고는 안락의자에 앉아 파이프를 피운다. 그리고 둘은 포르노 영화를 흥미진진한 다큐멘터리나 되는 양 열심히 시청하는 척한다.

「난 어떡하면 좋죠?」 알리스는 걱정한다.

프랑신이 방 안을 훑어본다.

「세 번째 의자에 앉아요. 당신도 우리처럼 여기 왔다면,

〈박물관학 연출자〉가 와서 의상을 주고 과거 사피엔스 세계의 어떤 인물 역을 맡아야 할지 설명해 줄 거예요.」

그러나 복도를 걸어온 것은 교사와 학생들이 아니라 노틱 군인 세 명이다. 그들은 감옥의 유리문을 향해 온다. 잠금장치를 풀고, 문을 열더니 곧장 알리스에게 와서 붙잡는다.

「당신들이 연출자인가요?」 알리스는 묻는다.

「입 다물고 따라오시오!」 군인 한 명이 단호하게 말한다.

알리스의 팔을 잡은 채, 그들은 온 길을 거슬러 박물관을 지나 건물 밖으로 나가서는 트럭에 올라탄다.

차는 도빌의 카지노 앞, 알리스가 솔랑주와 착륙했던 곳에 멈춰 선다.

이번에는 건물 안으로 들어가게 해준다.

카지노의 방들을 지나 걸어가는 내내 마주치는 노틱들이 고갯짓으로 인사를 한다.

저들은 내가 누군지 아는 것 같아.

방마다, 홀마다, 벽과 천장은 돌고래 조각상과 그림으로 장식되었다.

마침내 접견실이 나온다. 벽에 돌고래 형상이 가득하다는 점만 빼면 로마 신전 같은 분위기다.

왕좌는 비어 있다.

옆문 하나가 열린다. 노틱 한 명이 들어온다. 토가를 입고 샌들을 신었다.

「포세이돈?」 역광이라 노틱의 생김새가 잘 보이지 않아 알리스는 머뭇거린다.

「난 그 아들입니다. 내 이름은 알렉상드르고요.」

밝은 빛을 받아 그의 얼굴이 드러난다. 잘 살펴보자 알리스는 이 젊은 노틱이 그의 아버지와 닮았음을 알 수 있다. 눈빛도 똑같고, 얼굴 생김도 똑같다. 그는 머리에 터키옥색 산호로 된 왕관을 쓰고 있다.

「아버지는 어디 계신가요?」

알렉상드르는 천천히 왕좌에 앉는다.

「혁명입니다. 쿠데타라는 게 정확하겠군요. 내 손으로 일으켰죠. 그리고 내가 이겼습니다.」

고대에 알렉산드로스 대왕 역시 아버지 마케도니아의 필리포스의 영광을 질투해, 자기가 왕위에 오르려고 아버지의 암살을 사주했지. 불길한 우연이야.

「친아버지를 상대로 쿠데타를 일으켰다는 건가요?」

젊은이는 토가 자락을 여민다. 구겨질까 저어하는 듯.

「아빠는 너무…… 물러지셨죠. 우리 젊은이들은 그런 소심함을 영원히 참고 있을 수 없었습니다. 전시에는 강력하고, 결단력 있고, 선견지명 있는 성격이 필요합니다. 상황을 악화시킬 뿐인 타협이 설 자리는 더 이상 없습니다. 임시방편은 문제를 눈덩이처럼 불릴 뿐이죠.」

말은 번듯하지만 좋은 조짐은 전혀 느껴지지 않는군.

「포세이돈은 어떻게 됐죠?」

「난 내 혁명 동지들에게 입증해 보여야 했습니다. 그들은 내가 혈연의 정을 생각해 그를 너그럽게 봐줄 거라 의심했죠. 난 결의를 보여야 했습니다.」

「그를 어떻게 했어요?」

「그는 체포되어 재판을 받고 처형당했습니다. 우리에겐 선택의 여지가 없었어요. 그는 옛날 당신들이 당신네 왕 루이 16세에게 했듯이 재판을 받았습니다. 같은 방식으로 처형당했고요.」

「목을 잘랐다는 말인가요?!」

알렉상드르는 고개를 돌려 실내 장식 중 알리스가 들어오면서 눈여겨보지 못한, 왕좌 바로 위에 있는 장식을 바라본다.

박제되어 받침대에 얹힌 포세이돈의 머리야. 성에 전시된 사냥감의 머리들처럼……

「포세이돈…….」 알리스는 멍하니 중얼거린다.

젊은 노틱은 손님이 감정을 추스르기를 기다렸다가 말을 잇는다.

「〈어머니〉로서, 제 입장에서는 〈할머니〉로서 당신은 알 권리가 있다고 생각합니다. 그래서 당신이 왔다는 소식을 전해 듣고 난 이야기를 나누고 싶었죠.」

알리스는 아들처럼 여겼던 이의 박제된 머리에서 눈을 뗄 수 없다.

「우린 사피엔스와 마찰이 많았습니다. 특히 채널 제도에서 온 이들과요. 그들과 맞서 싸워야 했습니다.」

매끄럽고 푸르스름한 얼굴의 젊은이는 손가락 끝으로 산호 왕관을 만진다.

「돌고래들 덕분에 우린 대규모 해전에서 승리를 거뒀습니다. 불행히도 무수한 인명 피해가 났죠. 그런 이유에서 우리는 평화 조약을 체결하자는 사피엔스 측 제안을 수락했습니다. 양쪽 군대는 중립 지대인 섬에서 만났습니다. 하지만 그건 사피엔스가 판 함정이었죠. 그 음흉한 자들은 우리가 자리를 비운 틈을 타 도빌을 급습해 돌고래와 노틱을 가리지 않고 여자와 노인과 아이 들을 죽였습니다. 8백 명 넘는 피해자가 났어요. 그 학살을 우리는 〈생사튀르냉 대학살〉이라 이름했습니다. 우리가 계속해서 기리는 추모일이죠.」

알렉상드르는 그 끔찍한 기억을 쫓아 버리고 싶은 듯 고개를 흔든다.

「우리 종족의 많은 이가 사피엔스를 증오하게 되었습니다. 특히 부모가 소총과 작살에 목숨을 잃는 것을 보았던 젊은이들이!」

그는 한숨을 쉰다.

「나로서는 진심으로 상황을 진정시키고 싶었지만, 새로운 세대는 복수를 부르짖었습니다. 난 더 강경한 모습을 보여야 한다고 아버지를 설득하려 했습니다. 실패했죠. 쿠데타는 필연적인 일이었습니다. 난 내가 앞장서는 게 최선이라고 생각했습니다. 당신네 어느 정치가가 말한 적 있죠. 〈상황이 감당할 수 없어지면, 자기가 주동자라고 믿게 하는 게 최선이다.〉」

알리스의 눈길은 태어나는 장면을 자신이 지켜보았던 이의 박제된 머리에 계속 못 박혀 있다. 마지막 만남이 기억난다. 그때 이미 그는 사람들이 얼마나 자신의 통제를 벗어났다고 느끼는지, 젊은이들이 얼마나 폭력성을 보이는지 털어놓았다.

「내부적인 문제들을 해결한 후,」 젊은 군주는 계속한다. 「다음은 분쟁 그 자체를 해결해야 했습니다. 그래서 우리는 그들의 낚싯배와 전함이 출항하는 저지섬의 사피엔스 항구를 공격했습니다. 방대한 전투에서 우리는 확실한 우세를 차지했습니다. 그리고 난내 정통성을 확보하기 위해 사피엔스 포로들을 처형하기로 결정했죠.」

그는 고개를 젓는다.

「어차피 그들은 사피엔스일 뿐이었죠. 정말로…… 사람은 아니니까요.」

그는 〈인간〉이라 말하려다 말았어. 혼종들이 인간으로 받아들여지게 하려고 난 그토록 오랜 세월 싸웠는데, 권력을 잡자마자 그들이 우릴 아종 서열로 깎아내리는군.

포세이돈의 박제된 머리는 잘 살펴보니 괴로움보다 놀란 표정을 띠고 있다.

알렉상드르는 흔들림 없이 자기 정당화 시도를 계속한다.

「그다음에는 모든 일이 빠르게 진행되었습니다. 난 노틱들이 만나는 사피엔스마다 모두 죽여도 좋다고 허가하는 법을 선포했습니다. 우린 〈정화〉라 이름 붙인 시기에 들어섰고, 솔직히 인정하자면 그동안 좀 과도하게 행동한 이들이 있었지요……. 그 후 격동이 지나가자 나는 암수 하나씩 표본 두 개를 남겨 두자고 했죠.」

「그리고 동물원에 넣었군요…….」

「고생물 박물관에 넣었죠. 새로운 세대를 위한 지식 중점의 기관에.」 그가 고쳐 말한다.

알리스는 참담한 심정으로 알렉상드르에게 시선을 준다.

「그렇다면 이 모든 일이 당신 책임이로군요?」

「우리는, 우리 사촌 돌고래들도 같은 생각입니다만, 미래는 수중 생활에 있다고 생각합니다. 우리는 물에서 왔고 물로 돌아갈 겁니다. 빌레르의 팔레오스파스에도 잘 설명되어 있죠. 물이 몇십억 년 동안 지구를 덮고 있었고 다른 것은 아무것도 없었습니다. 우리는 육상 생물과 공중 생물에 앞선 최초의 생명체입니다. 누구도 그걸 잊어서는 안 되죠.」

젊은 노틱 왕은 일어서서 창가로 걸어간다. 수평선이 푸르고 길게 펼쳐져 있다.

「이곳 도빌에서 물은 한 번 파도칠 때마다 절벽을 공격하고 절벽은 매일 조금씩 풍화됩니다. 그것이 필연적인 법칙이니까요. 바다와 대양의 전반적인 해수면 높이는 계속 올라갑니다. 대륙 표면은 줄어들고요.」

그는 돌아서서 알리스에게 비난을 담아 손가락질한다.

「그리고 이 현상의 원인은 당신들 사피엔스입니다! 당신들의 무절제한 소비의 광기가 기하급수적 규모의 산업 활동을 불러왔어요! 이제 물이 지배하는 세계가 돌아올 것은 필연적입니다. 당신들의 멸종은 불가피하고요. 뒤이어 디거와 에어리얼의 차례가 오겠지요.」

「아주 자신만만해 보이는군요…….」

알렉상드르는 점점 격해진다.

「눈을 좀 떠요! 노틱 아이들은 당신들을 〈공룡〉이라 불러요! 그들은 수면이 상승하면 당신들은 사라질 거라 생각해요……『상대적이며 절대적인 지식의 백과사전』은 과거에 관한 부분은 옳을지 모르지만, 미래에 대해서는 완전히 틀렸어요. 미래는 거기 쓰여 있듯 〈더 여성적이고, 더 작고, 더 사교적〉이지 않을 겁니다. 오직 〈더 수생적〉일 따름이죠. 그것이 돌고래들의 가르침입니다. 언젠가 이 지구 표면은 온통 다시 물로 덮일 겁니다.」

「최후의 사피엔스들은 어떻게 될까요?」 알리스가 묻는다.

「전 세계를 누비며 우리와 교신하는 돌고래 탐험가들의 정보에 따르면 3차 세계 대전의 피해에서 온전했던 사피엔스 도시들이 아직 이곳저곳에 꽤 남아 있다고 합니다. 대도시들은 사라졌지만 소도시들은 살아남았죠. 돌고래들 말로는 당신들 수는 아직 수만, 심지어 수십만에 달한다고 합니다. 특히 오스트레일리아 같은 남반구에요.」

알리스는 낙담을 드러내는 긴 한숨을 참지 못한다.

「난 발토랑으로 돌아가겠어요.」

알렉상드르는 가슴을 편다.

「불가합니다. 이제 진실을 알았으니, 우리에게 대항하는 동맹을 맺고 싶어질 수 있으니까요.」

「날 보내 줘요.」 갑자기 몹시 지친 노부인은 말한다. 「난 그저 여기서 일어나는 모든 일에서 멀어지고 싶을 뿐이에요.」

알리스는 그를 바라본다. 그의 시선에는 거리낌이 어려 있다.

「제게 개인적인 원한이 드시겠군요, 그렇지 않나요?」알렉상드르가 묻는다.

「내겐 변신에 대한 이론이 있어요.」알리스는 말한다. 「시간이 흐르며 생명체는 더 나은 버전의 자신이 되기 위해 변화해야 한다는 거예요. 당신은 자기 아버지를 죽였고, 자기 존재의 근원인 종을 동물원의 동물들처럼 살도록 했고, 지금 당신은…….」

알리스는 적절한 단어를 찾는다. 알렉상드르가 말을 끊는다.

「……제 능력에 더 걸맞은 미래를 향해 백성을 이끌어 가려고 고심하는 왕이 되었죠.」

알리스는 자기주장을 끝맺는다.

「당신은…… 물고기가 되었군요.」

그는 모욕으로 다가온 이 말에 대꾸하지 않는다. 그가 물갈퀴 달린 손의 손가락을 퉁긴다.

경비병들이 알리스를 붙들어 끌고 간다. 접견실 문턱을 넘어가기 전, 알렉상드르가 부른다.

「잠깐. 한 가지가 남았습니다…….」

그는 알리스에게 다가와 속삭인다.

「목이 베이기 전 아빠가 하셨던 말을 당신이 아셔야 할 것 같습니다. 아빠는 말하셨죠. 〈만약 어머니를 만난다면, 내가 마지막 순간까지 어머니를 생각했다고 전해 주렴.〉」

75

프랑신과 디에고는 온정이라곤 조금도 없이 알리스를 바라본다.

알리스는 동물원 우리 안, 가짜 창문과 빨강과 하양 바둑판무늬 식탁보가 덮인 식탁 사이에 서 있다. 노틱 메이크업 전문가가 자기 딴에는 유혹적인 사피엔스 화장이라 여기는 방식으로 알리스의 얼굴에 화장품을 바른다. 이 비참한 촌극의 〈연출가〉인 노틱이 카지노 옷장에서 찾은 의상을 입히고 헤어 롤러 달린 가발을 씌운다. 무대 장치 담당 노틱이 캐노피 달린 침대를 설치해 가상 아파트의 실내 장식을 마무리한다.

알리스는 말없이 다른 두 사람의 공허한 눈길을 받으며 자기를 분장시키는 대로 몸을 맡긴다.

세 노틱이 떠나자, 그는 전직 기자에게 말을 건다.

「날 원망한다는 거 알아요, 마르티네스 씨. 하지만 당신이 어떻게 생각하든 난 생물 다양성이 미래고, 거기엔 인간의 생물 다양성도 포함된다고 믿는다는 걸 알아 두세요. 우린 그냥 한 단계, 과도기라고나 할까요, 좀 힘든 단계를 거치고 있을 뿐이에요. 폭풍우와 암초와 혼곳의 해류를 통과하는 배처럼 말이죠.」

「좀 힘들어?!」 디에고가 외친다. 「날 조롱하는 거요?」

그는 광분해서 일어서지만 귀가 아플 정도의 포르노 영화 소리가 다시 시작되면서 풀이 꺾인다. 알리스는 소리가 지난번보다 더 커졌음을 알아챈다.

노틱 수의사들이 이제 암컷이 둘이 되었으니 임신 가능성도 두 배가 되었다고 생각한 게 틀림없어.

손가락으로 귀를 틀어막은 프랑신은 지긋지긋하다는 듯 입을 내밀며 알리스를 향해 소리친다.

「그들에게 완경이라는 게 뭔지 설명하려 애썼지만, 노틱 암컷들은 죽을 때까지 임신이 가능하기 때문에 그들은 구인류에겐 일종의 유통 기한이 있다는 걸 이해하지 못해요. 그들이 보기에는 암컷과 수컷을 같이 두면 당연히 아이가 나와야 하는 거죠.」

디에고가 손으로 귀를 짓누른다.

「미쳐 버리겠어!」 그가 고함을 지른다. 「여기서 내보내 주지 않으면 벽을 들이받아 머리통을 깨뜨릴 거야, 그럼 당신들에겐 수컷이 남지 않겠지! 우리 속의 암컷 두 마리로는 백 날 기다려야 번식 못 한다고!」

프랑신이 그의 어깨를 잡고 다정하게 목덜미를 어루만지며 진정시킨다.

「그만해, 디에고. 그래 봐야 소용없어.」

그는 절망의 비명을 지르더니 바닥에 털썩 주저앉는다.

마침내 텔레비전이 꺼지고 고요함이 돌아온다.

프랑신은 기계적인 동작으로 플라스틱 접시에 담긴 오렌지색과 흰색 맛살을 하나씩 씹어 삼킨다.

디에고는 고개를 수그리고 무릎을 껴안은 채 울고 있다.

미치지 않을 방도를 찾아야 해.

「내 생각인데, 정신 건강을 유지하기 위해 우리는 놀거리를 찾아내야 해요. 그들의 학생 견학과 그들의 내려다보는 시선과 그들의 단조로운 음식과…… 그들의 포르노 비디오에 당하는 것 말고는 아무것도 할 일 없이 여기 있지 않으려면요.」

「좋아요. 하지만 우리에겐 카드도, 주사위도, 모노폴리도, 스크래블도, 체스나 체커도 없는걸요.」 프랑신이 유감스러워한다.

「딱히 특별한 도구가 필요 없는 놀이를 알아요. 당신들이 담배나 파이프에 불을 붙이는 그 성냥갑만 있으면 돼요.」

알리스는 소중한 성냥갑을 집는다.

「이리 와, 디에고!」 프랑신이 명령한다. 「이 사람 말이 맞아, 돌아 버리지 않기 위해 게임을 한다는 거, 좋은 생각이야.」

전직 기자는 일어서서 식탁에 앉기로 한다.

알리스는 디에고와 프랑신과 자신에게 성냥 세 개씩을 배분한다.

「세 조약돌 놀이라는 거예요.」

처음에 프랑신과 디에고는 저녁 시간을 이 게임으로 보낸다고 달라질 게 있을지 의심하지만, 결국 정신을 몰두할 수 있다는 점을 인정한다.

그리고 몇 번 돌아가며 이 단순한 추론 게임의 미묘함을 이해한 다음부터, 그들은 마침내 집중하여 연달아 판을 이어 간다.

우리는 놀이 덕분에 살 거야. 우리 뇌는 계속해서 작동하고, 예상하고, 대비해야 해.

그러다가 예고도 없이 갑자기 불이 꺼진다. 각자 어둠 속에 더듬더듬 자기 침대를 찾아간다.

어쩌면 난 꿈을 꾸고 있는지 몰라. 여기서 일어나는 모든 일은 깨어날 악몽에 지나지 않아…….

76

백과사전: 세 조약돌 놀이

세 조약돌 놀이는 아주 단순하고 무척 오래된 놀이로, 고대와 중세부터 병사들이 전투를 앞두고 기다리면서 이 놀이를 했다. 대단한 놀잇감은 필요 없다. 조약돌이나 둥글게 뭉친 종이, 성냥 세 개만 있으면 된다. 규칙은 지극히 단순하다. 오른손에 조약돌을 0개, 1개, 2개, 혹은 3개 들고 주먹을 쥐어 감춘다. 참가자들은 주먹을 앞으로 내민다. 번갈아 가며 두 사람 손에 든 조약돌 수의 합이라 예상되는 숫자(즉 0에서 6까지)를 댄다. 한 숫자가 불리면 다음 사람은 같은 수를 다시 부를 수 없다.

맞는 수를 부른 사람이 나오면 그가 이긴다. 이긴 사람은 조약돌 하나를 내려놓고, 따라서 두 개만 남는다. 그리고 다시 시작한다. 승자가 먼저 숫자를 말하고 이어서 각자 생각하는 수를 댄다.

한 판에서 승리하려면 옳은 수를 맞혀 세 차례 이겨서 자기가 가진 조약돌 세 개를 털어 내야 한다.

세 사람(이 경우 맞혀야 할 숫자는 0에서 9까지가 된다)이나 네 사람(0에서 12까지)이 함께 하면 게임은 더욱 복잡해진다. 목적은 언제나 세 차례 이겨 자기 손의 조약돌이나 성냥이나 작은 종이 뭉치 세 개를 다 내려놓는 것이다.

이 놀이에는 심리학적이고 전략적인 재능이 동시에 요구된다. 다음번 움직임에 대비하려면 상대가 어떻게 행동하는지 눈여겨봐야 한다. 그리고 한 가지 전략으로 이긴 직후라면 빤히 들여다보이지 않기 위해 다른 전략을 찾아야 한다.

에드몽 웰스, 『상대적이며 절대적인 지식의 백과사전』

77

알리스는 꿈을 꾼다.

그의 어머니를 닮았지만 잔디로 된 드레스를 입은 거대한 여성이 말한다.

「무슨 짓을 한 거니?」

「엄마, 전 엄마를 기쁘게 해드리려고 했어요.」 알리스는 대답한다. 「엄마의 작품을 이어 나가려고 했어요. 엄마의 고유한 행동 방식을 해석하려 했어요. 전 생명의 형태를, 특히 제가 속한 종의 형태를 다양화하고 싶었어요.」

「넌 모든 걸 망쳤어. 넌 새로운 인간을 창조한 게 아니야. 넌 키메라들을 창조했어.」

「이해해 주세요, 엄마. 전 엄마를 기리려고 그런 거예요.」

「너 자신에게까지 거짓말을 하는구나, 딸아. 넌 교만의 죄를 지었어, 네가 내게 필적한다는 걸 보이고 싶었지.」

「그렇지 않아요. 전 우주를 관통하는 에너지를 섬길 뿐이에요. 3차 세계 대전을 일으킨 건 제가 아니에요.」

거인은 여자 프랑키 같은 우렁찬 너털웃음을 터뜨린다.

「연극은 그만둬라, 알리스. 내게는 통하지 않아. 넌 4차 세계 대전을 준비 중이야.」

「맹세드려요, 엄마. 전부 엄마를 섬긴다는 생각으로 한 일이에요.」

「그런데 실패했지. 그리고 이제 난 전부 고쳐야 해. 너 때문에 난 이 행성에 6차 대멸종을 진행할 거다. 때때로 난 학생들이 수업을 이해하지 못해서 칠판에 쓴 것을 지워야 하는 교사가 된 기분이야. 끊임없이 수업을 다른 방식으로 제시하며, 언젠가는 이해하기를 바라야 하지.」

그때 하늘에서 거대한 유성이 나타나 지구 표면에 충돌하여 엄청난 폭발을 일으키고, 충돌 지점으로부터 불기둥이 솟아나 사방으로 퍼지며 모든 것을 집어삼키고 타는 냄새를 퍼뜨린다.

플라스틱 타는 냄새가 나……. 하지만 꿈속에서 나는 게 아냐, 진짜 탄내야. 깨어나야 해…….

알리스는 눈을 뜬다.

유리 감옥의 플라스틱 천장이 불탄다. 녹은 플라스틱과 벽지 조각이 캐노피 위로 떨어지고 캐노피에도 불이 붙는다.

불은 종이로 된 벽과 가구 들에도 번진다.

프랑신과 디에고는 냄비와 양동이를 들고 차례로 세면대 수도에서 물을 채운다. 불타는 실내에 물을 끼얹지만 소용없다.

난 박물관 우리 속에서 산 채로 타 죽겠구나.

그런데 돌연, 유리벽 맞은편, 연기와 불꽃 한복판에서 눈에 익은 작은 형체가 솟아난다.

악셀!

악셀이 밖으로 통하는 문을 열어 세 사피엔스를 해방시키고 그들은 급히 감옥에서 나온다.

「네가 대체 어떻게……?」 알리스는 구원자를 껴안으며 더듬더듬 묻는다.

「설명할 시간이 없어요, 따라오세요!」 악셀이 말한다.

모녀는 손을 잡고 박물관의 미궁 같은 텅 빈 복도를 달리고, 두 노인이 바로 뒤를 따르며, 빌레르쉬르메르의 팔레오스파스는 한층 격렬하게 타오른다.

현장을 미리 봐둔 악셀은 그들을 비상 탈출구로 안내한다. 출구 밖은 나무가 심긴 골목이다. 일단 건물을 벗어나자 도주자들은 주변의 어둠 덕택에 마침내 멈춰 서서 숨을 고를 수 있다. 알리스는 그제야 딸에게 묻는다.

「내가 여기 있다는 걸 어떻게 알았니?」

「솔랑주가 절 찾아왔어요.」

「솔랑주?」

「저기 있어요. 우리를 기다리고 있어요.」

그때까지 나무 뒤에 모습을 감추고 있던 박쥐 여자가 숨었던 곳에서 나와 사피엔스 친구를 꼭 껴안고 보호의 날개로 감싼다.

「얼마나 마음 졸였다고요!」 솔랑주가 중얼거린다.

알리스는 그를 껴안는다.

「너도 갇혀 있었니? 어떻게 탈출했어?」

「실은, 당신이 붙잡혔을 때 노틱들은 에어리얼과 외교 문제가 발생할 것을 염려해 절 놓아줬어요. 전 하늘을 날아 트럭을 따라갔고 그들이 팔레오스파스에 당신을 가둔 걸 봤죠. 즉시 탈출시킬 방법을 궁리했지만 전 손이 발이니까, 혼자서는 안 될 일이고 도움이 필요하다고 여겼어요. 전 어머니의 혼종들을 통틀어 가장 재간이 비상한 친구를 찾으러 갔죠.」

「그런데 악셀을 어떻게 찾았어?」

솔랑주는 활짝 웃으며 말한다.

「악셀은 디거 마을에 있었는데, 마술 공연을 하면서 관중을 사로잡으려고 손가락 하나를 잘라 센세이션을 일으켰죠. 다들 악셀과 그 능력 이야기를 하더라고요! 디거들이 악셀이 머무는 외국인 호텔을 알려 줬죠. 전 악셀을 만났어요. 제가 상황을 설명했고 우리는 함께 탈출 계획을 짰죠. 화재도 그 일부고요.」

젊은 도롱뇽 여자는 길고 빨간 머리를 흔들어 달라붙은 재를 떨어낸다.

「우리는 주변에 최대한 노틱이 적은 시간에 행동하기로 했어요.」 악셀이 말한다. 「다행히 그들은 주행성 혼종이고, 에어리얼과 저는 야행성이죠.」

갑자기 경보 사이렌이 울린다.

「빨리 여기를 떠야 해.」 알리스가 말한다.

「우리는요?!」 프랑신과 디에고가 입을 모아 묻는다.

「미안하지만, 난 팔이 둘뿐이거든요.」 솔랑주가 말한다.

「우릴 버려두고 갈 수는 없지!」 디에고가 부르짖는다. 「우리가 이 상황에 빠진 건 당신 때문이니까. 당신은 우릴 구해 줄 의무가 있어요!」

옳은 말이야, 이들을 내버릴 수는 없어.

「솔랑주, 두 번 오가야겠다. 먼저 이 두 사피엔스부터 대피시켜 줘.」

알리스는 아직도 불길에 휩싸인 빌레르쉬르메르 팔레오스파스에서 몇백 미터 떨어진 폐건물을 눈여겨본다.

「악셀과 나는 데리러 올 때까지 저 낡은 창고에 숨어 있을게. 저기 있으면 안전할 거야.」

솔랑주는 프랑신과 디에고를 노틱 지역 밖으로 데려가고, 두 여자는 은신처로 달려간다. 둘은 텅 비고 컴컴한 건물에 어렵잖게 들어간다. 그곳은 폐쇄된 격납고 같은 곳으로, 밖으로 난 창문이 단 하나 있다. 알리스와 악셀이 자리 잡은 곳에서는 불길에 약해져 무너지기 직전인 팔레오스파스를 지켜볼 수 있다. 밖에서는 사이렌이 끊임없이 울려 대고 노틱 소방수 몇십 명이 재난 현장으로 달려간다.

「시멘트와 강철과 유리로 지어져 불붙을 부분이 없는 거나 마찬가지인 건물에 어떻게 불을 냈니?」 알리스가 속삭인다.

「간단해요. 청소용 세제를 이용했죠.」 젊은 도롱뇽 여자는 끝이 검은 빨간색 긴 머리를 쓸어내리며 대꾸한다.

알리스는 악셀이 점점 아름답고 우아해진다고 생각한다. 얼굴이 이따금 개구리를 연상시키기는 하지만, 그것도 대단히 섬세한 개구리다. 알리스의 눈은 젊은 여자의 기발한 재간에 탄복하며 빛난다.

감시 장소에서 알리스와 악셀은 노틱들이 한 줄로 서서 물이 든 양동이를 전달해 불길에 퍼붓는 모습을 지켜본다. 다른 이들은 사방을 돌아다니는데, 구석구석 샅샅이 뒤지려는 의도가 뚜렷이 보인다.

「우리가 아직 여기 있다는 걸 알아챘어요.」 악셀이 속삭인다. 「동족들을 먼저 탈출시킨다는 선택이 잘하신 건지 모르겠네요······.」

「그 둘이 갇혀 살았던 건 어떻게 보면 내 탓이었어. 당연히 그렇게 해줘야 했어.」

악셀은 유감스러운 표정이다.

「아, 그래요, 대부분의 사피엔스가 느끼는 그 놀라운 감정을 잊고 있었네요. 죄책감 말이죠.」

알리스는 반박하고 싶지만, 젊은 도롱뇽 여자는 말을 계속한다.

「늑대 떼의 우두머리가 무리를 이끌고 양 떼를 몰살하러 가면서 죄책감을 느낄 거라 생각하세요? 거미가 이래도 괜찮을까 생각하면서······.」

「······아름다운 나비를 먹느냐고?」

「죄책감은 아무짝에도 쓸모없어요, 엄마. 그러니까 제 말은, 진화에서는 그렇다고요. 동정심, 양심의 가책, 회한 같은 개념은 전형적으로 사피엔스적인 추상적이고 무익한 개념에 불과해요.」

그 순간 커다란 마체테로 무장한 노틱 둘이 그들이 있는 창고 쪽으로 온다. 악셀은 여전히 창문 앞에 서 있는 어머니에게 몸을 숙이라고 신호한다. 실내 한구석에 있는, 문이 약간 열리고 안이 빈 대형 금속 캐비닛을 조심스럽게 가리킨다. 둘은 안으로 숨어든다.

밖에서 군복을 입은 두 노틱이 창고 앞에 멈춰 선다.

「무슨 냄새 나지 않아?」하나가 말한다.

「맞아. 사피엔스 악취야, 이쪽이야.」다른 하나가 대답한다.

두 군인이 들어와 손전등으로 내부를 훑는다.

「틀림없어, 여기는 냄새가 더 강해.」

그 순간 알리스는 노틱의 후각을 그렇게 뛰어나게 설계했던 것을 후회한다. 더 힘센 근육질 몸을 주었던 것도 후회한다.

그러는 게 헤엄치기에 편리하지만 어떤 몸싸움에서든 유리하기도 하지. 그거야말로 내겐 불리한 점이고…….

「여기 계속 있을 수는 없어요.」악셀이 속삭인다.「발각되면 우린 달아날 도리가 없어요.」

악셀은 알리스의 손을 잡고 노틱들에게 들키지 않게 숨은 장소에서 나가려고 한다.

신중을 기울였는데도 금속 캐비닛이 삐거덕 소리를 내고, 두 돌고래 인간이 별안간 돌아본다.

그때부터 모든 일이 순식간에 벌어진다.

악셀이 번개 같은 순발력으로 캐비닛에서 튀어나와 한 군인에게 덤벼들어, 손에 쥔 마체테를 빼앗고 심장 깊숙이 박아 넣는다. 한편 정신없는 틈에 어찌어찌 캐비닛에서 빠져나온 알리스는 다른 군인과 마주하고 몸을 지키려 한다. 하지만 노틱이 떠미는 바람에 쓰러지고 만다. 늙은 사피엔스를 처리했으므로 노틱은 더 위험해 보이는 악셀에게 달려든다.

그는 뛰어올라 긴 마체테로 젊은 도롱뇽 여자의 허리께를 가격한다. 원을 그리는 움직임은 강력하다. 예리한 칼날은 단번에 악셀의 몸을 두 동강 내기에 이른다.

머리와 팔과 몸통이 있는 윗부분은 철퍽 소리를 내며 떨어지고, 허리부터 발까지 아랫부분은 똑바로 선 그대로다.

노틱은 두 동강 난 몸 어느 쪽에서도 피가 흐르지 않음을 목격하고 혼이 빠진다. 놀란 틈을 타 알리스는 고령임에도 능력 이상의 힘을 발휘해 마체테를 빼앗아 두 번째 군인의 심장 부근을 단칼에 벤다. 푸르스름한 피가 솟구친다. 그는 비명을 지르고 쓰러진다.

알리스는 시간 낭비하지 않고 악셀의 상반신 위로 몸을 숙인다. 하반신 쪽은 계속해서 공격자를 조롱하는 듯 여전히 미동도 없이 꼿꼿이 서 있다.

「괜찮을 거예요.」 악셀이 곧장 그를 안심시키고, 팔로 상체를 곧게 일으켜 세우려고 노력한다.

「괜찮을 리가 있겠니! 몸이 반으로 잘려 두 토막 났는데…….」 알리스는 겁에 질려 말한다.

「이러고 살아남으면 전 그 유명한 〈두 토막 난 여자〉 순회 마술 쇼를 공연할 수 있겠죠.」 악셀은 장난스럽게 윙크하며 말한다.

알리스는 젊은 여자의 침착함에 당황한다.

평소 힘든 상황에서도 몹시 침착한 알리스지만, 이번에는 도저히 사건들을 감당하기 어려운 기분이다. 악셀은 어머니의 동요를 눈치채고 다정하게 말한다.

「엄마, 일단 지금 저는 여전히 살아 있어요. 엄마랑 이야기할 수 있으니까요. 그리고 고통스럽지도 않아요. 하지만 엄마가 절 옮겨 주셔야 할 거예요. 그렇지 않으면 움직이기 어려울 테니까요.」

「그보다 아무래도……」

악셀은 팔로 몸을 일으키는 데 성공한다.

「우물쭈물하고 있을 때가 아니에요.」 그는 단호한 어조로 말한다. 「솔랑주가 왔을 때 준비되어 있어야 해요. 엄마가 제 겨드랑이 밑을 잡아 흉부를 들어 주시기만 하면 돼요.」

「다리는 어쩌고?」

「여기 놔두죠. 제일 소중한 건 뇌가 있는 부위에요. 제 의식이 거기 있으니까요. 기억하시죠? 나머지는 그냥…… 고기예요.」

그 표현에, 마치 허리 위에 상반신을 얹어 주길 기다리는 듯 여전히 서 있는 다리에서 눈을 떼기 어려운 알리스는 놀란다.

갑자기 웬 목소리가 들린다. 창밖으로 병사 두 명이 보인다. 알리스는 창틀에 붙어 몸을 숨기고 귀를 기울인다. 프랑신의 가발을 손에 든 둘 중 한 명이 하늘을 보며 동료에게 말한다.

「녀석들은 에어리얼 하나와 공모해 하늘로 달아났어. 절대 못 찾을걸. 가자, 불이나 끄는 게 더 도움 될 거야.」

일단 한숨 돌렸어.

악셀이 출입구를 감시하는 동안 알리스는 격납고를 한 바퀴 돌며 건물 옥상으로 이어지는 출구를 찾는다. 뚜껑 문 하나와 금속 사다리를 발견한다. 악셀이 팔 힘으로 거기까지 오고, 둘은 기어올라 바깥으로 나가 솔랑주가 돌아오길 기다린다.

빌레르쉬르메르에 밤이 저물 무렵, 마침내 수평선에 에어리얼 여자가 보인다.

「저기 온다!」 알리스는 양팔을 흔들어 신호한다.

어둠 속에서도 초음파 위치 탐지 능력으로 그들을 알아본 솔랑주가 곁으로 온다.

「여기서 북쪽으로 20킬로미터쯤 떨어진 곳에 두 사피엔스를 내려 줬어요.」 솔랑주가 숨을 고르며 설명한다. 「두 사람은 서쪽 20킬로미터 지점으로 데려갈게요, 괜찮죠?」

어둠 속에서 솔랑주는 알리스가 악셀을 등에 업고 있다고 생각했고, 상반신뿐인 악셀의 두 팔이 어깨끈인 배낭처럼 매달려 있다는 걸 바로 알아보지 못했다.

솔랑주는 농담을 한다.

「내가 없는 동안 일이 좀 있었던 것 같네요…….」

「살짝 베였어요.」 악셀이 역시 가벼운 투로 받는다.

하지만 알리스가 몸을 돌리자 솔랑주는 젊은 도롱뇽 여자의 배꼽 아래 몸이 잘려 나간 것을 알아챈다.

「다리가 없어졌잖니!」솔랑주는 경악하여 외친다.

「손톱을 너무 짧게 잘랐을 때 같은 거고, 결국은 다시 자라요.」악셀은 철학적으로 설명한다.

에어리얼의 놀라움이 가라앉는다.

「그래서 피도 나지 않는구나…….」그는 상처를 덮은 공예용 점토 같은 말랑말랑한 물질을 뚫어지게 바라보며 말한다.

「악셀이 괜찮다고 하면 괜찮은 거야.」알리스가 끼어든다. 「다른 노틱들이 들이닥치기 전에 여기를 뜨자.」

알리스는 악셀의 팔 밑을 껴안고, 솔랑주는 알리스의 허리를 붙들고 날아오른다. 밝은 밤눈 덕에 박쥐 인간은 밤의 어둠 속을 수월하게 누빈다.

그리하여 세 여자는 눈에 띄지도 추격당하지도 않을 만큼 멀리까지 날아간다. 그러나 솔랑주에게는 짐이 무겁고, 알리스에게도 마찬가지다.

「좀 쉬어야겠어요.」녹초가 된 에어리얼이 말한다.

그들은 인적 없어 보이는 지역에 착륙한다. 빈집인 낡은 별장에 들어가 임시로 잠자리를 마련한다. 솔랑주와 악셀은 바닥에 머리를 대자마자 잠들지만, 알리스는 기진맥진하는데도 잠이 오지 않는다.

믿을 수 없어.

내가 만들어 낸 새로운 존재 모두 완전히 내 손을 벗어났어.

그들은 나를 위협하거나 나를 구해.

내 말을 따르거나 내 허를 찔러.

나는 그들이 다르기를 바랐어.

그들은 자율적일 뿐 아니라 통제할 수 없는, 나아가 이해할 수 없는 존재가 되었어.

구세계는 더 이상 없어.

신세계가 나는 불안해.

78

백과사전: 인류세

2000년대, 네덜란드의 지구화학자 파울 요제프 크뤼천과 미국 생물학자 유진 스토너가 『자연의 미래』라는 저서에서 인류세라는 개념을 대중화했다. 10장의 제목은 〈인류세: 더 이상 인간 없는 자연이 없는 세상에서 우리는 어떻게 살 수 있을까?〉다.

〈인류세anthropocène〉라는 용어는 〈인류〉를 의미하는 그리스어 안트로포스anthropos와 〈시대〉를 의미하는 카이노스kainos를 조합해 만들어졌다.

두 과학자에 따르면 우리는 구시대인 홀로세(1만 2천 년 전에 시작된 시대)를 벗어나 완전히 다른 새로운 지질 시대에 들어서게 된다. 최초로 단 한 가지 동물, 즉 인간이 지구에서 일어나는 변화들의 주요 동인이 되었다.

인구 증가와 천문학적 규모의 농업, 산업, 기술 활동을 통해, 인류는 기온, 바다의 산성도, 흙의 화학적 균형을 변화시켰다.

파울 요제프 크뤼천과 유진 스토너는 인간이 자기 활동만으로 주변의 생물 다양성을 감소시켰음을 확인했다. 2021년, 전 세계에서 집계되는 8백만 동식물종 가운데 1백만 종이 멸종 위기다. 최초로 단일 동물종이 지구의 생태적 균형 전체에 영향을 끼칠 수 있게 된 것이다.

에드몽 웰스, 『상대적이며 절대적인 지식의 백과사전』

79

 머리 둘 달린 파란 수탉이 두 가지 다른 음색으로 노래하기 시작한다.

 알리스는 눈을 뜬다. 전날 피신처로 삼은 별장의 내부가 눈에 들어온다. 반쯤 무너진 벽에는 여전히 옛 시대의 흔적이 남아 있다. 숨을 크게 들이쉬고 미소를 짓는다.

 우리는 거기서 벗어났어······.

 알리스는 반쪽 난 아홀로틀 여자가 구부린 두 팔을 쿠션 삼아 빨갛고 긴 머리칼이 늘어진 머리를 얹고 아직 자고 있음을 확인한다.

 매우 평온한 잠 같다.

 잠은 저 애의 세포 재생에 필수적이지.

 「출발하려면 말씀만 하세요!」 솔랑주가 몸을 덥히려고 어깨 근육을 풀며 선언한다. 「전 다시 길을 떠날 준비가 됐어요.」

 악셀의 상반신이 움직인다. 젊은 도롱뇽 여자는 눈을 뜬다. 팔꿈치로 몸을 지탱하고 잘려 나간 아랫배에 눈길을 준다.

「괜찮니?」알리스가 묻는다.

「뭐랄까…… 평소의 저에 비해 부족한 것 같네요.」악셀은 농담하려 한다.

「그럼…… 아프니?」에어리얼이 걱정한다.

「아니에요. 전에도 경험해 봐서 알지만, 잘린 신경은 느끼지도 못하는 새 재생돼요.」

악셀은 몸을 조금 일으키고, 팔을 다리처럼 써서 똑바로 서는 데 성공한다. 임시 잠자리에서 일어나 손을 발처럼 움직여 짐을 놓아두었던 부엌까지 간다. 몸통으로 앉아 가방에서 버너와 성냥갑을 꺼낸다. 그런 다음 동결 건조 커피를 타는 데 필요한 동작들을 훌륭히 해낸다.

알리스는 수많은 생각에 잠겨 뜨거운 커피를 마신다.

「무슨 생각 하세요?」젊은 아홀로틀 여자는 알리스의 심란함을 보고 묻는다.

「세 종의 신인류를 창조하면서, 나는 구인류와 각기 다른 세 가지 관계를 창조했어. 에어리얼과는 협력 관계, 디거와는 중립적 관계, 노틱과는 파괴의 관계지. 우호적Amical, 파괴적Destructeur, 중립적Neutre, A, D, N. 이번에도 생명의 공식인 세 글자야. 성경에 나오는 낙원의 이름 에덴Aeden 같기도 하지.」

「A, D, N. 그렇군요. 하지만 절 빼놓으셨어요.」악셀이 말한다.「전 네 번째 원소의 대표잖아요. 불Feu의 F를 더해야죠. 그러면 ADNF가 되네요.」

「너의 F는 구인류를 대하는 어떤 행동에 해당할까?」

젊은 도롱뇽 여자는 궁리하다가 말한다.

「회피Fuir의 F?」

「협력, 중립, 파괴, 회피…….」 솔랑주는 곰곰이 생각하며 되풀이한다.

알리스 카메러는 깊은 한숨을 쉰다. 50년 전 그 유명해진 연구부 기자 회견에서 시작해, 그의 생은 놀라운 모험의 연속이었다. 우주 정거장 체류. 410킬로미터 상공에서 지켜본 아포칼립스. 지하에 거주하던 뉴 이비사 공동체 발견. 혼종들의 탄생. 그들의 추방과 산으로의 망명. 그리고 마지막으로 각 세 문명의 안정과 너무도 상이한 인간과의 관계.

젊은 도롱뇽 여자와 박쥐 여자는 늙은 사피엔스의 마음속 동요를 눈치챈다.

「하여튼, 엄마도 참.」 악셀이 말한다. 「뭘 기대하신 거예요? 혼종들이 사피엔스를 향해 영원히 한없는 고마움을 느끼길 바라세요?」

하지만 알리스는 듣고 있지 않다. 그는 커피잔을 내려놓고 일어서서 폐가가 된 별장을 나서 식물이 무성한 정원으로 걸어 들어간다.

다른 두 여자는 의아해하며 뒤를 따른다.

알리스는 높이 자란 풀들 가운데 서서 하늘을 보고 하늘을 향해 외친다.

「오, 어머니 자연이여, 대답해 주세요! 제가 잘못 생각했나요? 저는 제 종족을 구하려고 하면서 잘못된 길로 이끌었나요?」

아침 해가 구름 위에서 빛난다. 식물이 새들의 노래와 가벼운 산들바람에 흔들리는 나뭇잎 스치는 소리로 사락거린다.

알리스는 눈을 감고 징조를 기다린다. 천둥? 비? 폭풍우? 하지만 그런 일은 전혀 일어나지 않는다.

감았던 눈을 뜬다. 눈길이 주변의 마구잡이로 자란 식물 속을 헤맨다. 갑자기 뭔가가 주의를 사로잡는다. 잔가지 위에 번데기 하나가 있고 번데기 주인은 빨강, 하양, 검정 반점이 있는 갈색 날개를 빼내려 몸부림치고 있다. 알리스는 어떤 종인지 알아본다.

곤충학자들은 바네사 아탈란타, 일반인은 불카누스 나비라고 부르는 종이다.[8] 몸 색이 로마 신화 속 불의 신이자 모루에서 작업하는 대장장이 신 불카누스의 손에서 변화하는 금속의 색을 연상시키기 때문이다.

악셀이 흥미로워하며 알리스 곁으로 오고, 이어서 솔랑주도 온다. 세 여자는 빠져나오려고 고통스럽게 발버둥 치는 불카누스 나비를 관찰한다.

「쉽지 않아 보이네요.」 솔랑주가 말한다. 「괴로워하는 것 같아요. 그래도 어떻게 해서든 해내려 하네요…….」

「인류 같아.」 알리스가 중얼거린다.

악셀이 담담한 투로 말한다.

「이 모든 일들은 지구의 역사에서 사소한 우여곡절에 불

---

[8] 우리말로는 붉은까불나비, 혹은 영문명을 옮긴 붉은제독나비라고 한다.

과해요. 결국 생명은 길을 찾을 거예요. 인류의 정신은 물질적 상태를 넘어서서, 어떤 종족에 깃들어 있든 살아남을 거예요. 사피엔스든, 노틱이든, 디거든, 에어리얼이든, 아홀로틀이든.」

그 말이 옳음을 보여 주듯, 나비는 검고 반들거리는 뻣뻣한 번데기 외피에서 단숨에 빠져나온다. 마침내 옛 형태에서 벗어난 나비는 날개를 펼치고 날아오른다.

세 여자는 감동하여 눈으로 예쁜 작은 나비를 좇는다.

불카누스 나비는 높이 날아오르다가 하얀 꽃에 사뿐히 내려앉아 돌돌 말린 긴 혀를 펼치고 꿀을 빤다. 감로를 욕심껏 들이마시자마자 다른 꽃, 검은 꽃에 앉았다가 파란 꽃으로 간다.

자연의 진화에 영향을 끼치려 하지 말고, 자연에 맡겨 두는 게 어떨까? 결국 자연이 제한적 정신을 지닌 우리로서는 떠올릴 수조차 없는 저만의 해결책들을 찾아낼 것임을 알고, 자연을 믿는 게 어떨까? 뱅자맹이 냈던 샤라드와 똑같아. 〈때로는 너무나 명백하기 때문에 더 일찍 생각해 내지 못하는 거야……〉

그러나 다양한 색의 꽃 위를 계속해서 일주하던 나비의 비행은 눈치채지 못한 장애물에 부닥쳐 갑자기 중단된다. 거미줄이다.

불카누스 나비는 회색 비단실의 감옥에서 몸부림치지만 벗어나지 못한다. 안간힘을 쓰면 쓸수록 상황은 뒤엉킨다.

알리스는 이 비극을 손쓰지 않고 가만 내버려두길 거부한다. 나뭇가지 하나를 집어 붙잡힌 딱한 곤충을 풀어 준다.

좋아, 그래도 가끔은 살짝 도와줘야 할 때가 있지.

그러고는 반투명한 피부에 빨간 머리칼의 소녀를 바라본다.

난 아무것도 후회하지 않아.

이 네 혼종을 창조한 건 잘한 일이야.

이제는 처음 세 종이 실패하더라도 악셀이라는 대비책이 있어. 불꽃을 품은 작은 불빛이.

악셀, 불멸의 도롱뇽 아이.

작가의 말

『키메라의 땅』의 아이디어를 얻은 것은 과학 저널리스트였던 시절 집필했던 혼종에 대한 보도 기사에서였다. 그 기사는 당시 지나치게 시대를 앞서간다는 평가를 받아 지면에 발표되지 못했다. 하지만 이후 내가 작가가 되고, 1998년 출간된 소설『아버지들의 아버지』를 집필하는 데에 그 기사가 영감을 주었다.

이 미래 소설에서 나는 사실상 한 가설을 제시했다. 우리가 침팬지의 장기보다 돼지 장기 이식에 거부감이 더 적다면, 그건 우리 자체가 돼지와 영장류의 우연한 교잡의 산물이며, 그것이 인류의 기원에 존재하는 그 유명한 미싱 링크가 아닐까 하는 가정이다.

그 이후 나는 끊임없이 우리를 다른 형태의 생명체와 뒤섞는 방식을 궁리했다. 어떤 의미로는 우리의 동물성에 대해 생각해 보는 다른 방식이었다.

혼종에 대한 연구는 오랫동안 윤리의 제약을 받았다. 연구자들은 인간 세포가 들어간 동물 배아 배양을 14일 이상 지속할 수 없으며 이런 배아를 동물의 자궁에 넣어 계속 발육시키는 것은 금지된다.

그럼에도 이런 제한선은 서서히 물러나고 있다.

1999년, 하버드와 MIT의 연구 팀이 등에 온전한 인간 귀가 자라난 생쥐를 만들어 냈다.

2003년, 상하이에서 중국 연구 팀이 인간 세포를 토끼에 이식해 인간-토끼 혼종 배아를 생산했고, 성장시키지는 않았으나 차후 성장 연구 지속을 가능하게 할 줄기세포를 추출했다.

2009년, 한 러시아 연구 팀이 인간 모유를 얻기 위한 암소-인간 혼종을 창조했다고 주장했다.

2019년 7월 24일, 일본 정부는 인간-동물 혼종 배아의 14일 이상 배양을 공식적으로 허가했다.

정부 규제 때문에 일본을 떠나 미국에서 연구를 진행했던 유전학자 나카우치 히로미츠는 돌아와서 쥐뿐만 아니라 양이나 돼지 같은 더 큰 동물로도 실험을 계속할 수 있게 되었다.

오늘날 중국에는 인간-동물 혼종 제작 연구에 어떠한 윤리적 제약도 없다.

현재 전 세계 연구자들이 동물에서 인간 장기를 길러 내는 실험을 하고 있으며, 주로 이는 이종 간 이식을 이용한 이식용 장기 부족 해소가 목적이다.

이런 연구들은 종종 대중적 인식이 좋지 않으며, 완전히 공식적이지 않거나 알려지지 않은 상태로 진행된다.

한때 이 분야의 선구자였던 프랑스는(1986년 국립 과학 연구소에서 혼종 연구로 금메달을 수여받은 여성 연구자 니콜 르 두아랭이 대표적이다), 2020년 7월 국회에 인간 배아 줄기세포를 재료로 한 동물-인간 키메라 창조를 허가하는 내용의 제17조가 포함된 법안을 제출했다.

이 17조는 2021년 2월 상원의 표결로 거부되었다.

현재로서는 생명 윤리가, 적어도 이 나라에서는, 과학적 혹은 의학적 이익보다 중시된다.

하지만 앞으로 얼마나 지속될까?

감사의 말

우주 비행사 장프랑수아 클레르부아에게, 그 유명한 국제 우주 정거장 ISS에서의 생활에 대한 온갖 정보를 알려준 데 감사드린다.

스카이다이빙 세계 챔피언 카린 졸리와 그레그 크로지에에게, 나를 정말로 압도한, 낙하산을 메고 기자의 피라미드 위로 뛰어내리는 놀라운 경험을 선사해 줌에 감사드린다.

로랑 구넬에게, 영적인 대화를 나눠 줌에 감사드린다.

안 튀피고에게, 보이지 않는 세계에 대한 대화를 나눠 줌에 감사드린다.

파트릭 보드에게, 과학적 대화를 나눠 줌에 감사드린다.

프랑크 헤랑에게, 역사와 관련된 모든 주제를 들려줌에 감사드린다.

앙리 로방브뤼크에게, 『백과사전』의 2차 세계 대전 때 영국 폭격기 일화를 들려줌에 감사드린다.

조나탕 베르베르, 아멜리 앙드리외, 질 메이랑에게, 미완성 단계에서 원고를 읽고 의견을 제시해 준 인내심에 감사드린다.

내 편집자 카롤린 리폴.
알뱅 미셸 팀 전원.
그리고 내 〈역사적〉 편집자 리샤르 뒤쿠세에게 특별한 마음을 전한다.

마지막으로 내 작품들이 세월이 흘러도 살아 있게 해주는 〈리브르 드 포슈〉 팀에 감사드리고 싶다.

옮긴이의 말

베르나르 베르베르는 종종 자신의 작품이 SF가 아닌 〈예견 소설〉, 혹은 〈미래 소설〉임을 강조한다. 그런데 이 예견된 미래는 들어맞기를 기대하게 되는 모습은 아니다. 생각나는 대로 꼽아 보아도, 『고양이』, 『문명』, 『행성』으로 이어지는 고양이 연작에서는 테러와 전쟁으로 황폐해진 지구에서의 고군분투가 펼쳐지며, 『파피용』은 인간의 파괴적 행위로 거주 불능 상태가 된 지구를 떠나 새로운 보금자리를 찾는 모험담이다.

〈이 책을 펼치고 읽기 시작하는 순간으로부터 정확히 5년 후〉 일어날 이야기라는 일러두기로 시작하는 『키메라의 땅』 역시 상당히 두려운 미래 전망을 바탕으로 한다. 젊은 천재 과학자 알리스 카메러는 혹시 모를 인류 멸종에 대비해, 호모 사피엔스의 유전자와 공중, 땅속, 물속이라는 다양한 환경에 적합한 세 종류 동물의 유전자를 융합하여 신화 속 키메라와 유사한 존재인 혼종들을 탄생시키려는 연구에 몰두한다. 지구 환경이 어떻게 극단적으로 변하더라도, 기존 인류에 없던 다양성으로 무장한 이 새로운 인류 아종 중 하나는 적응하여 살아남으리라는 기대에서다.

그런데 3차 세계 대전이 발발하고 걷잡을 수 없이 폭주한 인류의 어리석음과 폭력이 세계 인구 대부분이 사망하고 지구가 방사능으로 오염되는 결과를 낳으면서, 〈미치광이 과학자의 금기를 어긴 실험〉쯤으로 여겨져 비난받았던 알리스의 연구는 지구에 다시금 생명을 번성시킬 새로운 씨앗이 된다. 지금껏 없던 이 신인류는 어떤 모습으로 성장하고 발전할 것인가? 살아남은 소수의 구인류와 어떤 관계를 맺을 것인가? 판도라의 상자 속 마지막으로 남아 있던 희망처럼, 작가가 암울한 미래 예견과 곁들여 선사한 홍미로운 사고 실험이 어떻게 전개되는지를 지켜보는 것이 이 책을 읽는 즐거움이라 할 수 있다.

책 속에서 『상대적이며 절대적인 지식의 백과사전』의 형식으로 언급된 설명처럼, 오늘날 우리가 살아가는 시대는 흔히 〈인류세〉라고 불린다. 우리는 〈최초로 단일 동물종이 지구의 생태적 균형 전체에 영향을 끼칠 수 있게 된〉 시대를 살고 있으나 우리가 미치는 이 영향이 결코 긍정적이지 않음을 스스로도 알고 있다. 날로 심각함을 체험하는 기후 위기나 환경 파괴로 고통받는 동물들, 점점 극단적인 양상을 띠는 지구 곳곳의 폭력 사태와 전쟁을 생각하면, 베르나르 베르베르가 이 책에서, 그리고 여러 전작에서 그렸던 미래의 모습이 머지않아 현실로 닥칠지 모른다는 위기감이 든다. 독보적인 우월종의 지위를 점하고, 물질적 성장과 기술적 발전에 에너지를 쏟아부었던 인류의 영향력을 이제는 다른 방향으로 돌려야 하지 않을까? 스스로 아포칼립스를 불러오지 않으려면 너무 늦기 전에 해결책을 모색해야 하지 않을까? 인류가 맞이할 위기와 그 해결책을 함께 제시하면서, 그는 이런 메시지를 던지는 듯하다. 결국 스스로 불러온 위기를 해결할 방도는 인간의 손에 있다고.

얼핏 비관적인 듯하면서도 인간성에 대한 희망을 놓지 않는 작가의 시선은 그가 그려낸 주인공 알리스에서도 드러난다. 알리스는 뛰어난 두뇌와 앞날을 내다보는 선구안, 굳은 신념과 의지를 지닌 특출한 인물이지만 그 역시 때로는, 특히 소설이 진행됨에 따라 자신이 창조한 신인류가 예상치 못한 행보를 보이자, 과거 자신이 비판했던 구인류의 오만함과 독선 등을 완전히 떨쳐 내지 못한 모습을 드러낸다. 그럼에도 알리스는 그런 자신을 반성하고, 신세대에서 뭔가를 배우려 하고, 스스로 책임을 느끼는 분란을 해결하려는 노력을 평생 멈추지 않는다. 라마르크와 파울 카메러가 주창했고 알리스가 굳건히 고수하는 생명체의 변이에 대한 이론은, 후손에게 물려주는 유전자를 통해 자연 선택이 이뤄진다는 다윈의 진화론과 달리, 살아 있는 존재가 〈변화하고자 하는 강한 열망〉을 드러낸다면 스스로 변화를 일으킬 수 있다고 보는데, 후대의 평가와 과학적 실증성을 떼어 놓고 생각하면 — 그런 판단을 내릴 만큼 과학적 지식이 풍부하지 않으므로 — 사실 훨씬 매력적으로 느껴진다. 600여 면에 걸쳐 펼쳐지는 알리스의 우여곡절 가득한 생은 이런 변이 이론을 입증하기 위한 노력이자, 그 자체로 본보기라고도 할 수 있다.

어린 시절 『개미』라는 잊을 수 없는 독서 경험을 통해 접하게 된 작가 베르나르 베르베르를, 그로부터 30여 년이 지나 직접 번역하게 되어 개인적으로 기쁘고 벅차다. 한편으로는 여러 선배 번역가 선생님들의 뛰어난 번역들이 그려온 궤적을 제대로 이었는지 불안하기도 하다. 그 번역들 덕분에 작가의 세계관에서 반복적으로 다뤄지는 모티프나 개념 들을 충분히 참고할 수 있었음에 감사를 느낀다.

책을 옮기면서 한 가지 재미있는 버릇이 생겼다. 에어리얼, 디거, 노틱이라는 신인류 세 종의 탄생으로 더 이상 〈인간〉이라는 명칭을 독점하지 못하고 아종명에 따른 〈사피엔스〉라는 꼬리표로 스스로를 지칭하게 된 등장인물들과 오랜 시간을 보내다 보니, 한동안 인간 혹은 사람이라는 말보다 익숙해진 〈사피엔스〉가 먼저 튀어나오는 현상을 겪었다. 머릿속 개념의 세계에서나마 현 인류가 아닌 다른 인류의 잠재적 가능성, 생물학적 다양성의 가능성을 받아들이게 된 증거라고 하면 너무 거창한 해석일까? 이 책을 읽는 독자 여러분의 머릿속에도 다양성이 펼쳐지고 우리 앞에 놓인 위기를 타개할 해결책의 씨앗이 뿌리내릴 공간이 생겨났으면 하는 바람이다.

우리가 살면서 맞이하는
가장 시원한 여름일지 모를 2025년 여름,
김희진

옮긴이 **김희진** 성균관대학교에서 프랑스어문학과 영어영문학을 전공하고 프랑스어문학 박사과정을 수료했다. 출판 기획 번역 네트워크 〈사이에〉의 위원으로 활동한다. 옮긴 책으로 가엘 파유의 『나의 작은 나라』, 베르나르 베르베르의 〈고양이 시리즈〉인 『베르나르 베르베르의 문명』과 『베르나르 베르베르의 고양이』, 저메이카 킨케이드의 『미스터 포터』와 『내 어머니의 자서전』, 다비드 포앙키노스의 『두 번째 아이』, 앙투안 볼로딘의 『찬란한 종착역』, 루이스 캐럴의 『이상한 나라의 앨리스』 등 다수가 있다.

키메라의 땅 2

발행일	2025년 8월 20일 초판 1쇄
	2025년 8월 30일 초판 5쇄

지은이	베르나르 베르베르
옮긴이	김희진
발행인	홍예빈
발행처	주식회사 열린책들

경기도 파주시 문발로 253 파주출판도시
전화 031-955-4000 팩스 031-955-4004
홈페이지 www.openbooks.co.kr 이메일 literature@openbooks.co.kr

Copyright (C) 주식회사 열린책들, 2025, *Printed in Korea*.
ISBN 978-89-329-2535-6 04860
ISBN 978-89-329-2533-2 (세트)